잘가거라 용생,
어서와라 인생

GOOD BYE,
DRAGON LIFE.

나가시마 히로아키
HIROAKI NAGASHIMA

10

목차

레니아
신조마수의 혼을
지니고 있는 『파괴자』로서
두려움을 사는 소녀.
드란을 아버지로
따른다.

라비
수수께끼의 무희.
레니아를 만날 때마다
묘하게 허물없는 태도로
달라붙는다.

알데스
발할라에 거주하는
최고위의 전신.
드란과 승부를 겨루기를
바라고 있다.

크리스티나
인간을 벗어난 신체 능력과
검법을 겸비한
절세의 미인 검사.
『용 살해의 인자』를
계승한다.

드라미나

여섯 개의 신기를 계승하여
지고의 존재가 된
뱀파이어의
전대 여왕.

드란

최강의 고신룡「드래곤」이
전생한 모습.
가로아 마법 학원에 다니면서
고향 베른 마을의 발전에
힘쓴다.

세리나

반인반사의 라미아.
드란과 사역마 계약을 맺고
마법 학원에
동행한다.

주요
등장인물
MAIN CHARACTERS

제1장 드라미나의 꿈

 마도 결사 오버 진의 총수 바스트렐과의 대결을 마친 나— 드란은 붕괴하는 부유성을 뒤로한 채 다른 일행들과 함께 베른 마을로 가는 귀로에 올랐다.

 선조에게서 용 살해의 인자를 물려받은 크리스티나와 내 인자를 활용하여 만들어진 신조마수이자 전생자인 레니아에게 있어, 드래곤 슬레이어를 휘둘렀던 바스트렐과의 싸움은 여러모로 생각을 할 거리가 많았을 테지.

 나의 사역마이기도 한 라미아 세리나는 신마의 말예 슬레이프니르가 끄는 마차에 몸을 실은 채 같이 차내에 앉은 두 사람을 걱정스럽게 바라보고 있다.

 딱히 서두를 필요도 없었던 터라 천천히 느긋하게 이동한 결과, 베른 마을에 도착한 무렵에는 이미 황혼에 가까운 시간이 되어 있었다.

 우리 일행에는 마을을 나설 때는 없었던 새로운 동행자가 더해졌다. 뱀파이어의 전대 여왕이었던 드라미나이다.

 아무리 내가 안전을 보장한다지만 촌장에게 양해도 구하지 않고 뱀파이어를 마을 안에 데리고 들어오는 것은 월권이라는 생각이 스쳤지만, 이미 늦었으니 보고는 내일 아침에 하기로 했다.

 마을 주민들이나 바깥에서 온 사람들은 신기하리만큼 거대한 체구에 많은 다리를 가지고 있는 슬레이프니르를 보고는 눈이 휘둥그레져서 놀라는 모습이다. 다만 지금은 친절하게 반응을 해줄 겨를이 없다.

우리는 곧장 세리나의 집 옆에 마차를 세운 뒤 잠시간 휴식을 취하기로 했다.

크리스티나는 용 살해의 인자에 영향을 받아 몸 상태가 잠시 나빠졌었지만, 베른 마을까지 오는 동안에 어느 정도 안정을 되찾았다. 지금은 평소보다 안색이 약간 핼쑥한 정도이다.

우리는 주저하는 크리스티나를 어르고 달래서 침대에 눕힌 뒤 마음을 가라앉혀주는 차와 위장에 부담이 없는 보리죽이며 과일을 준비했다.

조금 실례되는 표현이겠지만, 이러한 때 크리스티나에게 효과가 좋은 것은 음식이다.

사역마로 둔 불사조 닉스가 대체 어떻게 된 일이냐고 정신없이 캐묻는데도 크리스티나는 힐끔한 뒤 묵묵히 죽을 떠먹는 손만 움직였다.

대강 10인분의 죽을 전부 위장에 넣었을 무렵에는 수려함의 극치라 말할 수 있는 미모가 본래의 안색을 되찾았다.

일단은 잠시 안심해도 되겠군.

레니아는 시종일관 크리스티나의 베개 옆쪽에 놓아둔 드래곤 슬레이어를 향해 원수를 노려보는 듯한 눈빛을 보내고 있었다만, 이날 밤에는 입을 다문 채 특별한 말도 없고 무엇인가 저지르지도 않았다.

언뜻 보기에는 토라진 듯 보이는지라 레니아의 담당 메이드 파우파우가 갈팡질팡했다만, 지금 시점에서 다른 폐해는 없다.

이러니저러니 하는 동안에 해가 푹 가라앉았다. 크리스티나와 레니아가 일찌감치 잠에 들었고, 전투 중 유례가 없이 온 힘을 행사했던 세리나도 피로에 져서 쿠션의 산 속에 파고들어 갔다.

곧 새근새근 귀여운 숨소리가 들려온다.

이렇게 되면 나 이외에 아직 깨어나 있는 사람은 뱀파이어라는 종족이 본래 영위해야 할 삶의 시간을 맞이한 드라미나다.

일단 마차 안쪽에 설치해 둔 관에 들어가서 거듭된 전투의 피로를 치유하고 있었던 드라미나는 간소한 흰색 원피스로 갈아입고 살며시 내게 다가왔다.

이제껏 붉은색이 중심이 되는 드레스 차림을 자주 보았지만, 달과 별의 빛을 은은하게 반사하는 원피스 차림의 드라미나에게서는 평소보다 한층 더 청초한 아름다움이 느껴졌다.

다들 잠들어 있음을 확인한 나는 세리나의 집에서 나와 드라미나를 데리고 밤의 장막이 드리워진 마을의 길을 걸었다.

월광의 화신, 혹은 밤의 여신이라 표현한들 모두가 의심하지 않을 미모의 주인과 농가의 자식에 불과한 내가 나란히 걸어 다녀도 서로 어우러질 수 없다고 만인— 아니, 억만인이 분명 한숨을 지을 것이다.

"후후."

내 옆에서 걷는 드라미나는 무척이나 기뻐하며 앳된 소녀처럼 천진난만하게 웃는다.

드라미나가 이렇듯 웃음을 지어준다면야 세상의 모든 사람들이 한숨짓고 조소할지언정 아무렇지도 않을 테지.

드라미나의 웃음은 정말이지 어여쁘니까.

"혼자 반칙을 하는 것 같아서 세리나 씨한테 미안하다는 생각도 들지만요, 당신을 혼자 독점할 수 있다는 게 기뻐서 자꾸 가슴이 두근거려요."

"듣는 내가 부끄러워지는 말이군."

"어머나, 자기 속마음을 솔직하게 알려주는 건 미덕이 아닌가요?"

밤바람이 뺨을 어루만지고 달빛을 온몸에 받으며 단지 산책을 할 뿐인데도 드라미나는 몹시 행복하다는 미소를 머금은 채 나보다 살짝 앞쪽을 걷는다.

저 표정에서는 오늘 치렀던 사투의 흔적이 전혀 보이지 않는다.

"그렇군. 반론의 여지가 없을뿐더러 부끄러운 마음 이상으로 기뻐. 나도 드라미나와 함께 지낼 수 있는 시간이 좋아. 아니, 사랑스럽군."

똑같이 속마음을 숨김없이 솔직하게 말해주자 드라미나는 걸음을 멈춘 채 시선을 내리깔았다.

드라미나의 뺨이 발갛게 물들자 하얀 원피스, 하얀 피부와 아주 잘 어우러진다.

"저, 정말 부끄러운 말이었네요. 그래도 역시, 그보다 더 많이 기뻐요. 저도 드란의 곁에 있는 이 시간이 무엇보다도 사랑스러우니까요."

흠, 안 되겠군.

이래서는 마냥 서로의 수치심을 들쑤시기만 할 뿐이다. 아니, 딱히 마음이 불편하다는 말은 아니다만······.

낯간지러운 분위기가 감돌며 잠시 동안이나마 입을 다문 채 걸음을 내디디던 우리는 한 그루의 거목 아래에서 발을 멈춘 뒤 어깨를 서로 가까이 대고 앉았다.

물론 드라미나가 앉을 자리에 손수건을 꺼내 깔아주는 것을 잊지 않았다.

"피차일반이라는 말인가. 이 경우는 대환영하는 게 맞을 듯싶군. 부끄러움에 못 이겨서 말을 줄이든 혹은 거리낌 없이 말로 표현하든 드라미나에게 맡기도록 하지. 나는…… 글쎄, 어떻게 할까. 그나저나, 드라미나는 이제 어떻게 할 생각인지 궁금하군. 태어난 고향에서 해야 할 일은 이제 다 마치고 온 것 같기는 한데, 뭔가 장래의 계획이 있나? 아니면 뭔가 이루고 싶은 꿈이라도 있나?"

내 오른편에 앉은 드라미나의 싸늘한 체온이 어깨에 닿아 전해진다.

"고향에서 마쳐야 할 일은 전부 이루었어요. 마무리를 다 지켜보면서 확인도 마쳤고요. 시조의 피와 신기에 힘입어 성립되었던 뱀파이어의 역사는 마침내 분기점을 맞이했죠. 그 나라에서 저는 이미 과거의 유물. 그러니까 앞으로 저는 단순히 드라미나로서 살아가겠다고 결심했어요. 그리고 단순히 드라미나라는 여인이 된 저에게는, 하나…… 딱 하나, 꿈이 있어요."

드라미나는 모든 것을 완수한 인물 특유의 후련한 표정을 짓고 대답했다.

"그런가. 앞으로 아무것도 할 일이 없다는 대답이면 어떻게 해야 하나 염려했는데 드라미나에게 꿈이 있었구나. 더할 나위 없이 반가운 소식이야. 꿈을 가진 사람은 앞을 향하여 미래로 나아갈 수 있으

니까."

　나를 만나러 와준 것은 이전에 나눈 재회의 약속을 지키기 위해 서였을 테니까 이후 드라미나가 어떤 계획을 갖고 있는지 쭉 신경을 쓰던 참이었다.

　후유, 가슴속으로 안도의 숨을 내쉬던 나는 드라미나가 빤히 내 목덜미를 쳐다보고 있음을 깨달았다.

　나의 시선을 본 드라미나는 자신이 어떤 행동을 저질렀는지 자각하고 아까 전보다 훨씬 강한 수치심에 사로잡힌 모습으로 눈을 피한다.

　드라미나의 초인과 다를 바 없는 극기심이라면 아무리 피에 굶주리더라도 그리 쉽사리 엄니를 드러내지는 않을 터이다. 하지만 지금 드라미나의 본능이 원하는 것은 비할 데 없이 감미로운 맛과 쾌락을 가져다주는 고신룡의 피, 아울러 나의 존재 자체다. 이대로 쭉 자신을 다스리기는 힘들다 생각했는지 드라미나는 바람에 밀려 나가듯 일어섰다.

　떠나가려고 하는 드라미나의 어깨에 손을 둘러서 끌어안는다.

　"아아, 드란, 제발 이 손을 놓아줘요. 하필 당신에게 욕망을 가지다니요, 저 같은 철면피는……."

　자신의 비속함이 서글프고도 미울 테지만, 정작에 나는 상대가 드라미나라면 얼마든지 욕망을 가져도 괜찮다는 것이 본심이다.

　"굳이 자신을 탓할 문제는 아니군. 낮 동안 꽤 힘을 쓴 데다가 나의 힘을 이용했던 반동으로 나를 원하는 욕구도 강해졌을 테지. 게다가 드라미나처럼 아름다운 여성이 나를 원해준다면 남자로서 이 이상의 영예는 없을 거야. 사양하지 말고 이리 와."

드라미나는 작게 침 삼키는 소리를 내고 허락을 구하려는 듯이 촉촉하게 젖은 눈동자로 이쪽을 바라보다가 곧 살며시 나의 목덜미에 입술을 가져가 댔다.

은근한 두 개의 아픔 이후에 온기와 함께 피 새어 나가는 감각이 전해진다. 동시에 드라미나의 목이 살짝살짝 움직이기 시작한다.

입술이 닿는 감촉에 조금 간지러움을 느끼던 때에 드라미나가 무엇인가를 요구하는 것처럼 왼손으로 내 옷자락을 꼬옥 붙잡았다.

그 동작에서 직감한 나는 손가락 하나하나를 얽어서 같이 손을 맞잡아줬다.

기뻐하며 나에게 몸을 기대는 드라미나의 아름다운 몸에서 풍기는 내음은 나를 독점하겠다는 듯이 휘감겨 든다.

얼마나 오래도록 피를 마셨을까. 피와 나를 원하는 욕구를 채운 드라미나는 뺨을 발갛게 붉힌 채 나의 목덜미에서 입술을 떼어 냈다.

다음 순간에는 이미 상처 부위가 아물었기에 흡혈의 흔적은 전혀 없다.

후유, 만족에 찬 숨결이 드라미나의 입술에서 새어 나와 내 목덜미를 간질였다.

"드란, 저 때문에, 미안해요."

"괜찮아. 드라미나가 기뻐해준다면 이런 정도야 별것 아니지."

내가 웃으며 대답했을 때 드라미나는 무언가를 더는 견딜 수 없었는지 애절한 표정을 지으며 내 입술에 자신의 입술을 겹쳤다.

드라미나는 평소의 태도에서는 상상도 못 할 만큼 정열적으로 입술을 움직이고 있다. 촉촉하게 젖은 눈동자로 나를 바라보며 탐닉하듯이 거듭 입술을 겹쳤다. 피 맛은 나지 않았다.

"드란, 사랑스러운 분. 나의 생애에 단 한 명의 낭군."

겨우 입술을 떼어 냈을 때 드라미나의 입술이 읊조리는 말은 불붙은 자신의 사랑 전부였다. 이어서 또 말을 잇는다.

"드란, 나의 꿈은, 단 하나의 꿈은……."

몹시도…… 그래, 몹시도 긴장한 모습으로 깊숙이 숨을 들이마셨다가 드라미나는 나를 똑바로 바라보며 자신의 꿈을 말했다.

"나를 드란의 아내로 받아주세요."

아주 간결하면서, 다만 열기가 담긴 말이었다. 그래서 드라미나의 순수한 마음이 더욱 온전히 내게 전해진다.

물론 나의 대답은 이미 결정되었다.

그 이후로 태양의 빛이 동쪽 하늘에 얼굴을 비출 때까지 온 시간을 나와 드라미나는 한시도 떨어지지 않은 채 함께 보냈다.

드라미나는 일단 마차에 돌아갔고, 나는 조용하게 잠들어 있는 모두가 눈을 뜨지 않도록 조심조심 세리나의 집에 돌아가서 아침을 맞이했다.

베른 마을의 아침은 일찍 시작된다. 대강 태양이 떠오를 무렵이면 이미 기상 시간이었다.

내가 세리나의 집에 돌아와 보낸 시간은 잠깐뿐, 다들 잠에서 깨어나기 시작하며 세리나를 중심으로 곧 아침 식사 준비에 들어간다.

가로아 마법 학원에서 고향에 돌아오던 때는 여름 중 자택에서 혼자 밤을 지새우지 않을까 생각했었는데 어느 틈인가 나, 세리나, 크리스티나, 닉스, 레니아, 파우파우, 드라미나까지 대가족이 되었다는 것이 재미있다.

아침 식사를 마칠 무렵에 드라미나가 다시 찾아왔다.

드라미나는 햇빛을 피하려는 목적과 맨얼굴을 목격한 탓에 넋을 잃어버리는 사람들이 대량 발생하는 사태를 막는 목적으로 챙에 베일을 드리운 붉은색 모자를 눈높이까지 깊숙이 덮어쓰고 있었다.

드라미나는 어제 세리나의 집에 들어오지 않았던 터라 닉스, 파우파우와는 초대면이다.

"여러분, 좋은 아침이에요. 그쪽에 계신 두 분하고는 초대면이네요. 드라미나라고 해요."

베일 너머의 아리따운 목소리에 도취되어 인간종 파우파우뿐 아니라 이종 닉스마저도 넋 나간 표정을 짓는다.

"크리스티나의 사역마…… 닉스, 다."

"레레레, 레니아 아가씨의 전속 수행원 역할을 맡고 있습니다. 파파, 파우파우라고 합니다."

한 마리와 한 사람이 간신히 짧게나마 자기소개의 말을 쥐어짠 것은 드라미나가 인사한 뒤 제법 시간이 지난 다음이었다.

너무 긴장한 탓에 관절이 녹슨 인형과 비슷한 움직임으로 파우파우가 전원 몫의 차를 끓여서 내주었다. 그때 천천히 레니아가 입을 열었다.

"파우파우, 너는 이 돈으로 적당히 식자재를 사 오도록 해라. 거기에 있는 걸신들린 녀석이 이 집의 음식을 모조리 먹어 치울 테니까 말이지."

레니아가 파우파우를 바깥에 보낸 까닭은 이제부터 우리가 나눌 이야기를 들려주고 싶지 않아서였을 테지.

"네, 네에."

"……뭐하고 있나. 빨리 나가라."

파우파우는 반사적으로 대답했지만 정작 마음은 다른 데 쏠린 모습으로 멍하니 서 있을 뿐이다가, 레니아가 채근하자 겨우 뛰어나갔다.

바깥에 나간 파우파우와 달리 크리스티나의 사역마이며 더욱이 가족과 같은 닉스는 이곳에 남아 있다.

닉스는 어젯밤 우리가 돌아왔을 때 사역마의 정신적 연결을 통해 크리스티나의 상황과 영격 변화를 민감하게 감지해 냈다.

덧붙여서 크리스티나의 중병 환자와 다를 바 없는 몰골을 보고 불똥을 흩날리며 무슨 일이 벌어졌냐며 끊임없이 따져 물었었다.

그러나 무엇보다 먼저 휴식을 필요로 했던 크리스티나의 몸 상태를 염려하여 상세한 설명은 지금 이때까지 연기되었다.

"자, 무엇부터 이야기하면 될까."

내가 중얼거리는 말에 반응하여 발언 허가를 요구하며 거수한 사람은 의외였다고 말해야 할까, 크리스티나였다.

"그렇, 군. 내 사정을 이야기하기 위해서도 레니아와 너의 관계성을 먼저 가르쳐주면 좋겠어. 바스트렐과 싸우던 중 단편이나마 말은 들었지만, 전체상은 아직 파악이 되지 않았으니까 역시 본인의 입으로 듣고 싶군."

몸 상태는 비록 원래대로 돌아왔다지만, 너무 방대한 정보에 직면

한 터라 마음은 되레 아직껏 수습하지 못한 입장일 테지.

하나하나 이야기를 나눠 가면서 납득시켜주는 것이 최선의 길이 겠군.

"흠, 그러면 그것부터 먼저 이야기할까. 어제부터 레니아가 나를 『아버님』이라고 불렀던 것과 바스트렐의 이야기로 대강 상상은 할 수 있었을 텐데 나와 레니아는 전세의 인연이 있어. 물론 서로 간에 처음부터 알았던 입장은 아니고, 내가 알게 된 때는 천공 유적 슬라니아에 간 다음이었다. 레니아도 대강 비슷할 테지?"

"네. 부끄럽게도 처음에 만나 뵈었을 때 저는 드란 님께서 아버님 이었다는 사실을 알아차리지 못했습니다. 슬라니아에서 일어났던 사건이 있기까지 확신을 가질 수 없었던 겁니다. 지금 돌이켜보면 그저 분하고 또 분할 따름입니다."

어깨를 축 늘어뜨리며 진심으로 원통해하는 모습을 보이는 레니 아에게 나 이외의 시선이 모여든다.

한 차례 숨을 들이마셨다가 크리스티나가 다시금 나를 돌아보며 거듭 물었다.

"그럼 레니아가 너를 아버님이라고 부르는 이유는, 두 사람이 전 세 때는 부녀였다는 뜻으로 이해하면 되나?"

"엄밀하게 말하면 조금 다르군. 전세 때 내 영혼의 정보와 인자를 채집했던 사신(邪神) 카라비스가 자신의 영혼과 혈육을 같이 섞어 서 나를 상대할 수 있도록 만들어 낸 신조마수가 레니아니까. 카라 비스 녀석의 그 행동을 알게 된 때는 방금 말했던 대로 슬라니아의 사건이 있던 다음이었다만."

"그런가, 확실히 부녀라기에는 말하기 어렵…… 으음? 드란, 잠깐, 방금 뭐라고? 카라비스라고 말했나? 대지모신 마이라르와 쌍을 이룬다는 대여신의 이름인데?"

으음……. 그리고 보니 나에게 카라비스는 극히 당연하게 화제에 나오는 이름이지만, 크리스티나나 다른 사람들은 상황이 좀 다른가.

참사를 일으키는 사교도의 일당이 숭앙하는 신으로서 신화 따위에 언급되는 구절이 아니면 딱히 이름을 들을 기회도 없을 터이지.

"그래, 거짓 없이, 파괴와 망각을 관장하는 대사신 카라비스가 레니아를 이 세상에 낳은 어머니라 말할 수 있는 존재군. 본래는 나와 카라비스의 인자를 활용하여 만들어진 것이 레니아인 만큼 본신의 힘은 전신 알데스, 마이라르에 준한 수준의 강대하며 격조 높은 영혼을 가지고 있지. 다만 지금은 카라비스가 족쇄를 채워 둔 상태라서 이곳 지상 세계의 인식을 벗어나지 않는 범주의 힘밖에 없어. 그게 아니었다면 바스트렐을 상대로 그렇게까지 애먹지는 않았을 거야."

카라비스와 내가 친구 관계라는 사실은 물론 지상 세계에 전해지는 신화에는 언급되지 않는지라 아는 인물은 천계와 마계의 지인들 몇몇뿐이겠군.

설마 이 상황에 카라비스의 이름이 나올 줄은 예상하지 못했는지 크리스티나뿐 아니라 차를 홀짝거리던 세리나와 나의 왼편에 앉은 드라미나도 베일의 안쪽에서 놀라움을 여실히 드러내고 있다.

"아니, 아니, 아니, 아니, 카라비스라니……. 카라비스라니! 드란 군, 자신이 무슨 소리를 하는지 아는 건가?!"

특히 뻔하게 예상할 수 있는 반응을 보여준 것은 크리스티나의 왼쪽 어깨에 올라타 있던 닉스였다.

줄곧 신들에 대한 신앙심 따위 조금도 없어 보이는 태도였는데도 카라비스는 너무 거물이었나 보다.

도저히 느긋하게 차나 마시며 넘길 순 없었는지 세리나도 이미 휘둥그레진 눈을 더 크게 뜨고서 내 오른팔에 자기 팔을 휘감곤 새삼 물어본다.

"사신의 대표 격 여신이 관련되었다는 얘기는 저도 처음 들어요, 드란 씨."

세리나의 행동을 본 드라미나가 조금 망설이는 기색을 보이며 마찬가지로 내 왼팔에 자기 팔을 휘감으며 불안감 어린 눈빛을 보내왔다.

이런, 이런, 질투인가 선망인가. 무엇이든 간에 참 귀엽게도 굴어주는군.

"카라비스는 이름을 입에 담기만 해도 어떤 불상사가 일어날지 모르는 경향이 있는 데다가 다소 문제가 있는 상대이니까 되도록 언급하지 않게 신경을 썼어. 뭐, 저번에 녀석과 얼굴을 마주했을 때 직접 말과 힘으로 다짐을 받아 놓았으니까 이렇게 내가 살아 있는 동안에는 섣부른 짓은 안 할 거야. 녀석을 신봉하는 카라비스 교단도 이미 활동을 중단했거나 해산했을 테고."

대답을 들은 세리나는 더욱더 눈이 동그래졌다.

"직접 다짐을 받았다고요? 만난 적이 있어요?"

세리나가 놀라도 무리는 아니려나. 보통은 신과 만나기는커녕 목소리를 듣는 사례도 희귀하니까. 신관 및 사제들이 독자적인 계율을 지키며 엄한 수행을 거듭해서 혼을 갈고닦아도 겨우겨우 들을 수 있을까 장담을 못 한다. 그런데 나는 마치 근처에 사는 이웃을 만나고 왔다는 듯한 가벼움으로 언급하지 않았나. 내가 고신룡 드래곤이라는 사실을 앎에도 불구하고 놀라움이 있었을 테지.

"엔테의 숲 사건 때 나를 찾아내서 녀석이 먼저 만나러 오더군. 전세부터 알고 지냈던 사이라서 말이야. 굳이 카라비스와 나의 관계를 말로 표현하다면 악우라는 말이 어울리겠군. 귀한 벗이면서 동시에 서로에게 있어 최대의 적이기도 하지. 마지막으로 만났을 때 분위기를 감안하면 나와 세리나 등 다른 사람들에게 의도적으로 나쁜 계략을 꾸미지는 않을 거야. 사실은 엔테의 숲에서 니드호그를 처리한 뒤에 악마 왕자에게 붙잡혀 있던 세계수며 요정들을 구출할 때도 같이 거들어줬어, 카라비스가."

"어휴······. 드란 씨 주위에서 어떤 당황스러운 사건이 일어나도 더는 안 놀라겠다고 마음먹었었는데 드란 씨는 제 예상을 항상 뒤집어주는 굉장한 사람이네요. 레니아 씨가 드란 씨를 아버님이라고 불렀을 때도 사실은 되게 놀랐지만요······."

"후후, 나도 레니아에게 아버님이라고 불렸을 때는 귀가 이상하진 게 아닌가 의문이 들었더랬지. 다만 레니아의 혼이 나와 카라비스의 인자를 써서 만들어진 것은 틀림없어. 바스트렐이 그렇게까지 자신감 가득하게 기뻐했던 것은 녀석에게도 나와 레니아의 인자가 활용되었기 때문이지. 그 때문에 우리가 힘을 강화하면 자신도 함께 힘을 드높일 수 있었으니까 말이야."

거기까지 말했을 때 나는 시선을 옮겼다.

"자, 남은 문제는······. 아니, 수수께끼라고 말해야 하나. 크리스티나의 변화에 대해서군."

모두의 시선도 쿠션을 깔아 둔 통 의자의 위에 엉덩이를 얹은 크리스티나와 아울러 왼쪽 팔로 한꺼번에 안아서 들고 있는 두 자루의 검— 엘스파다와 드래곤 슬레이어로 옮겨 간다.

"그래, 그거다. 어제 갑자기 크리스티나가 고통에 막 시달리는가 싶더니 불쑥 터무니없는 영격이 느껴지더라니까. 도대체 무슨 일이 있었던 거야?!"

나의 카라비스 발언 때문에 평소와 달리 완전히 혼란에 빠진 닉스는 화제가 크리스티나 관련의 이야기로 바뀌자 기세를 되찾고 부리를 정신없이 움직인다.

이렇게까지 극구 걱정을 해주는가. 닉스에게도 크리스티나는 가족이라는 말이군.

"그 얘기는 내가 말하지, 닉스."

버럭버럭하는 불사조를 제지한 것은 다정하게 미소를 짓는 크리스티나였다. 자신을 위하는 마음에 이리도 감정을 주체하지 못하는 닉스에 대한 감사와 기쁨이 배어나는 웃음이다.

"크리스티나, 응. 어제는 몸 상태가 나빠 보여서 애써 참았는데 오늘은 차근차근 다 말해줘야겠어."

"그래. 다만…… 너무 놀라서 네 심장이 멈추지는 않을가 걱정되는군. 이곳에 있는 사람들 모두에게는 내 일족의 비사를 이야기했어. 닉스, 너도 나와 함께 어머니에게 들었던 이야기를 기억할 테지?"

"응. 엄청 진지한 얼굴로 이야기해줬었지. 그나저나, 같은 용사의 자손이 아니면 결코 털어놓지 말라며 당부를 들은 얘기잖아. 그런데 여기에 있는 모두에게 이야기했다니……. 진짜 신뢰할 수 있는 사람들이라는 뜻이려나. 그렇다 쳐도 그 이야기가 관련됐을 줄은 생각을 못 했는데. 정말 무슨 일이 있었던 거야."

크리스티나는 손을 뻗어서 고개를 갸웃거리는 닉스의 목덜미를 감싸고는 폭신폭신한 깃털을 조심스레 쓰다듬었다.

그럼으로써 이 불사조뿐 아니라 크리스티나 본인도 마음을 차분하게 가라앉히려는 의도일 테지. 서로에 대한 배려를 알 수 있는 한 사람과 한 마리이다.

"우린 바스트렐이라는 마법사와 싸우게 되었는데 그자는 내 선조의 죄를 상징하는…… 이 검을 가지고 있었어."

그렇게 말한 뒤 크리스티나는 칼집에 넣어 둔 드래곤 슬레이어를 가볍게 들어 보였다.

"그래, 아득히 멀리 옛 시대에 고신룡 드래곤의 심장을 꿰뚫었던 드래곤 슬레이어야. 그리고 이곳에 있는 드란이 바로 고신룡 드래곤이 환생한 인간이라는 사실이 드러났지."

닉스는 크리스티나가 발언한 정보를 이해하는 데 잠시 시간이 필요했는지 나와 드래곤 슬레이어, 곧이어 크리스티나에게 차례차례 시선을 옮겼다.

아무튼 나는 잘 들었냐는 듯이 가슴을 쭉 펴서 닉스의 시선을 맞받아줬다.

"어, 엥?! 으, 으어어어어어~? 드래곤이라니, 진짜? 드래곤?! 크리스티나의 어머니가 이야기해준 그 드래곤? 드래곤의 환생이라니…… 드란 군이? 게다가, 드래곤의 심장을 꿰뚫었던 검이 지금은 크리스티나의 손에 들려 있다니……! 도대체 뭘 어떻게 해야 이렇게 되는데?! 점점 더 이해가 안 되잖아."

크리스티나는 쓴웃음을 지으며 닉스에게 대답했다.

"그러게, 정말이지 나 역시 닉스와 같은 의견이야. 소문의 드라미나 씨를 구출하러 간다는 생각뿐이었는데 이러니저러니 하는 사이에 이렇게 되어 있더라고. 평생 마주할 놀라움이 다 들이닥친 기분이었지. 그래도 뭐, 나쁜 결과로 끝나지 않았다는 게 다행이군. 드란도 예전과 똑같이 대해달라며 말해줬고 말이야."

"카라비스의 이름이 나왔을 때도 한 생각인데 있잖아, 그거 진심으로 해준 말이야?"

"거짓말이라고 생각하고 싶어지는 이야기지만 진심일 거야. 너도 드란과 레니아의 높은 영격은 도무지 심상치 않다고 투덜거렸었잖아. 그 이유를 지금 들은 셈이군. 잘됐네, 닉스의 안목은 잘못되지 않았다고 증명되었어."

"으음~. ……그런 문제이려나? 이게? 아, 그, 그러면, 드란 군이 드래곤의 환생이라고 치면 크리스티나의 일족이 저질렀던 잘못을 용서해주는 거야? 아니면 어제 드러누웠던 게 드란 군이 무언가 손을 쓴 탓인가?"

닉스는 주뼛주뼛 이쪽으로 눈을 돌리곤 눈치를 살피고 있다.

뭐, 어제 크리스티나는 누가 보아도 온전한 상태가 아니었으니까 내가 먼 과거에 자신을 죽인 용사의 자손에게 무언가 손을 쓴 탓이 아닌가— 닉스가 갖는 의문은 마땅하다.

"아니, 나로서는 용사의…… 용사의 자손이 이렇게까지 고통 받았을 줄은 예상도 하지 못했어. 크리스티나에게는 몇 번이나 한 말이지만, 용사들에게 원한이나 미움은 티끌만큼도 없어. 지금 와서는 나의 모자람 때문에 괜한 괴로움을 떠안겨버렸다고 오히려 미안한 마음이 가득 차오를 정도이지."

내가 이렇게 말하자 닉스는 조금 긴장을 푼 모습이다.

"그리고 하나 더. 크리스티나가 계승한 『드래곤 살해의 인자』는 거의 다 잠잠해지고 있는 상태야. 다만 드래곤 슬레이어는 아직껏 딱히 변화가 없는 분위기군. 인자와 마찬가지로 이 검에도 셈트의 후회와 자책의 사념이 이렇게 될 수 있나 싶도록 가득 담겼으니까. 그것을 어떻게든 진정시키지 못하면 앞으로도 크리스티나에게 적잖은 부담을 떠안길 테지. 다행히 드래곤 슬레이어는 옛 주인과 겹쳐 보는지 크리스티나를 지금의 주인으로 인정하고 있군. 시간은 좀 걸릴수 있겠지만, 크리스티나가 드래곤 슬레이어와 대화하며 깊이 깃들어 있는 사념을 정화하는 게 최선의 길이야. 얼마나 긴 시간이 필요할지 모르겠지만 말이야."

"나의 선조가 남긴 후회의 사념인가……. 확실히, 그렇다면 자손인 내가 직접 풀어주는 게 도리군. 대화라고 했지. 염화의 응용이면 괜찮으려나?"

"염화도 괜찮지만 아마 염독[리딩]이 더 적당할 듯싶군."

"알았어. 드란이 당사자로서 용서해준다면 이 검도 안식을 맞이할 때가 되었지."

크리스티나는 그렇게 말한 뒤 부드럽게 미소 지었다.

흠, 본인이 이런 바람을 갖고 있다면 하나 더 내게 생각이 있다.

완전히 식은 차를 쭉 들이켜고 나는 크리스티나의 붉은색 눈동자를 마주 바라보며 머릿속 생각을 입에 담았다.

"그렇다면 검의 이름도 바꾸는 게 좋겠군. 과거에 오로지 나를 죽이기 위해 제작되었던 검이 이미 제 역할을 완수했는데 이대로 쭉 지난 책무에 사로잡혀 있을 필요는 없지. 앞으로는 나를 죽이기 위한 검이 아니라 다른 검으로서 존재하는 게 좋아. 그렇군……. 이름은 크리스티나가 지어주는 게 좋겠어. 검과 대화할 때 직접 이름을 붙여주면 드래곤 슬레이어는 나를 죽였던 인과에서 해방되어 진정한 의미로 엘스파다와 함께 분명히 크리스티나의 든든한 벗이 되어 줄 테니."

"이름, 이름이라……."

크리스티나는 턱에 손을 가져다 대며 어렵다는 표정을 짓는다.

"이렇게 마냥 『드란 살해자』라는 이름을 들어야 하면 솔직히 나도 유쾌하지 않아서 말이야."

진지하게 고민에 잠긴 크리스티나와 더불어 장내의 분위기를 풀어주고자 능청 부리며 말하자 크리스티나는 살짝 웃음을 흘렸다. 흐음, 아무래도 잘 먹힌 듯하다.

"하하, 맞는 말이군. 확실히 이 화제가 나올 때마다 계속 드래곤 슬레이어라는 말이 들린다면 드란은 달갑지 않겠어."

"그럴 수밖에. 자…… 레니아와 나의 관계, 나의 전세, 크리스티나의 몸 상태가 변화했던 이유까지 대강 중요한 이야기는 끝났다만."

내가 한 차례 숨을 토하자 세리나가 내 컵에 차를 다시 따라주며 동의의 뜻을 표시해줬다.

"그러네요. 가능한 한 빨리 이야기하는 게 좋을 주제는 대강 다 얘기한 것 같아요. ……그나저나 드라미나 씨는 앞으로 어떻게 지낼 계획이세요? 당분간 베른 마을에서 지낼 생각이시면 이 집에 같이 계실래요? 여름휴가가 끝나면 저희는 마법 학원으로 돌아가야 되니까요……. 그때까지라도 머무르시려면, 괜찮긴 한데요."

이전에는 드라미나를 터무니없는 강적이라며 열변을 토했었다만, 지금 이렇게 숙박을 제안하는 세리나의 말에는 거짓이 없다.

진심으로 드라미나를 환영할 수 있는 세리나의 이러한 마음 씀씀이를 나는 못 견디게 사랑스럽다고 느낀다.

세리나의 말을 듣고서 내 왼팔에 줄곧 달라붙어 있었던 드라미나가 내게 빤히 시선을 보내왔다. 흠, 어젯밤 나눈 이야기인가…….

지금은 내가 입을 열어서 말하는 게 남자다운 태도라 할 수 있겠군.

"그 문제 말인데, 사실은 어제 드라미나에게 청혼을 받았어. 내 마음으론 기쁘게 승낙하고 싶지만, 아직은 학생 신분이기도 하고 어엿하게 내세울 만한 직업을 갖지도 못한 입장이지. 그러니까 일단 혼약을 맺은 선에서 멈추기로 했지. 그리 오래 기다리게 할 생각은 없다만."

베일 너머로도 드라미나의 뺨이 새빨갛게 물드는 게 보인다.

그리고 그 이상으로 집 안의 분위기가 얼어붙은 것처럼 변화했다.

흠, 심하든 덜하든 간에 이렇게 될 줄은 예상할 수 있었다만, 방금 전까지 드래곤 슬레이어의 이야기로 지극히 성실한 표정이었던 크리스티나가 상상한 이상으로 아연실색한다는 것은 의외이군.

그런 와중에 세리나의 입에서 불쑥 혼잣말이 새어 나왔다.

"여, 역시나……."

드라미나에게 보내주던 호의의 미소가 허물어졌고, 세리나는 꼬리의 끝에 이르기까지 온몸을 오들오들 떨기 시작한다.

"드라미나 씨가 젤 강적이었어~. 으아앙~ 드란 씨를 빼앗겨버렸어~~!!"

내가 달래줄 틈조차 없이 세리나는 두 눈에 방울방울 눈물을 짓고 우엥우엥 우리들 눈도 개의치 않은 채 요란하게 흐느꼈다.

그러나 세리나가 이렇게까지 울 필요는 애당초 없다.

나 스스로도 도무지 욕심쟁이에 제멋대로임을 부정할 수 없을지언정 나는 드라미나뿐 아니라 세리나 역시 나와 결혼해주기를 바라고 있다.

사실은 이 문제 때문에 드라미나의 허락도 받아 놓았다만……. 자, 어떻게 알려줘야 할까. 나는 상념에 잠겼다.

으앙으앙 큰 목소리를 내지르며 푸른 눈동자로 큼지막한 눈물을 뚝뚝 흘리고 있는 세리나를 앞에 둔 드라미나가 살며시 내 팔꿈치를 붙잡았다. 사랑이 좌절된 줄 알고 슬픔의 눈물을 흘리는 세리나의 모습에 가슴이 먹먹해졌을 테지.

나도 드라미나와 똑같은 심정이다. 세리나가 이렇게 슬퍼하며 눈물 흘리도록 놓아두기는 싫다.

레니아는 전혀 흥미가 없다는 듯이 입을 시옷 자로 뚱하게 구부리고 있고, 크리스티나와 닉스는 어쩔 줄을 몰라 당황하면서 나에게 『빨리 수습해봐라』라는 시선으로 해결을 요구하고 있다.

나는 마음속으로 고개를 끄덕여서 답해준 이후 흐느끼는 세리나의 두 어깨에 손을 얹어서 힘주어 이름 불렀다.

"세리나, 세리나. 울음을 그쳐달라는 말은 안 하겠지만, 아직 내 이야기는 끝나지 않았어. 일단 끝까지 말을 들어주겠어?"

스스로도 주체할 수 없도록 마음속에 혼란이 가득할 텐데도 세리나는 내 말을 집중해서 들어주었나 보다.

세리나는 훌쩍훌쩍 흐느끼면서도 나의 눈동자를 똑바로 보고 이어질 말을 기다렸다.

미안하다, 세리나. 그저 내 말재주가 모자란 탓에 너에게 쓸데없는 불안과 슬픔을 안겨주었고, 눈물까지 흘리게 만들었구나.

"드라미나와 혼약했다는 말은 아무 거짓이 없는 진심이야. 다만, 내가 먼저 드라미나에게 전했던 말이 있어."

"머, 머에요?"

혀가 잘 움직여지지 않아도 애써 대답을 하는 세리나.

"크리스티나와 예전에 나눈 이야기인데……. 나는 세리나와 드라미나 두 사람을 아내로 맞아들이고 싶어."

"흐엥?"

내 입에서 나온 발언은 세리나에게 전혀 예상치 못한 말이었는지 거듭 눈을 깜빡거리다가 진위를 확인하려는 듯이 크리스티나를 돌아본다.

"그래, 사실이야. 그때 세리나는 레니아와 다른 이야기를 열중해서 나누고 있었으니까 귀에 들어가지 않은 것 같았는데, 드란은 예전부터 세리나와 드라미나 씨 두 사람을 아내로 맞아들이고 싶어 했어. ……괘씸하게도 말이지. 보통은 세리나와 드라미나 씨 둘에게 모두

빈축을 사서 드란은 혼자 쓸쓸하게 살아가야 했을 테지만……."

거기까지 말한 뒤 크리스티나는 난처해하며 웃었다.

평소 세리나의 분위기와 드라미나의 태도를 고려하면 다행히 내가 두 사람에게 버림받을 가능성은 없다 판단했을 테지.

"드란 씨."

"음?"

"정말로, 저를, 좋아하는 거예요? 그러니까…… 사역마로서, 친구로서가 아니라……."

이제껏 흘린 눈물은 온데간데없이 세리나가 불안과 기대를 숨기려는 듯이 꼬리의 끝을 두 손으로 쥐고 힐끔힐끔 내 얼굴을 자꾸자꾸 들여다본다.

"그런 맥 빠지는 결말은 없어. 나는 한 사람의 남자로서 세리나라는 여성을 좋아하니까. 여태껏 줄곧 말로써 표현할 기회가 없었던 데다가 아직 말해야 할 때가 아니라고 생각했었지. 게다가 사역마 계약으로 서로의 마음이 어렴풋하게나마 전해질 거야. 굳이 말로써 표현하지 않아도— 그래, 마음의 어딘가에 은밀한 생각을 갖고 있었던 것은 부정하지 못하겠군. 다만, 그럼에도 정식으로 말하고 싶어. 세리나, 나는 네가 좋아. 사랑해."

한 점 거짓도 없는 내 말을 듣고서 세리나는 잠시 말을 잃었다. 그렇게 고개 숙이더니 또 새롭게 눈물을 흘리기 시작했다.

하지만 나도 크리스티나도 이번에는 당황할 필요가 없었다.

지금 세리나가 흘리는 눈물은 슬픔에서 유래된 것이 아님을 모두가 알 수 있었기 때문이다.

"으으으, 으아아~~아앙."

세리나는 방금 전보다 오히려 더욱 격하게 큰 목소리로 울음을 터뜨렸다.

바람이 불기만 해도 부서져버릴 만큼 섬세한 유리 세공품을 다루듯 나는 살며시 세리나를 끌어안는다.

왼손을 세리나의 허리에 두르고 오른손은 풍성한 금발에 뻗어서 다정하게, 다정하게 갓난아이를 어르는 요령으로 애정을 담아 쓰다듬었다.

"저, 저도, 드란 씨가, 정말정말 좋아요. 세상에서 가장, 좋아요. 드라미나 씨한테도 절대로 안 질 만큼 사랑해요!"

세리나는 내 가슴팍에 얼굴을 문지르며 나에게 지지 않는 자신의 마음속 사랑을 입에 담았다.

저 눈동자에서 흘러나오는 뜨거운 눈물은 멎을 줄을 모르며 내 셔츠를 적셨고, 모든 말이 내 마음에 무한한 환희의 폭발을 발생시킨다.

"응, 응. 나도 세리나를 사랑해."

그러자 또 세리나가 큰 목소리로 울어버렸기에 나는 오랫동안 세리나를 꼭 안아주어야 했다.

드라미나는 처음 잠깐은 흐뭇하게 지켜봐주었지만, 곧 세리나를 부러워하는 시선으로 바뀌는 것을 베일 너머로도 알 수 있었다.

작은 목소리로 『좋겠다아』라고 중얼거린 것은 애교일 테지.

자, 겨우겨우 세리나를 다시 진정시켰지만, 나는 아직 신체를 떼어 내지 못했다.

일단 마주 보고 서로를 끌어안는 자세에서 내 오른팔에 세리나가 두 팔을 휘감는 자세로 바뀌기는 했다. 무언가 말할 때마다 세리나의 귀에 숨결을 불어넣는 모양새는 아니게 됐다.

"세리나 씨의 기분이 좋아져서 다행이네요, 드란."

설령 명품이라 이름난 어떤 방울을 울리더라도 티끌만큼도 따라잡을 수 없는 아름다운 음색으로 드라미나는 까르르 웃음 지었다.

이 목소리를 들으면 세상에서 가장 뛰어나며 가장 아름다운 소리를 내는 악기는 이 여인의 목이었음을 누구나 다 통감하게 될 테지.

"그렇군. 드라미나와 세리나, 두 사람의 바다보다 더 깊고 관대한 마음에 감사해야겠어."

울음을 그친 이후에는 시종일관 만면에 미소를 짓는 세리나가 문득 어떠한 생각에 이르렀다는 모습으로 드라미나에게 질문을 꺼냈다.

"에헤헤, 소란을 부렸네요. 저기요오, 그나저나 드라미나 씨는 저희 두 사람을 같이 원한다는 드란 씨의 생각은 별생각이 없으신 거예요? 드라미나 씨가 먼저 고백까지 했는데 말이죠……. 그런데 저도 드란 씨의, 부, 부, 부…… 부인이 된다고 하면 여러모로 불만이 있진 않으실까 걱정되거든요……."

아마도 세리나는 자신이 드라미나의 입장이었다면 비슷한 생각을 갖지 않았을까 떠올리면서 질문했을 것이다.

살짝 조심하는 기색은 있을지언정 결코 대답을 흘려듣지 않겠다는 세리나의 물러섬 없는 굳건한 각오가 느껴지는 물음이었다.

그 뜻을 이해한 드라미나는 베일을 걷어 내더니 내리쏟아지는 햇살이 부끄러워할 만한 미모를 드러냈다.

설령 저 태양의 빛이 살점을 태우고 피를 썩히고 뼈를 부수는 공격으로 작용할지라도 얼굴과 눈동자를 숨긴 채 답한다면 세리나에게 예의가 아니라고 마음먹었을 드라미나의 의지가 나타나는 행동이었다.

"제 입장에서 말하면요. 남편이나 혹은 아내를 다수 가지는 사례가 드물지 않답니다. 물론 저도 여자인걸요, 오로지 나 하나만을 사랑해주길 바라는 마음도 있기는 해요. 다만 드란의 사랑은 혼자 다 받아들이기에는 조금 과하게 거대하니까요. 그렇다 해도 『두 사람이 좋아』에서 『내가 제일 좋아』라는 말을 들을 수 있도록 노력은 아끼지 않을 생각이에요. ······후후, 물론 세리나 씨는 한 명의 친구로서 좋은 감정을 갖고 있고요, 같은 서방님을 사랑한 분이라는 친근감도 있답니다."

그렇게 말한 뒤 부드럽게 미소 짓는 드라미나에게 일순간 멍하니 시선을 빼앗겼던 세리나는 귀가 끝까지 빨갛게 물들었다만, 호들갑스럽게 헛기침을 거듭 터뜨리더니 어딘가 기뻐하는 모습으로 다시 답했다.

"으흠! 끙끙끙, 그런가요. 역시나 드라미나 씨는 강적이에요. 좋아요, 지금은 저도 드라미나 씨도 드란 씨의 혼약자이고 미래의 부인이지만요. 드란 씨의 첫 번째 총애까지 공유할 생각은 없거든요."

"서로가 그런 마음가짐으로 지내면 괜찮을 것 같네요. 어때요? 드란."

세리나의 선언을 따라 드라미나도 고개를 끄덕이며 내게 묻는다.

"흠, 내 입장에서야 더 이상 바랄 수가 없달까, 정말 과분하군. 두 사람에게 요구할 것은 아무것도 없어. 두 사람 모두, 앞으로는 결혼을 전제로 한 교제를 부탁하지."

깊숙이 허리를 접고 머리도 숙이고자 한 — 세리나에게 둘둘 휘감겨 있는 자세인지라 실제는 숙일 수 없었지만 — 나에게 세리나와 드라미나는 살짝 고개를 끄덕여줬다.

거듭거듭 호의를 입에 담아서 교제를 청하는 말을 들려줘도 두 사람은 아직 익숙해지지 않는지 아까 전부터 세리나와 드라미나의 뺨은 붉게 물들었고, 변함없이 입가는 헤실헤실 미소를 띤다.

"네! 그런데, 드란 씨는 드란 씨니까 아마 저희와 같은 바람을 갖는 사람들이 더 많이 나올 것 같거든요……. 셋, 아니지, 넷은 되겠네에."

세리나는 기운차게 고개를 끄덕이면서도 살짝 표정을 흐리더니 걱정스럽게 입을 열었다.

……넷인가. 자아도취라는 비난을 각오하고 나와 관계가 있는 여성진 중 후보를 꼽아보자면 흑장미 정령 디아드라, 수룡황(水龍皇) 류키츠는 뭐, 거의…… 확실하겠군.

아울러 류키츠의 딸 루우와 심홍룡(深紅竜) 바제인가. 루우가 내게 표시하는 친애의 정은 대부분이 아버지나 오라비를 대하는 느낌이었다만, 바제는 과연…….

그나저나 만약 디아드라나 다른 여성에게 또 고백받는다면 나는 어떻게 대답해야 할까— 이런 상황에 처하니 자꾸 생각이 든다.

"한데 세리나, 세리나는 라미아 마을의 관습에 따라 남편이 될 사람을 찾아 바깥으로 나온 입장이잖아? 그렇다면 언젠가 나를 데리고 마을에 한번 돌아가봐야 할 듯싶은데, 그 부분은 어떻게 해야 하나? 내 마음 같아선 가능하면 이대로 베른 마을에 남아 이 땅의 발전에 생애를 바치고 싶기는 한데……"

내가 세리나의 집안에 데릴사위로 들어가서 꼭 고향의 라미아 마을에 정착해야 하는가, 이런 문제를 세리나가 어떻게 생각하고 있었는지는…….

"아앗!?"

─세리나의 당황한 목소리로 충분히 알 수 있었다.

이 문제를 해결하지 않는 한 나와 세리나가 맺어지기는 어렵다.

"어어, 어아아─ 괘, 괜찮아요. 제가 아빠랑 엄마를 꼭 설득할게요."

세리나는 호언장담하며 가슴을 쭉 펴 보였지만, 이따금 눈이 막 흔들리는지라 구체적인 방책이 없다는 것은 척 봐도 명백하다.

"흐음. 세리나의 부모님께 인사차 찾아뵈려면 아마도 마법 학원을 졸업하고 결혼할 시기가 확정될 무렵이 타당할 테지. 세리나와 부모님 두 분께서 허락해준다면 이대로 베른 마을에서 살아가고 싶다만, 이것만큼은 라미아의 관습도 중요할 테니 간단하게 결론이 나진 않을지도 몰라. 나도 지금부터 설득할 근거가 없나 고민해보겠어."

"자, 잘 부탁드립니다!!"

결국에 믿고 의지할 사람은 나뿐인가 보군.

아무튼 간에 이렇듯 나와 세리나와 드라미나는 ─ 당사자 사이의 합의이지만 ─ 정식으로 혼약자라는 입장에 서게 되었다.

무척이나 들뜬 모습이었던 세리나도 쓱 차분한 모습으로 돌아와서는 내게 휘감아 놓은 몸통을 겨우 놓아주었다.

"제 문제는 그냥 나중으로 미룬 셈이지만, 일단 넘어가기로 하고요. 드라미나 씨는 어떻게 하실 거예요? 앞으로 쭉 드란 씨와 같이 지내려면 이것저것 해결할 문제가 있을 텐데요."

나와 드라미나를 번갈아 가며 바라보는 세리나에게 고개를 끄덕여서 다음 발언을 재촉한다.

"베른 마을에 있는 동안에는 아마도 별일 없겠지만요, 마법 학원으로 돌아간 다음에는 어떻게 하죠? 역시 저처럼 사역마 계약을 맺어서 마법 학원에 들어오실래요? 그런데, 드라미나 씨 정도의 굉장한 뱀파이어면 결재가 금방은 안 날 텐데요……. 드라미나 씨의 존재는 왕국에도 아마 보고가 올라갔을 테니까요."

"이런 때 의지할 수 있는 것은 권력을 가진 지인이지. 올리비에 학원장께 고생거리를 조금 안겨드려야겠군. 뱀파이어의 광왕(狂王) 디오르가 플라우파 마을을 습격했던 사건은 드라미나의 협력 없이 해결될 수 없었지. 게다가 부탁하면 파티마와 넬 같은 학우들도 힘을 빌려줄 거야. 뭐, 여차하면 몰래 데리고 들어가버리자고. 나도 드라미나도 그런 정도는 충분히 가능한 능력이 있어."

"마지막 한 수가 실력 행사라는 것이 정말로 당신답네요, 드란. 물론 당신이 고신룡 드래곤의 혼을 지니고 있다는 말을 이미 들었으니까 그냥 그렇구나 납득도 되어버리지만요."

드라미나는 입가에 손을 가져다 대더니 무척 재미있어하며 웃는다.

크리스티나는 우리가 자아내는 달콤한 분위기를 가만히 지켜보자니 마음이 들쑤시는 듯 꾸물꾸물 몸을 비틀어 대고 있었다만, 이때 왼손을 살짝 들어 올리며 입을 열었다.

"으음─ 뭐냐, 나로서도 세리나와 드라미나 씨와 드란의 사이가 좋은 것은 굉장히 기쁘다만, 레니아, 너는 별다른 생각이 없는 건가?"

확실히 이제것 나를 아주 강렬하게 숭경해왔던 레니아가 이 화제에 침묵을 고수한다는 것은 이상하다고 말하자면 이상하겠다.

이제것 레니아는 팔짱을 끼고 입술을 꾹 다문 채 대화 나누는 우리를 가만 지켜보기만 했지만, 크리스티나가 질문을 하자 은근히 귀찮아하며 입을 열었다.

"아버님께서 하시는 일에 내가 이러쿵저러쿵 떠들 이유는 없다. 나는 아버님의 의사를 최대한으로 존중할 뿐. 굳이 말하자면 세리나와 드라미나는 안목이 꽤 있었다고 말해야겠군. 게다가 누가 아버님의 아내 자리에 앉든 간에 나는 전혀 개의치 않는다."

레니아는 진지하기 짝이 없는 눈빛으로 말을 잇는다.

"다만 누가 아내가 되든 내가 혼의 어머니로 받들어 모실 분은 파괴와 망각을 관장하는 여신 카라비스 님뿐이지. 내게 의붓어머니 대우를 강요하지는 마라. 아울러 세리나도 드라미나도 아버님의 아내로서 걸맞게 처신해야 함을 항상 염두에 두고 성심성의껏 머리카락한 올, 피 한 방울, 살점 한 조각, 혼의 전부를 모조리 바치도록 해라. 혹여 이것을 등한시하지 않는 한 내가 제재를 할 필요는 없겠지."

흐음, 레니아는 카라비스를 『어머니』라고 부르지 않았던 만큼 어머니 대우를 하는 데 저항감이 있는 줄 여겼었다만, 마음속에서는 제대로 어머니라는 인식을 갖고 있었군.

그 부분은 잠깐잠깐이나마 주의를 기울여야 할 필요가 있겠어. 게다가 카라비스도 레니아가 딸이라는 사실을 이용해서 이미 옛날에 맺어진 관계임을 주장하며 내게 남편처럼 행동할 것을 강요한다거나 세리나와 드라미나에게 자신이야말로 나의 본부인이라고 선언할 것 같다.

"후후. 내 경험 때문에 계모와 전처의 아이는 관계가 복잡해지는 것이 아닐까 걱정했는데 너는 운이 좋은가 보군, 드란."

으음, 웃으면서 할 말은 아닐 텐데. 네 집안 사정을 생각하면 나는 웃음이 안 나오는군, 크리스티나.

"운이 좋다는 말에는 전면적으로 동의해야겠어. 자…… 그러면, 오늘 중 끝낼 일이 두 가지 있군."

"두 가지요?"

그게 무엇인지 짐작이 안 되는 듯 의아해하며 나의 얼굴을 들여다보는 세리나에게 나는 고개를 끄덕여줬다.

"맞아. 이렇게 우리가 혼약을 맺었다면 내 부모님과 가족에게 인사 정도는 해야겠지. 게다가 촌장님에게도 소식은 알려드려야 할 테고."

"아, 아버님과 어머님께, 말이죠? 새삼, 인사드리려니까 부끄럽네요."

내 입장에서는 새삼 부끄러울 게 있나 싶기는 한데 세리나에게는 상황이 조금 다른지 부끄럽다는 듯이 온몸을 구불구불 움직이면서 동의를 구하는 시선으로 드라미나를 바라봤다.

여왕 폐하는 태연자약한 모습으로 세리나의 시선을 받아주려나 싶었는데 이쪽도 세리나와 마찬가지로 부끄러워하며 몸부림치고 있군. 흐음?

"그러게나 말이에요. 장래의 아버님과 어머님께 인사드리려 가야 한다니까 무척 긴장돼요, 세리나 씨."

"그렇죠. 저는 그동안 자주 만나 뵈었지만요, 예전이랑 달리 『혼약자』라는 입장으로 만나야 하면……."

다소 딱딱함은 있을지언정 세리나와 드라미나는 같은 혼약자라는 입장에서 온 친근감 덕분인지 웃는 얼굴로 마주 보고 있었다.

저토록 긴장을 할 문제인가? 나도 세리나의 부모님을 만나 뵈러 갈 때가 오면 비슷한 심정을 맛보게 될 것 같군, 음.

맨 처음 다리를 움직여서 간 곳은 나의 부모님과 형 부부가 지내고 있는 본가이다. 세리나와는 예전부터 안면이 있었지만, 드라미나의 이야기는 말씀드린 적이 없었던 터라 꽤 놀라실 테지.

하루의 여러 일거리와 예정을 감안하면 저녁 식사 때 전후가 가장 자유롭게 시간을 낼 수 있을 터이나 이런 이야기는 가능한 한 일찌감치 마치는 게 좋을뿐더러 솔직히 드라미나와 세리나가 줄곧 긴장하며 마음고생할까 봐 못내 신경이 쓰인다. 그 때문에 아침 식사를 마칠 무렵을 가늠하여 본가에 방문하기로 했다.

부득이하게 크리스티나와 레니아는 놓아둔 채 와야 했는데, 본가를 앞에 두고 내 좌우에 선 세리나와 드라미나는 몹시 긴장한 낯빛이었다.

조금 과장된 표현일 수 있겠지만, 이제 곧 가야 할 곳은 두 사람이 경험한 적 없는 미지의 전장이라 말할 수 있다. 아울러 저 말은 나에게도 똑같이 적용된다.

"부끄럽게도."

불현듯 말을 꺼낸 사람은 드라미나다. 옆에서 쓱 봐도 많이 긴장한 모습인데 적어도 말씨 자체는 평소처럼 부드러운 음색을 유지하고 있다. 마음속에서는 죽기 살기로 평소의 자신을 견지하고자 애쓰는 것이 아니려나.

"저희 나라에 있던 시절에는 어디 가문의 영식이 잘 어울리겠다, 어디 가문의 영애가 혼약했다, 폐하도 어서 짝을 찾으시라 재촉하는 말을 어딘가 먼 곳의 소식 같다고 생각하며 들었거든요. 그런데 막상 당사자가 되고 보니까 이렇게나 많이 긴장되네요."

드라미나의 말에 세리나가 꾸뻑꾸뻑 거듭 고개를 위아래로 흔드는 모습을 곁눈질로 보면서 나는 두 사람을 풀어주고 싶은 마음이 간절하게 들었다. 다만 겉보기에는 평소와 같은 태도여야 함을 명심하도록 하자. 지금 나까지 긴장했습니다, 이런 태도를 취한다면 두 사람은 더욱더 딱딱하게 굳어버릴 테지.

"뭔가 말이 오간다면 내가 대상일 테고, 두 사람이 안 좋은 말을 들을 이유는 없으니까 괜찮아. 정말 나 같은 사람으로 괜찮느냐, 다른 남자가 얼마든지 더 있지 않느냐, 이런 소리는 몇 마디 들을 듯싶군."

"설마요, 드란이 자기 자신을 너무 낮게 평가하는 게 아닐까요?"

"그런가? 드라미나와 세리나는 정말 매력적이라서 역시 내게는 아까운 여성이라는 생각이 자꾸 들더군. 자, 여기서 하염없이 서로 비하며 칭찬이나 주고받은들 진짜 이야기가 진행되는 건 아니지. 슬슬 각오는 굳어졌을까?"

"그러게요. 여기에서 발만 동동 구르고 있을 순 없지요. 저는 괜찮아요. 세리나 씨는 어떤가요?"

"……네. 각오는 다 됐어요. 면식이 없는 드라미나 씨도 이미 마음을 굳게 다지셨는데 제가 이렇게 자꾸 헛발질만 하면 창피한걸요. 뭐, 헛발을 찰 다리가 제게는 안 달렸지만요."

흠, 세리나도 농담을 입에 담을 만큼은 마음이 풀어진 것 같군.

"그러면 슬슬 들어가볼까."

우리는 한 차례 숨을 내쉬고 집을 주시한다.

"아버지, 어머니, 안에 계신가? 드란입니다. 서둘러 드릴 말씀이 있어 왔습니다."

현관문을 두드리며 소리 높이자 곧 집 안에서 움직이는 기척이 느껴졌다.

자, 이제부터가 관건이군. 흐음.

예상한 대로 아버지와 어머니, 딜런 형과 형수 란은 아직 집에 있었고, 낯선 방문자인 드라미나를 보고 놀라기는 했지만 우리를 집 안에 맞아들여주었다.

나의 가족들을 앞에 둔 드라미나는 이제껏 햇빛 차단도 겸하여 깊숙이 쓰고 있었던 모자를 벗은 뒤 맨얼굴을 드러낸다. 크리스티나의 경우도 마찬가지였지만, 드라미나의 맨 얼굴을 본 사람이 너무나 심한 정신적 충격에 심신 상실 상태에 빠지는 것은 언제나와 똑같았다.

가족들이 다시 제정신을 차리기를 기다렸다가 우리는 새삼 거실에서 마주 앉았다. 덧붙여서 가족들이 넋을 잃은 동안에 내가 모두를 방 중앙에 놓인 탁자에다가 착석시켜주었다. 각각 위치는 나를 사이에 두고 오른쪽에 세리나, 왼쪽에 드라미나. 나의 맞은편에 아버지, 그 왼편에 어머니, 오른편에 딜런 형, 또 오른편은 형수 란의 자리다.

만약에 내가 데려온 사람이 세리나뿐이었다면 예전부터 세리나가 나를 대하는 태도는 온 마을에 잘 알려져 있던 이유도 거들어서 부모님과 형 부부도 금세 용건을 눈치챘을 테지만, 이 자리에 드라미나까지 함께하고 있는 까닭에 가족들이 어떻게 대응해야 하는가 미처 판단을 하지 못함을 알 수 있었다. 나에게도 갑작스러운 이야기였는데 가족들이 듣는다면 더욱 갑작스러운 소식일 테니 얼마간은 혼란에 빠질 만도 하겠다.

일단 이야기를 빨리 진행하지 않으면 오늘 일과에 지장이 발생하는 터라 나는 처음 대면하게 된 드라미나를 소개한 뒤 이 사람이 뱀파이어라는 사실이며 마법 학원에 다니던 때 알게 된 사이이고 어제 전날부터 세리나의 집에 숙박했다는 사실 따위를 알려드렸다.

이게 전부라면 단순히 마을에 온 지인의 소개로 이야기가 끝날 터이나 이번에는 다르다.

"드란, 그쪽의 드라미나 씨라는 분이 너희와 친한 사이라는 것은 잘 알겠다. 아까부터 서로 마음을 활짝 터놓은 분위기가 느껴지더구나. 다만 이것은 아버지로서 느낀 감이다만, 이야기는 이게 전부는 아닐 테지. 딜런이 란을 아내로 맞아들이고 싶다며 데려왔을 때도 이랬으니까. 그렇지? 딜런."

"그러게, 지금은 나도 잘 알아볼 수 있어. 그나저나, 두 명인가."

이미 나보다 먼저 상대의 가족에게 결혼 인사를 다녀온다는 삶의 중대사를 경험한 아버지와 형은 우리 세 사람의 분위기에서 대강이나마 이유를 짐작한 것 같다. 아니, 어머니와 란까지 말하지 않아도 다 안다는 표정을 짓고 있군. 란은 약간 기막혀하는 기색도 있다만.

물론, 뭐……. 지당한 반응이다.

내가 이번 방문의 이유를 말로 꺼내기보다 먼저 긴장해서 식은땀까지 흘리고 있던 세리나가 큰 목소리로 외쳤다.

"저, 저기, 저기요. 실은, 저 세리나와 이쪽에 드라미나 씨가 말이에요. 얼마 전, 드란 씨하고, 겨, 결혼 약속을 맺었습니다!"

세리나의 기습 같은 발언에 살짝 눈이 동그래졌던 드라미나도 귀여운 여동생뻘의 친구와 같이 발을 맞춰주기로 결심한 듯하다.

"세리나 씨의 말대로 갑작스레 말씀을 드리게 되어 송구스럽습니다만, 드란과 장래를 함께하기로 서약했습니다. 다만, 이 나라에서 저와 세리나 씨와 같은 신분을 가진 사람은 정식으로 드란과 부부 관계를 인정받지 못한다는 것도 잘 알고 있어요. 이제부터는 저런 문제도 포함해서 셋이 더 나은 미래를 만들어 나가기 위해 노력할 각오입니다. 아버님, 어머님, 아주버님, 형님, 여러분께 이런 호칭을 쓸 미래를 저와 세리나 씨는 강하게 바라고 있어요. 그러니까 모쪼록, 드란과 결혼을 허락해주시어요."

그렇게 말한 뒤 자리에서 일어나 깊숙이 허리를 꺾어 머리 숙이는 드라미나를 따라 세리나도 머뭇거리지 않고 곧바로 똑같이 머리 숙였다.

나 역시 두 사람의 행동을 따라 한다. 두 사람에게만 머리 숙이는 입장을 떠넘기는 것은 남자로 태어난 자가 할 짓이 아니다.

"나도 부탁드리고 싶군. 세리나와 드라미나를 우리의 새로운 가족으로서 언젠가 맞아들이게 될 거라 알아주면 좋겠어."

귀티가 가득 흐르는 드라미나가 솔선하여 머리 숙이자 가족들은 꽤나 당황했다만, 동시에 서로 눈짓을 주고받으며 무언의 대화를 나누는 낌새가 있었다.

"드란은 어쨌든 간에 세리나와 드라미나 씨는 머리를 들어주시지요. 그다음에 이야기를 나누도록 해요."

세리나와 드라미나를 달래며 어머니가 말을 건넨다. 나는 어쨌든 간에……? 이런 상황에서는 당연한 반응일 테지, 흠.

"나는 아무 대단할 게 없는 농민 여인네지만요. 그럼에도 드란은 누군가의 불행을 슬퍼할 줄 알고 누군가의 행복을 기뻐할 줄 아는 사람으로 키워 냈다고 자신해요. 그런 내 아들을 여러분 같은 여성이 좋아해준다면 어머니로서 몹시도 기쁜 마음이지요. 그래서, 한 가지 물어보고 싶은데요. 어떤 때 드란과 앞날을 함께하겠다는 생각이 든 걸까요? 갑자기 물어봐서 금방 대답하긴 조금 어렵겠지만, 혹시 괜찮다면 이유를 가르쳐줄 수 있겠어요?"

이런 질문은 받는 사람도 더 쑥스러워진달까, 부끄러워진달까, 아무튼 어머니의 예상치 못한 물음에 내가 입 밖에 담아야 할 말을 모색하는 동안 세리나가 가족들의 얼굴을 한 사람 한 사람 쳐다보면서 확실하게 자신을 갖고 대답해주었다.

"저는 그날 불현듯 깨달았어요. 뭔가 맛있는 음식을 먹을 때라거나 도서관에서 책을 빌릴 때 제가 먹고 싶은 음식이 아니라 드란 씨가 좋아하는 음식과 드란 씨에게 맛보여주고 싶은 음식을 고른다거나, 드란 씨에게 도움이 될 만한 책이 무엇일지 고민하거나, 자연스럽게 이런 생각이 들었어요. 저는, 저 자신보다 드란 씨를 먼저 생각하게 된 거예요. 그 사실을 깨달았을 때 아아, 나는 드란 씨를 좋아하는구나, 분명하게 알게 되었어요."

"저도 세리나 씨와 비슷하네요. 문득 깨달았을 때는 드란을 좋아하는 마음이 이미 있었답니다. 사정이 있어 고향을 떠났던 저는 언제 어디에서 헛된 죽음을 맞이할지 모르는 처지였죠. 이전에는 그런 처지를 아무렇지도 않게 생각했었는데 말이에요, 후후, 드란과 만난 다음부터는 『어딘가』가 아니라 드란의 곁에서 지내고 싶은 바람이 생겨났어요. 저는 앞으로 살아갈 곳도 끝을 맞이할 곳도 이 사람의 곁이었으면 좋겠어요. 아뇨, 더 욕심을 부려 말씀드리자면, 드란의 곁이 아니면 싫어요."

나는 세리나와 드라미나의 말을 들으며 가슴이 가득 차오르는 심정이었다.

이렇게까지 누군가가 강하게 나를 원하며 필요로 해준다는 기쁨이여, 감동이여. 인간이란 이토록 행복해질 수 있단 말인가.

"아버지, 어머니, 딜런 형, 란. 내게는 너무 아까운 멋진 여성들이지? 벌써 몇 번째인지 모르겠는데 진심으로 하는 생각이야. 나도, 똑같은 심정이야. 나도 세리나와 드라미나를 원해. 미래를 상상할 때는 반드시 두 사람의 모습이 함께하지. 나는 이미 세리나와 드라미나가 곁에 없는 미래는 떠올릴 수 없어."

"그래, 세 사람의 마음은 잘 알았어요. 분명 우리가 뭐라 말하든 여러분은 떨어지려고 하지 않을 테지요. 이렇게까지 뚜렷하게 서로를 사모하는 젊은이들에게 쓸데없는 말을 할 생각은 없군요. 당신은 어때요?"

"실제 단순한 일개 농민이 아내를 둘이나 두겠다면 법이 용납하지 않을뿐더러 두 사람의 종족 문제도 있군. 그 밖에도 온갖 장해물이 있을 테지만, 내가 떠올릴 만한 문제를 드란이 떠올리지 않았을 리 없잖은가. 드란, 너희가 원하는 대로 하도록 해라. 나는 반한 여자와 부부가 될 수 있었다. 아들 녀석도 똑같은 복을 누리도록 응원쯤이야 해주마."

"나도 아버지, 어머니와 같은 의견이다. 딱히 반대하자는 생각은 안 드는군. 너와 달리 한 사람을 사랑하는 것도 벅차다만."

흠, 흠, 이런 대답은 예상 이상이랄까. 이렇게까지 호의적으로 받아들여준다는 것이 꿈이 아닌가 싶도록 고맙다만, 아무튼 우리의 혼인을 부정하지 않아서 잘됐군. 이런 생각을 한 사람이 나 혼자만은 아닌 듯 세리나도 드라미나도 나와 거의 동시에 살짝 안도의 숨을 쏟았다.

셋이 나란히 같은 반응을 하자 란이 유쾌해하며 쳐다본다. 우리 3형제의 소꿉친구이기도 한 형수는 보라색 눈동자에 참 난처한 남동생이다, 라는 빛을 띠고 있었다.

"드란보다 먼저 마르코가 한바탕했던 게 정말 크구나. 덕분에 다들 적응이 돼서 드란과 아가씨들의 이야기를 이렇게 별 부담 없이 받아들일 수 있었거든? 성인이 되기도 전에 마르코가 여자아이들을 데려왔을 때는 훨씬 더 시끄러웠는걸."

아하, 어쩐지. 그러고 보니 내가 맡기고 간 집에서 어느 틈인가 이종족 여성들과 살기 시작했던 나의 동생, 마르코가 있었던가. 아직

여름휴가에 들어가기 전 마르코가 먼저 가족들에게 동거하겠다는 소식을 전했다고 했지. 이러면 가족들도 필연적으로 자신의 아들, 동생이 복수의 여성과 연애 관계에 있다는 사실을 듣고도 적응이라거나 내성이 생길 만하군.

물론 우리가 서로를 진지하게 사모하는 관계이기에 비로소 인정받을 수 있었겠지만. 마르코라는 전례 덕분에, 뭐, 솔직히 도움을 좀 받았군?

제2장 신들의 강림

자, 이렇게 우리는 베른 마을에서 나머지 여름휴가를 만끽할 수 있어야 했을 텐데, 또다시 새로운 변화가 찾아들었다. 그 사건은 내가 밭으로 가는 도중에 발생했다.

휴가 중에는 엔테의 숲에 머무르고 있는 학원장에게 드라미나와 세리나의 이야기를 어떻게 설명해야 할까 머리를 쥐어짜며 걸어가던 나를 길가에 서 있는 낯선 여성이 『혼의 이름』으로 불러 세운 것이다.

"저기, 실례합니다. 그쪽에 계신 분. 드래곤 님."

가냘프고 떨리는 목소리는 분명 드래곤이라고 말했다.

나를 저 이름으로 불러 세웠다는 사실 하나만으로도 상대가 신마나 혹은 그 권속에 위치하는 존재이리라 경계하기에는 너무나 충분하다.

고개 돌리자 내 시선의 저편에는 선악 어느 쪽에도 속하지 않는 중립의 신— 제노비아의 신관이 입고 다니는 연보라색 신관복을 몸에 걸친 아직은 애티 가득한 소녀가 보였다.

"흐음."

제노비아를 섬기는 천사, 셀레스테르라고 이름을 밝힌 소녀는 마을 유일의 숙소, 퇴마의 방울 여관에 있는 한 방에서 나와 대화를 나누고 싶다며 요청했다.

요청받은 대로 숙소의 개인실에 들어가서 비록 간소하나 잘 닦아 둔 탁자를 사이에 두고 셀레스테르와 마주 바라본다.

존재의 격을 말하자면 본래 나와 셀레스테르는 말을 주고받지도 못할 만큼 큰 차이가 있다. 그 때문에 소녀는 바라보는 내가 동정을 느낄 만큼 위축되어서 떨고 있었다.

"흐음~ 일단 차라도 마시며 마음을 가라앉히거라. 누가 잡아먹는 것도 아니니."

"네네네네, 네엣!!"

알맞게 따뜻해진 홍차를 단숨에 들이켠 뒤 셀레스테르는 각오를 다졌는지 떨림을 억제하며 얼굴을 들어 올렸다.

아름다운 제노비아의 옆얼굴을 본뜬 교단의 펜던트를 굳게 쥐고 자신이 모시는 주인의 이름을 거듭 중얼거리더니 입을 연다.

"이, 이렇게 드래곤 님의 귀중한 시간을 할애해주셔서 감사드립니다. 오늘 찾아뵙고 당신께 대화를 청한 까닭은 제 주인 제노비아의 명령을 따라서입니다."

셀레스테르의 표정은 이곳을 자신이 죽을 곳이라 정한 인물의 기세와 다를 바 없었다. 아니, 이곳은 딱히 전쟁터도 아닌 식당 겸 여관의 방 한 칸이다만…….

"너무 딱딱하게 굴지 않아도 된다. 나와 관련하여 어떠한 평판을 듣고 왔는지는 모르겠으나 그대가 함부로 인간을 해치는 만행을 저지르는 게 아니라면 내가 위해를 가하지는 않는다. ……그래, 제노비아의 명령은 어떤 내용인가?"

"제 주인 제노비아에게 받은 명령은 단 하나…….."

내 눈을 똑바로 보는 셀레스테르가 여기서 잠시 말을 끊었다.

"흠. 지나치게 무리한 말이 아니라면 그냥 들어주는 정도는 상관없다. 무엇인가."

내가 재촉하자 소녀는 쿵! 소리를 내며 탁자에 이마를 내리찍었다. 꽤 아플 것 같은 소리군.

"모쪼록, 제 주인, 제노비아에게 신앙을 가져주십시오!!"

"······흠? 제노비아를 신앙해달라? 꽤나 기묘한 부탁을 다 하는군."

"옳으실 말씀입니다. 당신께서 인간으로 전생하신 뒤 16년 남짓. 대신(大神) 마이라르 님을 신앙하고 계시다는 사실은 물론 잘 알고 있습니다. 당신의 기도를 받아 마이라르 님의 힘은 파격적으로 상승되었지요. 그렇다면 혹여나, 제 주인께도 아주 조금이나마 마음을 나눠 주신다면 얼마나 행복할까 생각을 하여 이렇듯 부탁을 드리고자 찾아뵈었습니다."

각오를 다진 셀레스테라는 방금 전까지 덜덜거리던 모습이 확 달라져서 거침없이 내게 용건을 꺼내 놓았다만, 설마하니 신앙의 이야기가 나올 줄은 솔직히 미처 예상하지 못했다.

그렇다 쳐도 이 아이는 내가 마이라르를 신앙하고 있다는 말을 했는데, 나는 딱히 진심으로 믿음을 갖고 받드는 게 아니다. 지금은 인간으로 생활하는 입장인 만큼 어디까지나 필요 최저한의 범위에서 마이라르교의 가르침을 몇몇 따르고 있을 뿐이다.

애당초 마이라르는 나에게 신앙 운운하기 이전에 가장 좋은 벗이 잖은가.

벗에게 도움이 될 수 있기를 바라며 요즘 들어서는 기합을 넣어

기도했었다만, 다른 신에게 이런 소리를 듣게 될 줄이야, 허허…….

덧붙여서 마이라르는 카라비스와 달리 나에게 불쑥 얼굴을 보여주지는 않는다.

내가 이렇게 인간으로 다시 태어나기 이전부터 이 혹성뿐 아니라 더욱더 넓은 의미의 지상 세계에 자유롭게 출현하는 것이 카라비스의 특기였다만, 한편 마이라르는 식사 전이나 어떠한 행사 때 기도를 올리면 높은 빈도로 잡담을 나누고 있는지라 굳이 얼굴까지 마주할 필요도 없으니까.

"셀레스테르여, 나의 기도로 얻을 수 있는 힘은 마이라르의 입장에서는 썩 대단한 것이 아니란다. 다른 인간 신도보다야 현격하게 크기야 할 터이나 그럼에도 대신의 힘에 비하면 미미할 따름이지."

"그러나……. 그럼에도 불구하고, 드래곤 님의 기도로 얻을 수 있는 힘은 평범한 인간 신도가 수억 명, 수조 명……. 아니요, 제아무리 많은 숫자를 모아 놓아도 도저히 미치지 못합니다. 무엇보다 드래곤 님과 친분을 맺을 수 있다면 어떤 기적과도 절대로 바꿀 수 없지요. 제 주인 제노비아는 선한 쪽에도 악한 쪽에도 속하지 않은 신이니만큼 신앙을 가져주셔도 어딘가와 충돌이 일어나진 않을 겁니다!"

셀레스테르는 내게서 떨떠름해하는 기색을 보았는지 청산유수로 열변을 토했다. 나를 두려워하던 태도는 이미 싹 사라졌고 부릅뜬 눈에 핏발이 섰다. 거의 덤벼들다시피 하는 기세였다.

"외람되오나 저희는, 지상에 둔 교단의 규모는 비록 마이라르교와 비하여 떨어집니다만, 그렇다고 박해를 받는 처지도 아닙니다. 이곳 아크레스트 왕국에서 공공연하게 신앙을 표시해도 이단 심문을 당할 우려는 결코 없습니다. 드래곤 님께서 품고 계시는 온갖 욕망을 그저 진실로 바라시기만 하면 저희는 기꺼이 긍정해드리겠습니다."

실재하는 신의 숫자가 너무나 많은 까닭에 이곳 아크레스트 왕국이나 이웃 나라들은 개인의 신앙에 무척 관대하다.

신앙의 대상이 인류 및 선한 신들에게 적대하는 사신이 아닌 한에야 왕국 내에서 문제시되는 경우는 없다.

욕망을 관장하는 제노비아는 이따금 교단의 가르침을 자기 편리한 대로 해석한 신도가 소동을 일으키는 터라 세간에서는 다소 거북하게 여기는 경향이 있다.

다만 자기 자신의 욕망과 진지하게 마주하며 진정 자신이 바라는 것을 찾아내라는 가르침, 단지 욕망을 따라가는 것이 아니라 무수하게 생겨나는 욕망의 취사선택과 자제심에 대한 논의도 같이 이루어지고 있다.

신의 가르침보다도 몸소 영향을 받는 신도의 인간성에 따라 행실이 크게 좌우되는 제법 진귀한 교단이라고 말할 수 있겠다.

"뭐, 마이라르교의 신관 직위를 받은 입장도 아니니만큼 제노비아를 믿는 말 몇 마디쯤이야 입에 담아도 문제는 없을 터이나 그렇다고 굳이 신앙의 대상을 바꿀 이유도 없잖나?"

"물론 대가 없이 개종해달란 말씀은 절대 아닙니다. 그런 후안무치한 부탁은 설령 입이 찢어져도 아뢸 수 없습니다. 마이라르 님에 대한 신앙은 이대로 유지하셔도 무방합니다. 그저 제 주인에게도 기도를, 가끔…… 아주 가끔씩 해주신다면 충분히 만족할 수 있습니다. 네."

이렇게 자기 주인의 신자를 무슨 떨이하듯이 모을 필요는 없지 싶다만, 당사자인 셀레스테르는 나의 신앙을 확보하기 위하여 필사적이다.

아니, 애당초 두 신을 같이 신앙한다는 게 괜찮은 건가? 마이라르는 썩 신경을 쓰지 않을 것이라 쉽게 상상할 수 있다만.

"결코 공짜로 기도를 올려달라는 말씀은 드리지 않습니다. 지금 신앙을 가져주신다면……."

탁자에 손 짚고 나에게 쭉쭉 몸을 내밀며 셀레스테르가 마무리한 마디를 입에 담으려 했던 그 순간—.

"기다려주십시오!!"

경첩이 떨어져 나갈 것 같은 기세로 세차게 문이 열리더니 수많은 제지의 목소리가 우리들 귀를 뒤흔들었다.

"드래곤 님, 저희가 올릴 말씀에도 귀를 기울여주십시오!"

"제노비아 님의 천사만이 아니라 저희에게도 기회를 베풀어주십시오!"

셀레스테르의 발언을 가로막은 것은 온갖 신들의 신관 집단이었다.

저들은 밀치락달치락하며 서로의 몸이 꽉꽉 문에 끼어버린 터라 방에 들어오질 못하고 있다.

정말 우습기 짝이 없는 광경이다만, 사실 저 신관들 중에 인간은 한 명도 없다. 전원이 신계에 기거하는 천사 및 하급 신, 혹은 휘하의 권속들이었다.

본래 지상에 강림하면 어떠한 종교의 정점에 선 대신관, 대사교, 법황일지라도 머리 숙이고 최대의 예를 갖추어 모셔야 했을 천사와 하급 신들이 인간으로 모습을 바꿔서 나를 만나고자 찾아왔다.

흠, 흐음. 광물을 관장하는 신, 목양의 지식을 인간에게 전한 신, 기후 변화를 관장하는 신, 신앙에 따라 식물의 종자를 내려주는 신, 그 밖에도 다양한 부류가 있군.

"다들 용건은 셀레스테르와 같을 테고."

나는 납덩이를 삼킨 양 무겁게 숨을 토했다.

부랴부랴 앞다투어 내게 본인의 주신을 팔아 치우고자 하는 저들을 달랜 뒤 우선은 제비뽑기로 순번을 결정해서 한 줄로 세웠다. 그러고 나서 한 명씩 순서에 따라 이야기를 들어주기로 했다. 이렇게라도 하지 않으면 수습이 안 된다.

이 상황, 대인기(大人氣)가 아닌 대신기(大神氣)라고 표현할 수 있으려나— 괜히 실없는 생각을 떠올리며 나는 잠시 현실에서 눈을 돌려야 했다.

"처음 만나 뵙습니다, 드래곤 님. 저는 지혜와 지식을 관장하는 신 오르딘을 모시고 있는 마메르라고 합니다."

나의 눈앞에서 오르딘의 지식을 상징하는 의인화된 달과 태양이 들어가 있는 문장을 배치하여 만든 신관복 차림의 여성이 공손하게 머리 숙인다.

방금 전 셀레스테르와 달리 무척이나 당당한 행동거지이다.

내려뜨린 후드의 자락에서 금색 머리카락이 사르륵 흘러 떨어지고 아름다운 푸른색 눈동자가 내 얼굴을 비춘다.

영격으로 짐작하던대 최고위 천사, 치천사^{세라프}이리라.

"흠, 그대는 처음 만나던가. 오르딘이라⋯⋯. 인간에게 마법의 이치를 전해준 지식신들 중 주신의 한 자리에 있지. 마법 학원의 생도로 있는 나에게는 인연이 깊은 신이다. 전세 때도 얼마간 교분을 나누었지. 오르딘은 날 때부터 노인이었다만, 여전히 강녕하던가?"

내가 안부를 묻자 마메르를 빙긋 미소를 짓고 고개를 끄덕거렸다.

"네, 여전히 강녕하십니다. 저희의 주인은 드래곤 님께서 마도의 이치를 밝혀 나아가는 길을 선택하셨음을 안 뒤에 무척 기뻐하셨습니다. 이러한 사정이 있어 마이라르 님과 저희에게도 힘을 베풀어주십사 부탁드리기 위하여 이렇듯 찾아뵈었습니다."

"흐음. 마법 학원에서 수업을 받을 때면 오르딘의 이름을 자주 들었지. 학생들 중에는 오르딘을 신앙하는 부류도 적지 않다. 신앙과 교환하여 많은 지식을 내려주는 오르딘이라면 분명 신앙할 가치는 있지. 한데, 이렇듯 타산적인 형태로 신앙을 가지는 것이 인간과 신의 사이에 있어야 할 바람직한 신앙이라고 말할 수 있겠는가?"

마메르는 학생의 답변을 칭찬하는 교사와 같은 부드러운 미소를 띠었다.

"드래곤 님의 말씀이 백번 옳습니다. 저뿐 아니라 이곳에 있는 모두의 요청은 신앙이 아니라 마치 장사— 혹은 거래라는 표현이 더 맞아떨어질 테지요. 결코 인간과 신의 사이에 있어야 할 바람직한 신앙의 형태는 아닙니다. 하오나 당신께서는 고신룡이십니다. 특별한 사례이오니 부디 관대하게 보아주십시오."

"확실히, 나의 경우는 인간과 신의 신앙이라 표현하기는 어려운가. 그렇다면 이런 형태의 거래도 아마 가능할 수 있겠군."

흠. 오르딘은 꽤 친분을 맺은 사이인 만큼 신앙을 고려해봐도 나

뺄 것은 없겠군.

내가 가만히 생각을 하던 때 갑자기 쾌활한 여자 목소리가 끼어들었다.

"에이, 늙은 할아버지가 아니라 달리 신앙을 바치기에 더 어울리는 여신님이 있단 생각은 안 들어? 드랑."

나를 『드랑』이라고 부르며, 아울러 나의 지각망을 건드리지 않고 모습을 드러낼 수 있는 여신은 고금동서를 다 찾아봐도 단 하나의 존재뿐.

마메르와 셀레스테르뿐 아니라 다른 천사며 하급 신들도 갑작스럽게 내 뒤에 출현한 여신을 인식한 순간 경악하며 표정을 수습하지 못했다.

"언제나와 같이 갑작스럽군, 카라비스."

나의 콧속을 은방울꽃과 비슷한 짙은 냄새가 간질인다.

흐음? 향수를 뿌리고 왔나, 별일이군.

카라비스는 의자에 걸터앉아 있는 나의 등 뒤에서 무게감 있는 가슴을 굳이 일부러 내 머리 위쪽에 얹어 놓더니 어깨에도 손을 올렸다.

이어서 카라비스는 내게 우애만이 가득 담긴 미소를 지어주며 측면으로 돌아섰다.

"그게 내 멋이잖아."

카라비스는 20대 후반의 여성, 게다가 빼어난 미녀의 모습을 취하고 있다.

탐욕스럽게 먹잇감을 사냥하는 육식 동물을 연상케 하는 금색의 눈동자는 기뻐하며 눈웃음 짓고, 선정적인 입술에는 짙은 보라색의 연지가 그어졌다. 입술과 같은 색깔로 칠된 손톱에서는 작은 금박과 은박, 보석이 반짝인다.

두 어깨와 겨드랑이 및 가슴의 측면이 들여다보이도록 대담하게 트임을 넣은 검은색 새틴 드레스를 차려입었고, 이상하리만큼 핏기가 없는 피부와 대비되는 진홍색 머리카락이 가녀린 어깨며 허리를 숨겨주듯 넓적다리의 중간까지 뻗어 내려왔다.

잠시 사이를 두었다가 방 안에 있던 모두가 카라비스에게 다양한 반응을 보여주기 시작했다.

"으읏, 자네, 아무리 케이아스의 자매라지만, 어찌 뻔뻔하게 지상에 모습을 드러내는가!"

"이 자식, 파괴와 망각의 대여신인가!"

"케흐흑, 카라비스 님?!"

흠? 케이아스의 사자도 와 있었던가. 케이아스와 카라비스는 비록 남매간의 신이라 하나 성격이 물과 기름인 터라 대단히 사이가 안 좋다. 따라서 적대시하는 것도 무리는 아니다.

그 밖에도 카라비스와 가까운 입장에 있는 신의 사자도 있는 듯한데, 그나저나 『케흐흑』이라며 놀라는 반응은 정말 카라비스답군.

카라비스는 나 이외에는 전혀 흥미를 나타내지 않는다. 흘낏 쳐다보지도 않았다.

"하하핫, 잡상인들이 쫌~ 시끄럽지만 신경 안 쓸래, 안 쓸래. 드랑한테 못된 벌레가 몰려들었다는 걸 깨닫고 부랴부랴 왔거든? 사랑하는 드랑한테 다른 여신의 냄새가 묻으면 못 참는단 말야."

"나는 네 것이 아니다. 너 또한 나의 것이 아니다만."

카라비스는 장난스럽게 내 뺨에 손가락을 갖다 대더니 섭섭한 소리 마, 칭얼거리듯이 쿡쿡 찔렀다.

"심술쟁이네, 드랑. 드랑이 말해주면 언제든 연인이 되어줄 텐데? 아, 아니면 나를 신앙해볼래? 드랑이 있는 나라에서는 사교 취급받지만, 드랑이 나를 믿어준다면 지금 당장에 교황으로 만들어줄겡."

교황으로 만들어주겠다는 것은 웬 말인가. 카라비스교는 대륙 전토에서 금교, 사교 취급을 받는 입장이다. 신도임이 발각되면 문답 무용으로 감옥행이다.

그런 교단의 정점에 세워줘도 기쁘지 않다.

카라비스교의 가르침은 나와 어우러질 수 있는 방향도 아닐뿐더러 지금의 악우라는 관계를 굳이 무너뜨릴 생각은 없다.

"카라비스여―."

내가 거절의 말을 꺼내려 한 순간, 또 새로운 기척이 방 안에 생겨나더니 우리들 앞에 장엄하다고 말할 수밖에 없는 광채를 두른 여성이 나타났다.

어둠과 밤의 색깔을 띤 머리카락, 흑색의 마노를 연상케 하는 빛나는 눈동자. 그리고 상처 입은 병자일지라도 곧바로 제 괴로움을 잊게 만들어주는 포용력.

나의 가장 좋은 벗이자 최고위의 대지모신 마이라르이다.

신계에 올랐을 때 보았던 모습과 마찬가지로 하얀 의복을 차려입은 저 자태를 잘못 알아볼 리 없다.

카라비스와 동격의 최고위 신격이 출현함에 따라 나를 권유하고자 왔던 천사들은 또다시 큰 반응을 나타냈다. 다만 카라비스를 보았을 때와 성질이 정반대이다.

"마, 마이라르 님?!"

"오오, 진정 신께서는 우리를 아직 버리지 않으셨구나."

"이제 카라비스에게도 대항할 수 있겠군."

"서, 설마 마이라르까지 나타날 줄은……. 아니, 그래도, 카라비스 님께서 이 자리에 계시는 상황이면 오히려 행운인가."

과연 나의 친구이자 숙적인 카라비스답다. 선악을 불문하고 모든 신들에게 골칫거리 취급을 받는 명성은 헛것이 아니군.

마이라르의 등장에 과연 안도해도 되는 것인가 망설이는 저자는 일단 악신의 진영에 속한 자나두의 권속인가.

신앙을 가진 인물의 기도에 응답하여 저주를 부여하는 것이 주된 활동인 악신인데 다만 저주의 규모가 몹시 자질구레하다. 아무것도 없는 곳에서 자꾸 발이 걸리게 하고, 중요한 일정이 있는 날 늦잠을 자게 만들고, 배탈이 나게 하고, 이틀 갈 숙취를 나흘짜리로 만드는 등등……. 악신이라고 단언하기에는 미묘한 신성이다.

게다가 의외로 격은 높은지라 위에서 헤아리는 게 빠를 만큼 강력하고 오래된 신이기도 하다.

카라비스와 비교하면 해가 없는 신이라고 말할 수 있다. ……그만큼 지명도 전혀 없다만.

"카라비스, 드래곤을 쓸데없이 유혹하는 짓은 그만두세요."

마이라르의 또랑또랑한 목소리가 울려 퍼진다.

"하핫, 되게 황당한 말을 하네, 이 아줌마가. 내가 친구랑 뭘 어떻게 하든 내 마음이야!"

아니, 아줌마 소리가 왜 나오나. 너희는 존재의 발상 시간도 거의 비슷비슷할 터인데.

"아무 데서나 마구잡이로 소동과 재난의 씨를 뿌리고 다니는 당신이 곁에 있으면 드래곤에게 얼마나 큰 폐를 끼치게 될지 헤아릴 수 없는 겁니까?"

"흐흥. 나랑 드랑은 진정한 친구란 말야. 그니까 어지간한 민폐는 민폐가 아냐. 물론 진짜로 폐는 안 되게 나름대로 자제도 하고 있거든."

흠. 차 맛이 좋구나.

"그것은 당신의 일방적인 착각에 불과하죠. 과거에 당신이 드래곤의 분노를 사서 호되게 야단맞은 사례가 대체 몇 번이나 있었는지 기억을 못 합니까?"

"헤헹, 그래도 기죽지 않는 게 나의 장점이거든. 게다가 드랑도 이러니저러니 말은 하면서 나랑 친구로 쭉 지내준단 말야. 그러니까 상관없지롱."

에헴, 자랑하듯이 커다란 가슴을 흔들거리며 어깨를 쭉 펴는 카라비스는 마이라르의 말을 전혀 신경 쓰는 기색이 없다.

아, 창문 너머로 보이는 하늘이 파랗군. 마음에 푹 와닿는 푸르름이다.

"또 이렇게 드래곤의 너그러움에 숨는 발언을 하는군요."

"뭐래. 너야말로 드랑이랑 무슨 사인데? 남매도 아니고 부모 자식도 아니잖아. 더구나 연인이나 부인도 아니면서. 친구라는 말 붙이면 너랑 나랑 똑같거든? 잔소리를 들을 이유가 없단 말이야."

나를 사이에 둔 마이라르와 카라비스가 벌이는 눈싸움과 말싸움의 중압이 점점 더 더욱더 무겁게 격화되어 간다.

방의 구석에 눈을 돌리면 움츠러든 천사와 하급 신 몇몇이 거품을 뿜으며 정신을 놓은 상황이었다.

나도 정신을 놓아버리면 편해지지 않으려나……. 괜히 엉뚱한 생각을 하던 때 또다시 새로운 기척이 하나 생겨난다.

게다가 이번에는 내 눈앞의 탁자 위쪽에 발생했다. 이 기척에서 느껴지는 빼어난 힘을 나, 마이라르, 카라비스가 동시에 감지했다.

대신급의 신성이 출현하려고 한다?

신역에 달한 이 기척, 어이쿠, 어떤 의미로 가장 만나고 싶지 않았던 신의 강림인가.

과거에 나와 헤아릴 수 없는 전투를 거듭 펼쳐왔던 천계 최강 최고의 전신(戰神)—.

"후후후, 하~핫핫핫핫! 오랜만이구나, 드래곤이여!!"

"알데스. 분명 오랜만이다만 최고위의 신격이 셋이나 한꺼번에 지상으로 내려오……."

나는 거기까지 말한 뒤 입을 다물었다.

쿠웅, 묵직한 소리를 내며 전신 알데스가 내 앞쪽의 탁자 위에 현현한다.

마이라르나 카라비스와 마찬가지로 인간의 규격에 수용 가능할 만큼 힘을 억제하여 이렇듯 살점과 실체를 지닌 몸으로 강림했지만, 내가 말문이 막힌 이유는 딱히 알데스의 갑작스러운 출현 때문이 아니었다.

나의 눈앞에 선 알데스의 차림이 바로 문제였다.

마이라르는 얼굴을 빨갛게 붉힌 채 부들부들 경련하고 있고, 카라비스는 와~ 오~ 무언가 감탄하는 목소리를 내고 있다.

아아, 어쨌든 나는 이러한 장면을 보고 싶지는 않았군.

알데스의 온몸은 푹 젖어 있으며 긴 금발도 또한 뿌리부터 끝부분에 이르기까지 목욕물의 방울을 머금은 채 근사한 근육의 갑옷에 달라붙어 있다.

그리고 내 눈앞에서 대롱대롱 흔들리고 있는 늠름한 물건.

알데스 녀석, 목욕을 하다가 말고 내 처소에 왔나 보구나.

하다못해 몸을 닦아서 수건이나마 두른 다음에 와야 하지 않겠나! 무슨 서글픈 잘못을 저질렀기에 다른 남자의 물건을 목전에 두고 직시해야 한단 말인가!?

이러한 나의 분노는 전혀 모른 채 알데스는 나의 얼굴을 내려다보며 씩, 반짝이는 미소를 지어 보였다.

"드래곤이여, 건재한 모습이 정녕 반갑구나. 작은 그릇에 머물러야 하는 처지임에도 자네의 힘, 아직껏 강대함을 보았다. 어떤가, 당장에 창을 한 번 부딪쳐볼 텐가?"

아아, 알데스는 옛날부터 이랬다. 좋게 말하자면 호탕한 사내, 나쁘게 말하자면 다른 사람의 눈을 개의치 않고 분위기 파악도 안 된다.

옆에는 내게 가슴을 문질러 대는 파괴와 망각의 대여신, 눈앞에는 막 목욕탕에서 나와 아무런 거리낌 없이 전라를 드러내고 있는 전신, 눈앞에 대뜸 나타난 엉덩이 때문에 분노하여 부들거리는 대지모신, 방 구석에는 움츠러들어 있는 천사와 하급 신들.

그리고 나는 인간으로 다시 태어난 고신룡. 도대체 뭐지, 이 상황은?

†

―그날, 수많은 세계와 다수의 사람들에게 격진이 치달았다.

대지모신 마이라르를 숭상하는 마이라르교는 여성 교황과 대신관장, 열한 명의 대신관, 아울러 마이라르와 그 계보에 속한 신들에게서 받는 신탁에 따라서 운영 및 통치되고 있다.

마이라르의 지상 대행자 격인 여교황이 기거하는 대신전은 위용을 운운하기에 충분히 큰 크기지만, 일반 주민들의 거주 지역과 멀리 떨어진 산맥에 위치하며 마이라르교의 규모를 감안하면 놀랄 만큼 검소한 구조이다.

풍요로운 대지의 은혜와 함께 살아가는 것을 교리로 설파하는 마이라르교는 세속적인 부와 영예에 별반 가치를 두지 않기 때문이었다.

당대 교황 카틀레야와 보좌관의 역할을 맡는 대신관장과 두 명의 대신관, 호위를 위해 선발된 최정예 신관 전사 및 신전 기사, 시중 담당의 신관들은 산맥 내부에 머무르는 터라 일반 신도들이 이들의 얼굴을 볼 기회는 썩 많지가 않다.

카틀레야는 『그때』 기도실에 있었다.

바닥은 평탄하게 다져 둔 산의 흙이며 방의 형태는 창문이 없는 동그란 모양. 머리 위에는 마이라르를 중심으로 권속들을 비롯한 여러 신들의 상상화가 정성껏 그려져 있다.

그리고 마이라르의 바로 곁에는 하얀 비늘과 여섯 장의 날개, 무지개색 눈동자를 지닌 고신룡의 모습도 있었다.

기도실의 중앙에 무릎 꿇고 두 손을 꼭 쥐고서 고개 숙이고 있는 — 거의 모든 종교에 공통되는 기도 자세를 취하고 있는 카틀레야는 마이라르교를 통괄하는 교황이라는 지위를 생각하면 많은 사람들이 너무 젊다는 인상을 받을 것이다.

당대 여교황 카틀레야는 재위 5년, 올해로 스물두 살이었다. 역대 여교황을 돌이켜봐도 꽤 젊은 나이의 교황임은 분명하다.

카틀레야는 특별히 빼어난 미인이라고 말할 순 없겠지만, 가만히 곁에 있기만 해도 평온함이 느껴지는 포용력 및 자애 가득한 분위기의 여성이다. 비단 같은 광택을 지닌 물결치는 흑발은 허벅지에 닿는 길이로 뻗어 내려오며, 화장기 없는 피부는 건강한 색을 띠고 있었다.

교황의 정장인 하얀 신관복 위에 후드가 달린 망토를 걸쳤고 목에다가 마이라르교의 가르침을 금사로 수놓은 푸른 바탕의 긴 천을 걸쳐 놓았다.

대신전을 둘러싸고 있는 시간의 흐름마저 잊어버릴 것 같은 정적은 카틀레야가 갑작스레 기도의 자세를 무너뜨리며 벌떡 일어남으로써 깨어졌다.

긴 속눈썹이 둘레를 장식하고 있는 눈꺼풀을 살짝 감고 있었던 카틀레야는 마치 번개에 맞은 것처럼 온몸을 덜덜 떨다가 제자리에서 세차게 몸을 일으키더니 평소 모습으론 상상할 수 없는 당혹에 찬 표정을 짓는다.

이상 사태임을 깨달은 대신관장 및 신관 전사들이 무슨 일인가 놀라 달려오자 카틀레야는 어머니처럼 가깝게 지낸 대신관장에게 다른 사람들의 눈을 신경 쓸 여유도 없이 꽉 안겨 들었다.

마치 무시무시한 꿈에서 깨어나 겁먹은 어린아이가 어머니의 온기를 찾아 달라붙는 듯한 행동이었기에 대신관장은 무작정 나무라는 대신에 카틀레야의 몸을 다정하게 끌어안아주는 것을 선택했다.

배 아파 낳은 아이는 아닐지언정 대신전의 부지 구석에 버려졌던 카틀레야를 진심으로 자기 자식처럼 키워준 사람이 당시에 이미 대신관의 지위에 올랐던 이 여성이었다.

깊이 주름진 대신관장의 손이 카틀레야를 위로하며 머리를 다정하게 쓰다듬자 떨림은 멎고 긴장이 누그러진다.

나이는 비록 젊으나 카틀레야는 역대 여교황과 비교해도 결코 손색이 없다.

고결하며 지용이 뛰어나기에 5년의 재위 기간 중 대신전 소속 사람들은 물론이거니와 대신전을 방문하는 교도들도 절대적인 신뢰를 보내고 있다.

선대, 선선대 여교황을 잘 아는 대신관장이 개인적인 호감을 제외하고 봐도 카틀레야는 여교황의 지위에 있는 동안 아무런 걱정이 없으리라 호언장담할 수 있는 인재이다.

그런 카틀레야가 어린아이처럼 부들부들 떤다면 예삿일이 아니다.

"예하, 도대체 무슨 일입니까. 저희에게 말씀해주세요. 가슴속에 담아 두지 마시고 입 밖에 꺼내보시면 조금은 마음이 편해지실 겁니다."

대신관장이 달래자 카틀레야는 넋이 떨어져 나간 사람처럼 중얼거렸다.

"아아, 어떻게 된 일일까요. 마이라르 님께서, 마이라르 님께서……."

"위대하신 마이라르 님께서, 뭐라 하셨습니까? 예하."

"제가 마이라르 님의 목소리를 듣게 된 이후로 처음이에요. 이런 경우는. 마이라르 님께서, 마이라르 님께서 화내고 계십니다!"

†

그렇다. 마이라르는 화내고 있었다.

귀한 벗 드래곤을 유혹하는 숙적 카라비스에게.

또한 일부러는 아닐 터이나 젖은 맨엉덩이를 눈앞에 들이대고 있는 전신 알데스에게!

아니, 청렴함을 화폭에 그려 놓은 듯한 마이라르가 아니더라도 이 상황은 버겁다.

"있지, 있지. 드랑, 드랑. 마이라르가 폭발할 때까지 대충 얼마나 더 남았을까? 알데스랑 마이라르의 관계가 험악해지면 사실 난 대환영이긴 한데."

"그래그래. 마음껏 기대하도록 해라."

흥미진진한 표정을 짓고 물어보는 카라비스는 적당히 상대하며 나는 상당한 기력과 맞바꿔서 입을 열었다.

"알데스여, 자네와 언제 대결하든 나중에 이야기하도록 하고, 우선은 탁자에서 내려오지. 예의에 어긋나잖나. 게다가 자네의 뒤에 있는 마이라르에게도 한마디 사과를 하게."

"음? 오, 확실히 이런 꼴이면 다소 예의에 어긋나는군. 푸하하하, 실례를 했어."

알데스는 명랑하게 웃더니 얍, 한마디 소리를 내며 가볍게 탁자에서 뛰어내렸다.

별반 대수롭지 않은 저 동작 하나도 인생의 전부를 무예에 바친 인간조차 도저히 다다를 수 없는 경지에 있다. 전투의 신은 그야말로 그런 존재이니까 당연하기는 하다.

"오호, 카라비스에 마이라르뿐 아니라 많은 자들이 이곳에 같이 모여 있었나. 인기가 참 많군, 드래곤이여."

씩 웃는 알데스의 하얀 치아가 반짝 빛난다.

성격은 별개로 하고 만부부당이자 천하무쌍의 대영웅 같은 풍모이니까 이렇듯 미소 띤 모습은 다른 사람들을 이루 다 말할 수 없이 끌어들이는 매력을 발산한다.

다만 눈앞에 있는 전라남의 알맹이를 이미 잘 아는 내가 보기에는 단지 무거운 기분만 솟아날 뿐이다만.

"전세의 인연이 있기 때문이지. 알데스, 탁자에서 내려왔으면 이제 옷을 입어야겠군. 부끄러움을 알라는 말까지는 안 하겠다만, 예절은 갖춰야 하지 않겠나. 마이라르에게 언제까지 엉덩이를 보여줄 작정이지?"

"음, 나는 신경 안 쓴다만. 오히려 이 철저하게 단련된 육체를 만인의 앞에 드러내는 데 어떠한 망설임이 있겠나."

확실히 투쟁의 정점에 선 신의 육체는 싸우는 자들의 이상을 뛰어넘는 수준인지라 모종의 미의 극치에 올라섰음은 나로서도 부정은 하지 않는다.

두꺼운 눈썹을 찌푸리는 알데스에게 이제껏 새빨개진 채 부들부들 경련하고 있었던 마이라르가 더는 못 견디겠는지 큰 목소리로 외쳤다.

"제가 신경을 쓴단 말입니다, 알데스!"

"으음, 딱히 불편하진 않다만, 고함지르는 사람 때문에 어쩔 수 없군."

알데스는 창을 가볍게 들어 올려서 물미로 바닥을 때린다. 쿵, 소리가 울려 퍼지는 순간, 온몸이 황금빛에 감싸였다.

발할라에 있는 갑옷을 소환했을 테지.

육체적으로는 인간과 비슷한 정도까지 힘이 떨어졌다지만, 얼마간은 신의 권한을 쓸 수 있는가 보군.

빛이 사라진 이후 알데스가 두르고 있는 것은 테두리가 붉게 장식된 흑색의 전신 갑옷이었다.

목 부분부터 발끝, 손가락 끝에 이르기까지 빈틈없이 덮여 있지만, 활동성을 고려해서인지 대단히 세세하게 부위가 나뉘어 있다.

전세 때 몇 번이나 목격했던 알데스가 애용하는 갑옷이다.

두 어깨가 사자의 갈기털처럼 커다랗게 부풀어 오른 것이 특징적이며 아마 알데스 본인의 힘은 대폭 억제되었어도 갑옷의 능력은 그렇게까지 큰 제약이 걸려 있지는 않은지 전신의 갑옷에 어울리는 힘이 느껴진다.

그리고 알데스가 들고 온 창도 역시나 예전부터 쭉 써온 애용품이며 지닌 바 힘은 갑옷과 동등하다.

물론 갑옷이든 창이든 본래의 힘과 비교할 순 없겠지만, 지상의

물건과 비교하면 몹시 간단하게 최강·최고의 칭호를 획득할 테지.

"이제 불만은 없을 테지. 목욕 중 급하게 이곳에 와서 말이다. 옷 입을 시간도 아까웠던 탓이군. 마이라르, 미안하다."

알데스는 당당한 자세로 꾸벅 마이라르에게 머리를 숙였다.

이런 솔직한 대응 앞에서는 마이라르도 더 이상 화내며 몰아세우기도 어려웠는지 후유, 한 차례 한숨을 내뱉더니 결국 분노를 잠재웠다.

"아니요, 저도 말이 조금 지나쳤습니다. 그나저나, 당신까지 드래곤을 만나기 위해 내려오다니요……."

"무슨 소린가! 비록 인간으로 다시 태어났다지만, 드래곤과 또다시 창을 부딪칠 기회가 내게 주어졌다. 이런 요행에 흥분하지 않는다면 어찌 전신을 자처할 수 있을까. 얼마 전 드디어 드래곤에게 삶의 의욕이 생겼음을 알게 되었다만, 너희의 모습을 대강 보건대 이런 심경의 변화는 꽤 예전부터 말이 오갔던 모양이군?"

내 몸에 둘러진 카라비스의 팔에 꾹 힘이 들어간다. 아, 뭔가 받아칠 작정이군.

"그야 그렇지. 알데스 군, 드랑이랑 싸우기 위해 네가 몇 번 일거리를 뒤로 미뤘는지 알기는 알아? 드랑이 전생한 이야기가 네 귀에 들어가면 딱 이렇게 쫓아올 게 불 보듯 뻔하잖아. 다 알았던 거야."

"카라비스……."

천계의 실정을 — 아마 추측이겠지만 — 폭로하는 카라비스에게 마이라르가 매서운 시선으로 주의를 줬다.

한편 카라비스는 메롱, 혀를 내밀며 맞서 대응한다.

어린아이의 싸움이 아닌가.

두 여인의 반응을 보고 알데스는 자신만이 나의 전생에 대한 소식을 전해 듣지 못했다고 판단한 것 같다.

으음, 침음한 뒤에 이렇게 입을 열었다.

"음, 내가 드래곤과 싸우고 싶어 책무를 소홀히 했던 것은 사실이지. 이 같은 결과를 불러온 것은 자업자득. 물론 드래곤이 전생했다는 사실은 안 이상 마음껏 행동할 테다! 아핫핫핫핫핫!! 나의 여동생 아미아스의 눈을 속이기 위해 일부러 혼자가 될 수 있는 목욕 와중에 이렇듯 지상으로 내려왔으니까 말이지!"

별반 개의치 않는 모습의 알데스를 보고 카라비스는 뺨을 볼록거리며 투덜댔다.

"뭐야. 좀 화내고 삐쳐야 재밌는데. 대지모신과 전신의 사이가 아예 틀어지는 지경까진 아니더라도 관계에 금이 가는 정도는 기대해도 될 것 같았는데."

"카라비스여, 나 또한 약간은 분별력이 있다. 그리고 나 자신의 성격에 대한 자각도 역시! 쉽사리 너의 뜻대로 되진 않을 것이다. 음하하하하하하."

"그래그래, 재미없어."

카라비스의 흰소리를 흘려듣고 있자니 알데스는 불쑥 오른손에 든 창을 빙글 회전시켜서 창끝을 나의 코앞에 들이밀었다.

그리고 또다시 씩 웃는다. 다만 이제껏 쾌남아의 인상을 주던 미소가 아닌 호전적인 분위기로 바뀌어 있다.

"오오, 안 되지, 안 돼. 이야기에 흥이 나서 이곳에 온 목적을 잊어버릴 뻔했군. 자, 드래곤이여. 나와 맞붙을 대결의 이야기를 이제부터 나누도록 하지. 안심해라. 지상에서 대결을 벌일 만큼 나도 어리석지는 않다. 전장은 천계이든 용계이든 아니면 마계이든 상관없다."

"알데스, 무슨 소리인가요. 드래곤은 이제 인간 드란이 되어 지상에서 살아가는 몸입니다. 그런데 억지로 싸움터에 몰아세우다니요!"

마이라르가 대화에 끼어든다.

"마이라르여, 대지모신인 너는 알지 못한다. 전투를 관장하는 자로 태어난 신이 느끼는 피의 들끓음을. 무예에 삶을 바쳐서 살아가는 일개인이 강자를 앞에 두었을 때 느끼는 혼의 고양감을! 전투란 곧 삶을 대변하는 행위. 그러나 나의 혈육과 영혼이 원하는 전투는! 스스로 지닌 육체의 모든 힘, 기술, 또한 온 마음을 쏟아부어서 맞붙는 투쟁!!"

흠. 힘을 낮추어 강림했음에도 과연 전신이다. 혼이 고양됨에 따라 주위로 발산되는 힘의 파동이 꽤 무시무시한 수준이군.

이런, 천사들과 하급 신들이 무척이나 안 좋은 상태로 경련하고 있지 않은가.

이 사태를 깨달은 마이라르가 급히 조처를 취하기 시작했으니 걱정은 없을 테지.

다만, 이 상황에서는 내가 상대를 하지 않는 한 알데스도 조용해지지 않으리라.

……어쩔 수 없군. 발할라의 어딘가, 아니, 이대로 조건을 붙여 지상에서 상대하는 것도 괜찮은 방법인가.

내가 전투에 응할 마음을 먹었음을 알아차린 뒤 알데스의 미소가 한층 깊어진다. 결국 일전을 치를 각오로 임해야 할 때가 왔는가.

우리의 기세가 변화했음을 깨달은 카라비스가 작게 『클났다』라고 중얼거리는 소리가 들려온다.

어서 장소를 옮기고자 내가 움직이기 직전, 또다시 새로운 기척이 문 너머에서 생겨났다.

아울러 알데스와 무척 비슷한 성질을 띠고 있었기에 나는 즉각 알아차렸다.

다만 나에게 정신이 팔린 알데스는 아직껏 알아차리지 못한 모습이다.

곧 세차게 문이 열렸다.

"드래곤 님, 오라버니, 기다려주십시오!!"

위세 좋은 여자의 목소리가 울려 퍼진다.

문 너머에서 나타난 자는 팔다리가 훤히 드러난 의복을 걸친 금색의 단발머리 여신. 저 여성이 바로 알데스의 친여동생이자 전투를 관장하는 대여신 아미아스이다.

내 머릿속에서는 자유분방한 알데스가 사고를 칠 때마다 항상 뒷수습을 떠안아 고생한다는 인상이 강하다.

"오오, 아미아스. 뭐냐. 너까지 여기에 오—"

이제껏 짓고 있었던 미소를 어색하게 구는 모양새로 바꾼 알데스가 고개 돌린다. 문을 연 시점에서 아미아스는 이미 애궁을 들어 겨누고 있었는데 황당하게도 친오빠를 표적 삼아서 망설임 없이 화살을 쏘아 날렸다! 어이쿠, 이런.

아미아스는 알데스의 여동생이지만, 지닌 바 신격은 완전히 동등하다. 무력도 손색이 없는지라 나라는 존재에 의식이 쏠려 있었던 알데스가 노출한 틈을 놓치지 않았다.

제아무리 대단한 전신도 설마 친여동생이 마주치자마자 머리에 화살을 쏠 줄은 전혀 예상할 수가 없었을 테지. 놀라는 탓에 약간이나마 반응이 지체됐다.

그럼에도 알데스는 즉각 오른손에 든 창을 휘둘러서 발사된 화살을 튕겨 냈지만, 첫 번째 화살의 뒤에 숨어 있었던 두 번째 화살에 푹 이마를 꿰뚫려버렸다.

알데스는 *끄앗*, 한마디를 남긴 채 기우뚱하며 제자리에 무릎 꿇는다.

그나저나 역시 알데스, 죽진 않았군.

"못살아, 오라버니는 왜 다른 분들께 폐만 끼치나요!"

이마에서 피가 흐르는 오빠의 얼굴을 확인한 뒤에 아미아스는 그제야 팔을 내려뜨리며 거하게 한숨 쉬었다.

"오랜만에 뵙습니다, 드래곤 님. 마이라르 님도 같이 계셨군요. ─음?! 카라비스도 있었나. 정말 놀라운 광경입니다. 아무튼 간에, 오라비가 터무니없이 폐를 끼쳤습니다."

흐음, 친오빠를 쏘아 놓고도 이런 반응이라니. 변함없이 무시무시한 여동생이군.

"그래, 음. 건강하게 지낸 듯하여 다행이다만, 괜찮은 건가? 알데스의 이마에 명중해버렸다만."

지극히 당연한 문제를 물은 나에게 아미아스가 쾌활하게 답했다.

"네. 오라버니는 말해도 들어줄 만한 분이 아니온지라 이렇게 실력 행사에 나서는 것이 최선의 수단입니다."

"그 점에 대해서는 나도 같은 의견이지만, 그렇다고 알데스가 지상에 내려올 때마다 매번 그대가 화살을 날리기 위해 따라와야 한다면 이래저래 번거로울 테지. 한 번 정도는 나와 대련을 해서 발산시켜주는 것이 결과적으로는 더 좋지 않겠나?"

"마음 써주셔서 뭐라 감사의 말을 드려야 할지 모르겠습니다. 확실히 엄격하게 단속해 봤자 오라버니가 얌전하게 인내할 리 없습니다. 온 힘을 다하여 드래곤 님의 소식이 오라버니의 귀에 들어가지 않도록 애썼습니다만, 그럼에도 이런 꼴이니……."

아미아스의 눈동자에는 오빠에 대한 싸늘한 모멸의 빛이 번뜩번뜩 빛나고 있었다.

흠, 평소부터 상당히 울분을 쌓아 놓았나 보군.

"나 또한 마계에서 몇 번인가 힘을 휘둘렀던 터라 조만간 알데스가 찾아오리라 각오는 하던 차였으니 너무 신경 쓰지 마라. 그렇다 해도 알데스가 내동댕이친 책무의 뒷수습까지 떠맡아야 하는 너희의 입장에서는 순순히 알겠다는 대답이 나오기도 어려울 테지. 거참……. 이 녀석의 못된 버릇은 전혀 고쳐지질 않는군. 지인의 변함없는 모습을 볼 수 있어서 기쁘기도 하나 그 이상으로 난감함이 느껴지는군."

"예. 정말이지 난처한 오라버니입니다. 지상의 주민들을 사후에 에인헤랴르로서 천계에 맞아들일 때마다 혹여 저들이 실망하지는 않을까 조마조마한 마음입니다."

"훗훗훗. 여동생이여. 오라비는 누군가에게 좋은 평가를 받기 위하여 창을 휘두르는 것이 아니란다."

알데스가 이마에 돋아나 있는 화살을 가볍게 빼내자 이미 그곳에는 상처 하나 없었다.

나와 아미아스가 대화를 나누는 동안 완벽하게 상처를 회복한 듯하다.

왼손에 쥔 화살을 여동생에게 건넨 뒤 무엇이 기쁜지 호쾌하게 웃는다.

"음하하하하하. 물론, 이 말은 너에게도 똑같이 할 수 있다. 아미아스여, 설령 네가 나의 오른팔일지라도 이 들끓는 투쟁심은 억제할 수 없다. 너라면 잘 알고 있겠지. 드래곤의 말대로 한 번은 싸우도록 놔둬서 발산시키는 것이 나중을 위해 더 좋을 터이다. 아닌가?"

알데스는 딱히 여동생을 약 올리자는 생각에 하는 말이 아니었겠지만, 다소 표현의 선택이 바람직하지 않다.

아미아스는 관자놀이를 살짝 실룩실룩하며 막 받아 들었던 화살을 시위에 메기고 있다. 또 뭔가 알데스가 실언을 하면 한 번 더 화살이 날아갈 테지.

"자, 진정들 하고. 두 사람 다 적당히 해라. 사전에 소식이나 보내 준다면 상대는 하지. 알데스도, 아무런 말 없이 내 앞에 나타나는 행동은 삼가라. 돌고 돌아서 너에게도 안 좋은 결과가 올 뿐이다."

어째서 내가 남매 싸움을 중재해줘야 한단 말인가……. 불쑥 허망해지는 심정을 주체할 수 없었지만, 일단은 성과가 있었는지 아미아스가 화살을 내렸다.

"후후, 드래곤에게 가르침을 받게 되다니. 그럼, 아미아스여. 돌아가는 대로 쌓여 있는 책무는 착실하게 완수하도록 하마."

"오라버니는 일단 입 밖에 꺼낸 말씀을 굽히는 분은 아니니까 이 번에는 믿어보도록 하죠. 오라버니, 저는 딱히 드래곤 님께서 계신 곳으로 찾아가는 행동 자체를 책망하는 것이 아닙니다. 저희에게 어떤 양해도 없이, 또한 드래곤 님의 불편함을 생각하지 않은 채 느닷없이 쳐들어가는 방식이 잘못되었다고 말씀드리는 겁니다. 아무 쪼록 이해해주십시오."

"음, 유념해 두마."

힘주어 고개를 끄덕이는 알데스는 적어도 성의가 가득 흘러넘치는 듯 보인다.

괜찮은…… 건가?

일단 험악한 분위기가 물러감에 따라 내 뒤에 숨어 있었던 카라비스와 기절해 있는 하급 산들을 돌봐주던 마이라르가 안도의 숨을 내뱉는다.

나와 알데스의 대결은 필시 주변에 심대한 여파를 끼치게 될 터이나 알데스와 아미아스의 남매 싸움도 결코 덜하지는 않을 것이다. 이 녀석과 맞붙어서 『가벼운 대련』으로 끝날 리 없겠지만, 잠깐 상대해서 만족감을 줄 만큼은 힘을 써야 할테지.

그렇게 각오를 다지며 얼굴을 든 나는 하급 신 하나가 거의 기절하다시피 나에게 오체투지하고 있음을 깨달았다.

이런, 언제부터 이러고 있었을까.

다른 신들의 권속들과 마찬가지로 여성이며 갈색 피부에 대비되어 잘 어울리는 은발을 길게 길러서 폭이 넓은 보라색의 천으로 묶어 놓았다.

그냥 엎드린 것이 아니라 오체투지를 하는 까닭에 용모는 전혀 알아볼 수 없지만, 두 어깨를 노출한 아마색의 원피스를 걸쳐 입어서 꽤 선정적인 체형을 드러냈다.

"흠, 거기, 자네. 무슨 사정인지 아까부터 쭉 바닥에 머리를 조아리고 있던데 다른 자들과 용건이 조금 달랐나 보군. 나에게 어떤 볼일이 있어서 왔나? 그리고, 얼굴을 들어 올려서 좀 편한 자세를 취하도록 해라."

내가 건네는 말에 여신은 움찔, 거하게 어깨를 떨다가 흠칫흠칫하는 모양새로 얼굴을 들어 올렸다.

살짝 치켜 올라간 눈매의 자수정빛 눈동자에는 공포가 짙게 흔들리고 있었다.

흐음, 기묘하군. 어째서 이렇게까지 나를 두려워하는가.

"이렇듯 존안을 배알할 수 있음을 평생의 행복이라 여기겠습니다, 드래곤 님."

처음 한마디부터 내 이름을 말할 때까지 덜덜 떨리는 목소리를 듣자니 이자가 마음속에 품고 있는 공포심의 크기를 짐작할 수 있었다.

또한 목 부분과 허리 주위에는 좌로 우로 불규칙적으로 회전하는 시계판이 다수 연결된 장식품이 달려 있다.

수많은 시간의 흐름이 느껴지는 것으로 짐작하던대……. 흠, 시간과 관계된 신인가.

……아, 그러고 보니 바스트렐의 제자 중 하나가 시간에 관련된 신의 가호를 갖고 있었더랬지.

"얼마 전 크로노메이즈의 신기를 소유한 자와 만났던 적이 있었다 만, 혹시 크로노메이즈와 연고가 있는 자인가?"

"네엣, 제가 바로 크로노메이즈입니다."

권속이나 하급 신이 아니라 크로노메이즈 본인이 직접 찾아왔다는 것은 다소 예상외군.

크로노메이즈의 몸이 바들바들 떨리자 여러 신체에 두른 시간을 나타내는 도구를 본뜬 장신구가 짤랑짤랑 소리를 낸다.

"흠, 권속들이 아닌 자네가 직접 올 줄이야. 한데 어째서 이렇게까지 위축되어 있나? 혹여 신기를 하사한 자가 나에게 적대했기 때문에 본인에게도 여파가 미칠까 염려해서인가?"

"하, 하하. 비록 알지는 못했을지언정 제가 과거에 신기를 하사했던 인간이 귀하신 분께 적대를 한 사태에, 감히 사죄의 말을 올릴 수조차 없습니다. 하다못해 저 하나의 목만 거두시고 용서해주십시오. 제 권속들에게는 아무런 죄도 없사옵니다."

말을 마치자마자 크로노메이즈는 바닥에 이마를 조아리며 죽기 살기로 용서를 청했다.

내가 상상했던 목적 때문에 찾아온 것이 맞기는 하나 이렇듯 절망에 찬 태도를 목격하자니, 뭐라고 할까……. 대단히 떨떠름한 마음이 든다.

"드랑, 약한 애 괴롭히기는 안 좋다고 생각해, 나는."

나를 꼭 끌어안은 자세 그대로 카라비스가 히죽히죽하며 얄미운 미소를 짓고 속삭거린다.

"약한 자를 괴롭히는 행동은 나도 원하는 바가 아니다. 크로노메이즈, 확실히 나는 자네가 준 신기를 가진 인간과 적대했었다만, 딱히 자네와 적대했다는 인식은 없군. 그러니까 이렇게까지 과하게 두려워하지 마라. 자네 본인에게도 자네의 권속들에게도 이번 사건을 이유로 위해를 가하지는 않는다."

"지, 진심으로 하시는 말씀이십니까?! 결코 의심하여 여쭙는 것이 아니오라……."

크로노메이즈가 이렇게 공포에 떠는 모습을 앞에 두고 보자니 마치 대악당이 된 듯한 기분이 드는군.

"거짓된 말을 입에 담지는 않는다. 쉬이 믿기는 어려운 말일 수 있겠으나 부디 안심하거라."

"네, 네에……."

나의 답에 거짓은 없음을 느꼈는지 크로노메이즈는 다시 얼굴을 숙이며 뚝뚝 끊임없이 안도의 눈물을 흘리기 시작했다.

이렇게까지 무서워할 줄이야. 어찌해야 하나, 지난날의 행동을 반성해야 하는가.

울며 부들거리는 크로노메이즈와 나를 걱정하는 모습으로 쭉 살펴보고 있었던 마이라르는 안도의 웃음을 띠어 보였다.

알데스와 아미아스는 음음, 고개를 끄덕거리고 카라비스는 시시하다는 듯이 입술을 삐죽거리고 있다.

"천계나 마계와 얽히면 원치 않아도 이렇듯 사태가 심각한 지경으로 빠져버리는군."

"드랑한테 그런 말 할 자격은 없는데~."

"그런가?"

무척이나 어이없다는 듯이 내 귀에 숨결을 불어넣으며 말하는 카라비스에게 반론하고자 했던 때. 일정 간격으로 격하게 타종하는 종소리가 온 마을에 울려 퍼졌다.

흠, 이 타종의 방식은······.

"드래곤, 무슨 신호인가요?"

마이라르가 고개를 갸웃거리며 묻는다.

"긴급 사태를 알리는 타종 방식이다만, 아무래도 북서쪽에서 『손님』이 온 것 같군."

지금 당장은 물론 아니겠지만, 며칠이면 도달할 거리까지 들이닥친 듯하다.

"손님이요? 별로 환영하지는 않는 말투네요."

"뭐, 돈은 될 터이나 경우에 따라서는 부상자가 발생할 수도 있는 손님이라서 말이야."

지금 상황에서 손님이란 암흑의 황야가 펼쳐져 있는 북서부에서 찾아오는 고블린 및 오크, 야만족을 뜻한다.

최근에 고블린 녀석들은 자주 보았다만, 글쎄······.

베른 마을에서 얼마 안 되는 마법 전력인 나는 이러한 때 촌장 등 수뇌부와의 회의 자리에 참석하기로 되어 있다.

나는 가만히 있을 수 없었기에 일어섰다가 문득 주위에 있는 신들을 새삼 둘러봤다. 흠, 과연, 좋은 때 적이 와주었군.

나에게 신앙이랄까, 힘을 조금이라도 빌리고 싶다며 요청하는 자들에게 마침 적당한 대가를 마련할 수 있게 된 상황이다.

고블린인가 야만족인가, 아니면 정체를 숨긴 타국의 병사인가. 아직은 알지 못하나 베른 마을에 칼날을 겨눈 선택을 뼈저리게 후회하도록 만들어주마.

게다가 이번에는 수많은 신들이 뒤에서 힘을 보태줄 테니 말이지.

†

드란이 신들의 영업 활동에 시달리는 동안에 세리나는 드라미나 소유의 마차 내부에 있는 개인실에서 드라미나와 책상을 사이에 두고 대화하는 도중이었다.

함께 드란의 혼약자라는 위치를 획득한 여인들은 자신이 드란의 첫 번째가 되겠다는 목표는 양보할 수 없었지만, 이런 경쟁을 제외하면 서로를 서로 존중할 줄 아는 인격의 소유주이다. 두 사람은 베른 마을과 가로아 마법 학원에서 앞으로 어떻게 지내야 할지 상담하고 있었다.

드라미나는 아침과 대낮에도 행동 가능한 희귀한 뱀파이어였지만, 그럼에도 태양이 떠올라 있는 시각에 행동하면 부담이 된다. 마음과 몸의 심부에 조금씩 피로가 앙금처럼 쌓이고, 그것이 뜻밖의 때에 표출될 우려마저 있었다.

그 때문에 드란의 설득에 따라 기본적으로 드라미나는 태양이 나와 있는 동안은 — 드라미나에게는 가장 편안한 잠자리인 — 관 안에서 조용히 지내기로 했다.

다만 이 대화 중에는 줄곧 관 안에 누워 말하면 결례이기도 하고 서로의 얼굴을 바라보며 이야기하고 싶다는 드라미나의 의향에 따라, 그녀는 관 바깥에 나와 있었다.

정말 약간의 개인 물품과 최저한의 가구를 제외하고 부흥에 보태
라며 고향에 사재를 전부 두고 온 터라 이곳은 세리나가 드란과 함
께 걸음을 들여놓았던 예전과는 다른 공간인 것처럼 간소했다.

그럼에도 천상 세계의 궁전일까 눈을 의심할 만큼 고귀함이 느껴
지는 까닭은 대대로 발큐리오스 왕국 국왕들이 애용해왔던 이 마
차에 서린 역사의 무게감과 당대 주인이 자아내는 분위기 때문일
테지.

뱀파이어의 왕족이라는 태생 관련의 문제는 올리비에 학원장에게
맡겨 해결하기로 한 터라 이 회합의 의제는 일상생활 중 드라미나가
취해야 할 행동 방침이었다.

마차와 슬레이프니르를 마법 학원에 들이는 것은 문제없을 테니
넘어가고, 드라미나가 마법 학원 내부를 평범하게 거닐며 돌아다닌
다면 도가 지나친 미모에 충격을 받는 사람들이 속출하여 소동이
발생할 것이다.

그렇다고 해가 뜬 동안에 마냥 관 속에 틀어박혀서 지내야 해선
너무하다는 것이 세리나의 견해였다.

연적을 대하는 마음가짐이 너무 여리다만, 세리나가 이런 아가씨
이기에 드란도 가슴속에 애정을 품게 되었을뿐더러 드라미나도 좋
은 친구라는 생각을 가질 수 있었으니 단점이 아닌 장점으로 칭찬
해줘야 하겠다.

"으음~ 드란 씨가 드라미나 씨의 관…… 침대? 아무튼 끌고 돌아
다닐 순 없고 말이죠."

끄응, 귀엽게 입을 삐죽이는 세리나에게 드라미나는 어린 여동생을 보는 언니와 같은 표정을 지은 채 웃음이 묻어나는 목소리로 답했다.

"나에게 두 가지 생각이 있어요. 첫 번째는 베일이나 모자로 얼굴을 가린 채 드란과 세리나 씨와 같이 행동하는 것. 두 번째는 평소에는 내가 드란의 그림자 속에서 숨어 다니는 방법이에요. 이렇게 하면 햇빛을 쐬지 않아도 되고요, 반려로서 항상 드란의 곁에 머무를 수 있는 데다가 사역마로서 호위도 가능해요."

"오호라, 오호라~ 두 번째 방법이 좋겠네요. 평소에 드란 씨는 그림자를 수납용 공간으로 쓰고 있는데요, 거기에 드라미나 씨 전용 방을 만드는 정도쯤이야 드란 씨라면 아마 『흠』 한 마디로 끝날 것 같거든요. 잘됐네요, 저희가 셋이 함께 행동할 수 있잖아요. 두 방법을 상황에 따라 골라서 써도 괜찮지 않을까요?"

"베른 마을에서도 기본적으로는 이런 방식으로 지낼 생각인데요, 아마 장래에는 이곳에서 살아가게 될 것 같아서요. 마을 주민분들께 얼굴을 보여드리며 쭉 인사를 다녀오는 게 예의겠죠."

"베른 마을의 주민분들은 크리스티나의 미모에 적응하면서 조금은 내성이 생기셨거든요. 아버님과 어머님도 처음에는 넋이 나간 모습이셨지만, 두 번째부터는 아마 평범하게 맞이해주실 거예요."

세리나는 응응, 힘주어 고개를 끄덕거렸다.

이렇게까지 실감이 가득 넘치는 까닭은 봄 방학 중 크리스티나가 베른 마을을 찾아왔을 때와 이번 반응의 차이를 몸소 목격했기 때문이었다.

첫 번째로 크리스티나가 방문했을 때는 모두들 며칠 동안 사람 구실을 제대로 하지 못하거나 마음에 평생 사라지지 않을 후유증을 앓는 듯 보였던 베른 마을의 주민들도 두 번째 방문 때는 당일에 제정신을 차린 사람이 대부분의 비율을 점하고 있다.

그럼에도 결국 표면상은— 이렇게 서두를 붙여야 함은 세리나와 드라미나 두 사람 모두 잘 이해하고 있었다.

"그런데 드라미나 씨는 여왕님이셨으니까요, 마을 생활에서 불편함을 느끼지는 않으시나요? 이렇게 여쭤보는 것 자체가 실례일지도 모르겠지만요, 조금 걱정돼요."

"괜찮아요. 조국을 등지고 피신했을 때부터 이 마차에서 저 아이들과 벌판을 달리며 생활해왔는걸요. 그러니까 상상하시는 만큼 호화로운 삶에 빠져서 지내지는 않았답니다."

"드라미나 씨가 그렇게 말씀하신다면 분명히 별문제는 없겠죠. ……그나저나."

세리나는 갑자기 이제껏 싱글거리던 태도에서 진지한 표정으로 바뀌었다.

"뭘까요, 세리나 씨."

귀 끝까지 빨개져 있는 세리나를 의아하게 생각하면서 드라미나는 되묻는다.

종족의 특성상 초상 현상 비슷하게 예리한 감을 자랑하는 드라미나도 세리나의 입에서 이제 곧 어떠한 발언이 튀어나올지는 예상할 수 없었다.

"저랑 드라미나 씨랑 드란 씨가 같이 장래에 결혼을 하게 될 텐데 말이에요, 저기, 드라미나 씨는 **얼마나 생각**을 하고 계신지 그냥 참고삼아서 여쭤보고 싶거든요……."

"말뜻을 잘 모르겠어요……. 그냥 정확하게 말해주기는 어려운 문제인가요? 세리나 씨."

아마도 세리나는 자세하게 말 꺼내기 전에 눈치채주기를 바라는 듯하다.

세리나는 빨개진 얼굴을 푹 숙이더니 자신들 이외에 듣는 귀가 없음을 확인하며 시선을 좌우로 쓱쓱 돌렸다가 우물쭈물 입을 움직였다.

"저기요, 그러니까요……. 아직 부인이랑 서방님의 관계가 된 것은 아니지만요, 아무튼, 저희는 드란 씨의 연인이 됐잖아요……."

드라미나는 어머나, 중얼거리는 말을 입속에만 담아냈다.

단지 연인 관계라는 말만 꺼냈는데도 이렇듯 부끄러워하는 세리나를 흐뭇하게 여기는 마음과, 자신들과 드란의 관계가 바뀌었음을 새삼 인식했기 때문이었다.

세리나 씨는 라미아 종족인데도 참 풋풋한 분이네요. 귀여워라— 드라미나는 쿡쿡 웃는다.

연장자로서 이 귀여운 상담을 잘 받아줘야겠다. 진지한 마음으로 입을 연 드라미나도—

"그— 그그그그, 그렇지요. 저도 세리나 씨도 드란의 연인이져."

혀 깨물었다. 지적할 여유가 세리나에게는 없었고 드라미나도 역시 자신이 말을 제대로 못 잇고 있음을 깨달을 만한 여유가 없었다.

"네, 그럼, 그러면요, 있잖아요, 그게 말이에요. 입, 입맞춤이라든가."

세리나의 꼬리 끝부분이 꼬물꼬물 부끄러워하며 좌우로 흔들거린다.

세리나는 이미 드란과 며칠이나 동침한 바 있지만, 입맞춤을 이야기하자면 역시 심정이 많이 달라지나 보다.

입맞춤을 하고 싶은가? 누군가가 세리나에게 묻는다면 고개를 거듭거듭 위아래로 흔들며 큰 목소리로『하고 싶어요』라고 대답할 테지.

"입맞춤요?!"

사실은 이미 두 번을 드란과 했다. 머릿속 말은 꺼낼 수 없는 드라미나가 다소 호들갑스럽게 놀라며 이 자리의 분위기에 편승했다. 의외로 약삭빠른 여성이다.

"포옹이라든가 입맞춤보다도요, 저기, 연인에게 더 많이 어울리는……. 구, 구체적으로 말씀드리자면."

"구구구구구, 구체적으로요?"

이미 두 사람 모두 어떠한 말이 오가는 상황인지 알고 있지만, 막상 직접 표현하자니까 입이 잘 움직여주질 않았다.

참고로 두 사람의 머리에서 피어오르는 김은 멎을 낌새가 없다.

유일하게 두 사람을 수습할 수 있는 드란은 이곳에 없다.

무엇보다 큰 문제는 세리나뿐 아니라 의젓하게 상담을 받아주겠다는 생각을 하던 드라미나까지도 완전히 머리가 달아오른 탓에 수습은커녕 서로의 폭주를 부추기는 언동밖에 못 한다는 데에 있었다.

"아, 아아아."

세리나와 드라미나는 잠시간『아』라는 한 마디만 줄곧 되풀이했다.

"아아아아?"

그리고 마침내 세리나는 결정적인 말을 입 밖에 꺼냈다.

"아이가 생기는 행위를 말이죠! 역시 앞으로 해버린다거나 저지른다거나 할 테니까요."

"어어어어, 어떻게 하죠? 드란도 호, 혼은 고신룡이지만, 육체는 건전한 인간 남성이고요. 여여, 역시나 다른 사람들처럼 그쪽의…… 추, 충동도 있겠죠? 요요, 요구를 조만간에 하는 게, 아, 아, 아닐까요?"

"드란 씨가 요구를 한단, 말씀인가요?"

"……네."

꿀꺽, 두 사람은 똑같이 마른침 삼키는 소리를 냈고 곧 잠시간 무거운 침묵이 찾아들었다.

마치 이 장면을 오려 내다가 그림으로 그린 듯한 정적.

이윽고 세리나와 드라미나는 이 이상 뭘 어떻게 해야 더 빨개질 수 있겠는가 싶도록 얼굴을 붉히며 푸슉, 거하게 김을 뿜었다.

"꺄~ 꺄~ 꺄~ 드란~ 씨~!!"

세리나는 드라미나의 시선을 잊은 채 자신의 세계에 몰입했는지 소파 위에서 온몸을 꾸물꾸물 움직이며 뒹굴거린다.

한편 드라미나는 반대로 말을 멈추며 망상 속 세계에 두 발을 들여놓은 채 돌아올 낌새가 없다.

"아앗, 세상에, 그렇지만 드란이 상대라면 무엇을 요구받아도……."

꺄~ 꺄~ 소리 지르는 세리나와 엉뚱한 망상을 중얼중얼 쏟아 내는 드라미나. 차마 보아줄 수가 없는 이 참상은 아무도 말려주는 사람이 없었던지라 제법 긴 냉각 시간을 필요로 했다.

한바탕 열의 배출과 망상 세계 속 여행을 만끽한 두 사람은 자신들이 노출한 추태를 자각하며 말을 못 잇고 머리를 부여잡았다만,

그럼에도 대화는 계속했다.

어떤 의미로 두 사람 모두 좋은 근성을 가지고 있다. 참으로 견고한 정신 구조의 소유주라고 말할 수 있겠다.

"방금 전 일은 서로 간에 잊도록 하죠, 세리나 씨."

"네, 드란 씨가 못 봐서 다행이네요, 드라미나 씨. 그나저나."

"네, 뭔가요?"

"아, 아, 아이는 몇 명이나 갖고 싶으세요?"

"몇 명이나?!"

그렇데 다시 두 사람이 망상 세계로 폭주를 개시하려던 때, 드란과 마을 주민들의 고막을 뒤흔들었던 경종이 마차 안 두 사람에게도 분명하게 전해졌다.

설령 머릿속에 꽃밭이 펼쳐져 있더라도 두 사람 모두 수많은 사선을 ― 무력으로 ― 넘어온 맹자이다.

비상사태가 발생하면 즉각 의식이 전환된다.

"실제 듣기는 처음인데요, 이 소리는 적습을 알리는 타종 방식이라고 드란 씨가 예전에 가르쳐줬어요."

방금 전까지 열기에 들뜬 표정은 온데간데없이 세리나는 동공이 세로로 오므라진 사안(蛇眼)을 종을 매달아 둔 고지대의 망루가 있는 방향으로 옮겨 간다.

마차의 내부라도 세리나의 실력이라면 충분히 투시가 가능했다.

한편 드라미나는 세리나와 달리 은은하게 마력을 띤 눈동자를 베른 마을의 북서쪽으로 향하고 있었다. 종이 울린 이후의 짧은 시간 동안에 들이닥치는 악의의 무리를 이미 포착해서였다.

"흠, 북서 방향에서 고블린으로 짐작되는 무장 집단이 접근하고 있군요. 고블린이라기에는 통솔이 잘 이루어지고 있고요, 기병이나 궁병의 모습도 눈에 띄어요. 숫자는 대략 오천. 사흘이나 나흘쯤 지나면 베른 마을에 도착하겠군요."

"오천인가요? 지금 베른 마을에서 싸울 수 있는 분들이 삼백쯤 되니까요, 열일곱 배 약간의 전력 차이네요. 뭐, 드란 씨가 있는 이상은 아무 위협이 안 되겠지만요……."

세리나는 여기에서 잠시간 말을 머뭇거렸다.

베른 마을의 대략적인 인구가 삼백팔십 명이고, 그중 전투에 나설 힘이 없는 부류를 제외하면 세리나가 방금 언급한 숫자와 거의 비슷하다.

그렇다 해도 고블린의 수가 오천에서 오천만으로 불어난들 드란이라면『흠』한 차례 중얼거림으로 정리할 수 있을 것이다. 그럼에도 불구하고 뭔가 걱정거리가 있는 모습인 세리나를 보고 드라미나는 의아하게 여겼다.

"뭔가 걱정되는 게 있어요?"

"으음, 그게요. 딱히 불안하진 않은데 말이에요. 개척기의 영향으로 이런 습격이 있을 때 마물을 물리치면 가로아의 총독부에서 보상금이 나온다고 해요. 이번에는 마을 주민분들께 이렇게 상황이 다 알려지기도 했고, 보상금을 위해 마을의 주민분들도 함께 싸우게 될 것 같거든요? 전투 중 돌아가시는 분이 나오는 사태는 드란 씨가 용납하지 않겠지만, 부상자는 몇 명 발생할 것 같아서요."

"아하, 그쪽의 걱정이었군요."

"네. 게다가 드란 씨뿐 아니라 촌장님과 다른 유지분들도 새로 마을에 온 사람들과 예전부터 쭉 살아온 사람들의 의식 차이를 많이 신경 쓰셨어요. 어쩌면 위기 상황을 이용해서 저 차이를 메꾸자는 생각인지도 모르겠네요."

"아마 세리나 씨의 생각이 맞을 거예요."

드라미나도 동의를 표시했다.

한때 크리스티나의 조부가 주도했던 과거의 북부 변경 개척 계획은 동결된 지 오래이며 현재 베른 마을에 이주를 희망하는 사람 대부분은 『사연』이 있는 부류뿐이다.

그런 사람들마저 가혹한 베른 마을의 생활 환경을 견디다 못해, 이주 후 썩 많은 시간이 지나지 않았는데도 마을을 나가는 자가 적지 않았다.

신구 마을 주민들의 공동체 의식을 길러주기 위하여 힘을 더하여 이 위기를 극복하자는 것은 대단히 매력적인 계획이었다.

다만 새로운 주민들이 한 명도 남김없이 도망쳐버린다면 단순한 돈벌이로 끝날 우려는 있었다.

제3장 밀려드는 악의

 온 마을에 울려 퍼지는 요란한 종소리를 들으며 나는 수호의 방울점을 뒤로했다.

 마을의 상공을 와이번이나 그리폰이 선회해도, 강을 큰 송곳니 악어 떼가 남하해도 이렇게 종을 치지는 않는다.

 이 타종 방식이 무엇을 의미하는가, 베른 마을에서 태어난 사람이라면 세 살짜리 어린아이도 잘 알고 있다. 밭일을 나가 있었던 마을 주민들은 밭을 놓아둔 채 즉각 자신의 집으로 달려 돌아가기 시작한다.

 평소와 다를 바 없이 평온했던 하루는 종소리와 함께 끝을 맞이했고, 베른 마을은 변경 최북단 개척 마을이 가지는 **모종의 일면**을 드러내고 있었다.

 마물의 습격이 있을 때에는 전투력이 없는 노인 및 아이들에게 최저한의 짐을 들려서 남쪽 클라우제 마을로 피난시키며, 또한 사태를 알리기 위해 가로아에 파발꾼을 보내는 것이 통례이다.

 북쪽 방면의 색적에 따른 마물 습격을 발견한 것은 마을의 중진이자 마법 의사 마글 할멈의 사역마, 큰 날개 까마귀 자이언트 크로우 네로였다.

 육로를 달리는 파발보다 네로의 비행이 더욱 빠른지라 최소한의 정찰을 마친 이후에는 검은 고양이 키티에게 정찰 임무를 넘긴 뒤 네로는 가로아에 사태의 상세 정황이 기록된 서간을 전달하기로 계획이 수립되어 있다.

그럼에도 말과 네로를 함께 보내는 까닭은 만에 하나 어떠한 요인 때문에 어느 한쪽이 가로아에 도착하지 못하더라도 소식이 전달될 수 있도록 하는 보험을 위해서다.

마을 주민들 모두에게 위해가 끼칠 수 있고, 최악의 경우 죽음의 위험이 있는 사태이기는 하다. 그러나 이번과 같은 습격은 마을의 입장에서 이익으로 연결되는 일면도 존재했다.

대부분 들이닥치는 적은 고블린인데, 일단 이러한 녀석들이 가지고 있는 무기와 식량 등 물자는 전부 요격을 완수한 마을의 소유가 된다.

또한 물리친 마물의 종류 및 숫자에 따라 왕국에서 보상금이 나온다.

경우에 따라서는 세금 감면이나 철제 농기구 및 가축이 포상으로 주어지는 때도 있어서 마물의 습격을 끝까지 잘 막아 내면 마을에 큰 이익을 가져다준다.

이때 고려해야 할 것은 마을 주민들의 눈이 있기 때문에 내가 고신룡의 힘을 공공연하게 발휘할 수는 없다는 것과 전투에 의한 희생자가 발생할지도 모른다는 것이다.

물론 설령 내가 일개 마을 주민으로서 행동한들 단 한 사람의 사망자도 용납할 생각은 없다만.

현재 베른 마을에는 일곱 명의 마법사가 있다. 나, 마글 할머니의 가족들— 딸 디나 씨와 손녀 리샤, 아이리 자매, 그리고 방문객으로 와 있는 레니아, 크리스티나다.

왕국이 북부 변경지의 개척을 일시 중지한 이후 이제껏 오늘만큼 베른 마을에 많은 마법사가 모인 시기는 없지 않았을까.

더욱이 고블린 따원 결코 범접할 수 없는 강력한 마물인 라미아 세리나, 시조 흡혈귀에 버금가는 최강의 뱀파이어 드라미나, 이에 더하여 내가 협력을 부탁한 신들이 스물 남짓.

정예 병력이라는 관점으로 보자면 베른 마을 사상 최강 최고의 전력이 갖춰졌다.

아니, 내가 없더라도 지금이라면 세리나와 드라미나 단둘이 저 들이닥치는 습겨자들 따위 분명히 여유롭게 전멸시킬 수 있겠군.

우리 베른 마을의 방위라는 의미에서는 성공이 약속된 전력이라고 말할 수 있다.

퇴마의 방울 여관에서 촌장의 집으로 가는 도중에 나는 북서 방향으로 지각망을 뻗어 보내며 새삼 습격자들의 모습을 확인했다.

요격 준비를 갖추기에는 충분한 시간이 있다. 조금 더 경계망을 넓게 설치해 두면 네로보다도 먼저 발견할 수 있었겠지만, 별로 치명적인 사태는 아니다.

암흑의 황야를 전진하고 있는 적군은 오직 고블린으로 구성된 대략 오천의 집단. 대강이나마 통솔되어 있지만, 군대라고 말하기에는 엄격하게 통제받는 느낌이 아니다.

집단으로서의 전투 능력은 썩 높지 않겠지.

유력한 고블린 씨족이 오랜만에 남하를 노리는 건가?

이렇게 많은 고블린을 다 무지르면 왕국에서 나올 보상금도 상당한 금액이 된다.

오크 및 고블린 등은 본래는 사악한 신들의 첨병으로서 요정 따위를 개조하여 만들거나 처음부터 새로 만들어 내는 존재인데, 지금 지상에 서식하고 있는 저것들은 원종과 달리 힘이 대폭 열화된 종류가 대부분이다.

과거에 신들의 전쟁에 참전했던 시절에서 크게 퇴화된 고블린들은 문명이며 사회를 발전시키는 힘이 지극히 희박한지라 아마도 단독으로는 더 이상 종의 진화를 이루지도 문명을 발전시키지도 못할 것이다.

자, 고블린을 한 마리 남김없이 무찌르자면 어떻게 움직여야 할까—차근차근 계획을 세우는 중에 촌장의 집까지 도착했다.

먼저 촌장의 집 앞에 집합했던 병사장 바란 씨와 마글 할멈, 마이라르교의 신관 전사인 레티샤 씨 등등 마을의 주요 인물들이 모여 있는 원 안에 들어간다.

전원이 무장을 갖추었으며 하나같이 무거운 표정을 짓고 있다. 오천이나 되는 숫자를 상대하는 것은 마을의 역사를 다 돌이켜봐도 상당한 궁지라는 뜻인가.

나와 마찬가지로 마법사 전력의 숫자에 들어가 있는 아이린과 리샤도 이 자리에 모여 있었다.

아이린 자매는 가족끼리 붙어 있었는데 데릴사위 도르거 씨만 얼굴이 안 보인다. 아마도 북문의 방어를 굳히고자 나갔을 테지.

그곳에는 마을에 돌아온 이후 쭉 증산했던 발리스타 및 투석기와 저것들을 탑재 가능한 골렘에 배리어 골렘, 전투용 골렘이 항시 대기하고 있다.

현재 발리스타와 투석기는 높이 쌓아 올려 둔 토루의 위에 설치해 놓았지만, 이왕에 무기를 더 효율 좋게 운용하기 위해서는 골렘에 탑재하자는 구상이 내 머릿속에 있었다. 남은 것은 구상을 진짜 현실로 만드는 단계뿐이다.

골렘은 고블린들이 도착할 때까지 준비를 마치기로 하자. 지금 인간의 기술과 비교하여 너무 이상하게 보이지 않도록 성능을 억제하는 것이 수고스럽군.

나의 아버지와 도르거 씨는 마을에서 첫째, 둘째를 다투는 맹자로 꼽히는 인물이기에 이런 급박한 사태마다 마을 주민들을 지휘하는 역할을 담당한다.

그 중압감은 정말이지 상당할 터이나 불평 한 마디 내뱉지 않고 말보다 행동으로 모두의 기대에 부응해주는 아버지와 도르거 씨를 나는 항상 자랑스럽게 여겼다.

"오오, 드란이냐. 잘 와줬다. 마침 마글에게 고블린들의 상황을 듣던 참이었단다."

촌장이 나를 알아보고는 말을 건네왔다.

그 말에 나뿐 아니라 이 자리에 모인 전원의 의식이 옹이투성이 떡갈나무 지팡이를 짚고 있는 마글 할머니에게 집중된다.

저 떡갈나무 지팡이는 마법 행사를 도와주는 매개물이며, 마법 의사가 아닌 마법사의 힘이 요구되는 때에만 창고 깊숙한 곳에서 꺼내 오는 물건이다.

마글 할머니는 눈꺼풀을 닫은 채 사역마 네로와 시야를 공유함으로써 먼 곳에 있는 고블린들의 상황을 마을에 머무르며 파악하고 있다.

이것은 사역마를 보유한 마법사라면 거의 누구나 사용 가능한 방법이고 사역마를 보유함으로써 얻을 수 있는 장점의 하나이다.

"일단…… 고블린종의 적뿐이고 숫자는 대강 오천. 지휘관은…… 젊은 하이 고블린이구나. 그리고 주위에 호위인 듯한 고블린 메이지와 역전의 전사임을 한눈에 알아볼 수 있는 고블린이 보이는군. 그 이외에도 고블린 메이지 집단이 백 남짓. 마법 병력으로 뭉쳐 다닌다고 보는 게 좋겠어. 나머지는 검은 이빨 늑대에 탄 기병이…… 그래, 삼백쯤 되려나. 나머지는 다들 평범한 고블린이야. 활을 소지한 게 2할쯤, 그 밖에는 창과 검에 곤봉, 도끼. 변종은 없고 공성 병기는 안 보이는구나."

마글 할머니는 상공에서 본 시야로 정찰하며 세밀하게 적 전력을 분석한다.

"하이 고블린이 나타났다면 아마 고블린 유력 씨족의 후계자 격 녀석에게 전공을 만들어주기 위한 전투가 아닐까 싶군. 베른 마을은 왕국의 최북단에 위치하며 요마병의 침공을 저지하는 방파제로서 옛날에는 꽤 많은 숫자를 물리친 곳이니까 말이야."

고블린은 대충 원종에 해당하는 고대 고블린, 하이 고블린, 고블린, 세 종류로 나뉘어지며 나머지는 마법을 다룰 줄 아는 메이지나 대다수를 차지하는 전사 이외에 드물게도 사악한 신들을 신봉하는 다크 프리스트와 정령사 샤먼 따위가 있다.

같은 고블린이어도 서식지나 창조한 신에 따라서 피부 색깔과 뿔, 엄니의 유무, 능력에 다소 차이는 발생하나 인간의 인종과 비슷한 수준의 특징에 불과하며 전체적으로 특별히 크게 다르지는 않다.

하이 고블린이 모습을 드러냈던 사례는 북부 변경지 개척 역사를 다 돌이켜봐도 씨족의 족장급이나 그에 준하는 거물이 나설 만한 대규모 전투가 대부분이라고 한다.

그렇게 생각하면 이번 습격의 오천이라는 숫자는 하이 고블린이 거느리기에 적합한 병력이라고 말할 수 있겠다.

마글 할머니의 말대로 젊은 하이 고블린에게 전공을 쌓아주기 위한 제물로 우리 베른 마을을 선택했을 가능성이 높다. 어쩌면 베른 마을 함락을 기점 삼아서 아크레스트 왕국 북부의 제압까지도 목적에 포함시켰을지 모르겠군, 거참.

"이런, 이런, 요즘 들어서 꽤 얌전해졌다 싶었더니 숫자가 갖춰지기를 기다렸던 건가."

마글 할머니의 말을 듣고서 촌장이 탄식했다.

"글쎄. 의외로 고블린 씨족 안에서 후계자 다툼이라도 벌어진 게 아니려나. 전공을 세워 다른 후계자보다 우위에 서고자 우리 마을을 습격한다거나 말이지. 단순하게 마을의 수확물이 목적이라거나 먹을 입 줄이기를 겸하는 뻔한 가능성도 있긴 있다만. 뭐, 이것저것 생각하자면 끝이 없잖나. 결국 저 녀석들이 덮쳐드는 것은 똑같으니까."

"그야 그렇지. 그럼, 시간을 낭비하기는 아쉬우니. 마글, 마법사의 운용은 자네에게 맡기겠네. 자네 딸내미와 손녀, 세리나, 드란까지 손이 꽤 많아졌군. 잘 활약해주게."

촌장의 입에서 드라미나의 이름이 나오지 않았다. 아마 이유는 지금 드라미나의 자태를 떠올리면 당분간 머릿속이 꽉 차올라버릴까 봐 걱정했기 때문이 틀림없다.

"오냐, 맡겨두거라."

마법 의사 및 상담역 이외에도 희소한 변경 거주민 마법사로서 옛 날부터 전투에 익숙해져 있는 마글 할머니는 이런 때에도 무척 의 지가 된다.

나는 마글 할머니의 손짓을 따라서 디나 씨를 비롯한 다른 인원 들과 더불어 전투 중 지시를 받는다.

그런 와중에 늠름한 목소리가 울려 퍼졌다.

고블린과 맞서 싸워야 하는 긴박감으로 가득 차 있던 사람들인데 도 한 명의 예외도 없이 목소리의 주인에게 의식이 빨려 들어간다.

"저도 모자란 힘이나마 보태겠습니다. 안 된다 말씀하셔도 알아서 전투에 참여할 각오이니 언짢아하지 마시길."

그곳에는 각갑과 손목부터 팔꿈치까지를 덮은 둔한 적색의 장갑 과 목 부분부터 가슴 부위를 지켜주는 같은 색깔의 갑옷으로 무장 한 은발 홍안의 미소녀, 크리스티나가 서 있었다.

단지 말소리의 음색만으로도 사람들을 순식간에 끌어들이는 매 력을 가졌다.

묶어 정리한 은발은 황금색 햇살을 받아 찬란하게 빛나고, 선명 한 적색 눈동자는 자신이 완수해야 할 일을 발견한 사람 특유의 아 름답고 격렬한 빛이 서려 있기에 물리적인 압력마저 동반하여 우리 들을 비추어 낸다.

변경 마을을 습격하는 추악하고 사악한 마물들을 물리치기 위하 여 씩씩하게 나타나서 조력을 제안하는 신비적인 미소녀의 등장인가.

역시 이 소녀는 영웅이나 용사라고 불린 인물들이 갖고 있었던 천운과 매력을 태생적으로 갖추고 있다.

"크리스티나 님. 그러나 당신은 마을의 주민이 아니십니다. 굳이 목숨을 걸 필요는 없지 않겠습니까."

빌릴 수 있다면 고양이의 손이라도 빌리고 싶은 상황이지만, 그럼에도 불구하고 촌장의 입에서는 크리스티나의 안위를 염려하는 말이 나왔다.

촌장으로서 마을의 이익이나 안전을 최우선하자면 어떤 수단이든 모조리 동원하여 크리스티나를 전력으로 끌어들여야 할지도 모르겠지만, 나는 방금 전 촌장의 발언을 기껍게 여겼다.

곤경에 처했을 때 드러나는 인간의 진짜 본성이 천에 구백구십구는 추한 모습임을 진저리나게 잘 알고 있다. 그래서 더더욱 이렇듯 예외적인 하나를 목격한 순간이 나에게는 무엇보다 큰 기쁨으로 다가온다.

싸우기 위한 준비를 마친 크리스티나는 전신 알데스의 수하인 발키리를 연상케 할 만큼 아름답고 늠름하다.

알데스 본인……. 본신(本神)? 알맹이는 꽤 **난감**하다만.

"아니요, 지금 검을 칼집에 넣어 둔 채 모르는 척 가로아에 돌아간다면 명계에서 조상님의 혼령에게 어떠한 말을 주고받을 수 있겠습니까. 무엇보다 저 자신이 용납할 수 없습니다. 이 혼이 몇 번을 다시 태어나더라도 저의 혼은 부끄러운 행위를 줄곧 후회할 겁니다. 그러니 부디 제 참전을 허락해주십시오."

목소리의 음색 하나, 눈빛 하나를 살펴봐도 크리스티나의 의사가 흔들리지 않고 굳건함을 알기에는 너무나 충분하다.

촌장은 사납기까지 한 의지의 빛이 서린 눈동자로 바라보는 크리스티나를 마주 보면서 뭔가 피로가 묻어나는 한숨과 함께 턱수염을 쓸어 만졌다.

촌장에게 과연 자각이 있는지는 잘 모르겠다만, 저것은 항복할 때 보이는 버릇이다. 물론 지금의 크리스티나가 상대라면 꼭 촌장이 아니더라도 버틸 수 있는 사람은 이 마을에 없을 것이다.

"어쩔 수 없군요. 솔직하게 말씀드리자면 한 명이라도 전력이 필요한 상황이긴 합니다. 당신의 검 실력은 바란에게 들어서 알고 있습니다. 마법의 활용은 마글과 상의해주십시오."

"허락해주셔서 감사합니다. 조부님께 맹세코 이 마을 주민분들의 힘이 되어드리겠습니다."

흠, 이렇게 되면 크리스티나가 전력에 더해지는 만큼 무척이나 마음이 든든하군.

자, 이제 나도 전투에 참전해줄 인원이 더 많이 있음을 전달해서 촌장과 마을 주민들 모두의 마음고생을 덜어주도록 하자.

"촌장님, 실은 마침 마을을 방문해 있던 모험가들 중 힘을 빌려주겠다는 사람이 스무 명 정도 있습니다. 신관이 많지만 뛰어난 실력을 가진 전사도 몇 명인가 있으니 무척 도움이 될 겁니다."

물론 내가 언급한 모험가들은 알데스와 아미아스, 마이라르를 필두로 하는 신들을 가리키는 말이다.

덧붙이자면 이번에는 카라비스도 쓸데없이 의욕을 드러내며 『나는 후방에서 요염하게 춤이랑 노래로 응원할겡』이라는 말을 늘어놓았다.

고블린 무리에게 카라비스의 저주가 내리쏟아지는 것은 상관없다만, 혹여 실수를 해서 마을 주민들까지 재앙에 휩쓸리게 하지는 말아다오.

"오오, 그런가. 마을에 있는 모험가들은 대부분 상인분들의 호위인 만큼 이곳에 남아줄 사람은 없을 줄 생각했건만 정말 고맙구나."

"고블린들이 이곳에 올 때까지 아직 사나흘은 걸릴 테니까 방벽의 수선이며 개수, 발리스타와 투석기, 골렘의 생산 등 지금이라도 강행할 만한 준비는 많지요. 게다가 아직도 힘을 빌려주겠다는 사람이 더 있습니다."

그렇게 말한 뒤 내가 뒤쪽을 돌아보자 촌장뿐 아니라 마글 할머니와 아버지, 바란 씨를 비롯한 다른 주민들도 같은 방향을 본다.

그 시선의 저편에는 디아드라를 태운 엔테의 숲 교역대가 있었다.

이미 저들도 베른 마을에서 평온이 깨져 나갔다는 사실을 알아차린 듯 전원의 얼굴에 긴장과, 그 이상의 투지가 깃들어 있다. 바로 최근에 저들도 세계수 위그드라실이 위협당하는 처지에 몰렸던지라 그때 도와준 우리에게 은혜와 의리를 느끼고 있을 것이다.

짐받이에서 꽃잎이 흩날리듯 내려선 디아드라가 평소와 다를 바 없이 윤기를 머금은 미소로 나를 바라보며 오른손을 같이 들어서 천진난만하게 인사했다.

"안녕, 드란. 뭔가 난처한 일이 벌어진 것 같네. 우리가 거들면 힘이 좀 되려나?"

"그래, 무척 든든하군."

나 또한 디아드라에게 미소로 답해줬다.

이번 고블린 퇴치는 장비와 식량, 보상금을 얻는 목적뿐 아니라 신구 마을 주민들의 단결 및 나와 가까워지기를 바라는 여러 신들과 인연을 맺을 수 있으며, 더 나아가면 엔테의 숲 주민들과의 관계를 마을 바깥에 널리 알리는 기회가 되어줄 테지.

고블린들아. 너희가 무슨 이유로 베른 마을을 노려 다가오는지는 알지 못하나 악의를 갖고 쳐들어온 이상은 상응하는 응보가 있을 것은 각오했으리라.

그러니까 거침없이 마음껏 응보를 내려주마.

또한 너희의 목숨을 우리의 양식으로 바꿔 활용하겠다.

†

촌장집 앞에 모여 있었던 베른 마을 주민들의 주목을 한 몸에 받으며 디아드라는 평소처럼 놀러 온 듯한 태도로 자연스레 드란에게 가까이 다가갔다.

드란의 얼굴에도 오천의 군세가 들이닥치고 있는 사태에 대한 긴장감이나 공포는 티끌만큼도 없이 디아드라와의 재회를 기뻐하는 기색만이 떠올라 있었다.

"마을에 도착했는데 종이 막 울리더라. 게다가 뭔가 잔뜩 긴장하는 분위기라서 무슨 일이 있구나 싶었는데 역시 전투였네. 정말 유감이야. 이왕이면 다른 부분에서 도움을 주는 게 훨씬 좋았을 텐데."

디아드라의 말에는 드란도 진심으로 동의했다.

엔테의 숲 주민들과는 전투가 아닌 행사로 친교를 깊이 다지는 것이 당연히 더 좋다.

"그러게나 말이야. 다만 엔테의 숲 주민들에게는 평소부터 꽤 많은 도움을 받고 있지. 촌장님, 이분들에게 사정을 설명해도 괜찮겠습니까?"

드란의 물음에 촌장은 염소처럼 긴 턱수염을 쓸어 만지며 대범하게 고개를 끄덕거렸다.

"그럼, 괜찮고말고. 엔테의 숲 주민분들이 가장 신뢰하는 사람은 자네잖나. 게다가 이번 전투에서 중핵이 되어줄 사람도 자네이고 말이야."

촌장의 허락을 받아 드란은 디아드라와 엔테의 숲 교역대에 속한 인원들에게 고블린 습격의 정황을 설명했다.

사정을 파악한 디아드라가 다른 일행에게는 들리지 않게 목소리를 낮춰서 드란에게 묻는다.

"분명 오천이라는 숫자는 베른 마을의 사람들과 비교해서 꽤 많기는 한데 드란이 있잖아? 게다가 세리나와 크리스티나도 여기에 있는 것 같고. 너희 세 명이면 오천은커녕 아무리 많아도 싹 쓸어버릴 수 있지 않나? 마을 주민들이 이렇게 불안해하게 놔두지 말고 너희가 얼른 정리하면 되는 거 아니야?"

"그 의문은 지당하다만, 사실 고블린과 오크 등 마을을 습격하는 마물을 요격하면 국가에서 돈을 지급해줘서 말이지. 게다가 적의 장비와 식량, 짐수레, 말을 비롯해서 기마수도 토벌한 마을의 소유가 되지."

"어머나, 돈이 목적이었어? 너는 묘한 상황에서 욕심을 내는구나. 그래도 돈과 마을 주민들의 안전을 천칭에 올릴 성격은 절대 아니라고 생각해. 안전 문제는 이미 대책이 마련된 거지?"

"그래, 그 부분은 신경 쓰지 않아도 돼. 나와 세리나 이외에도 여러모로 『대단한 면면』들이 많이도 모여 있거든. 오히려 실력 발휘가 너무 지나치면 어쩌나 걱정을 해야 할 테지."

"흐응? 네가 이렇게까지 장담을 하네? 혹시 형이나 누나라도 와 있는 거야? 아니면 신들과 관련이 있는 분들인가?"

정답이다. 디아드라는 농담조로 한 말이었지만, 설마 진짜로 신들이 와 있을 줄은 꿈에도 상상하지 못했을 테지.

"기대를 배반하지 않게 활약하리라 말해 두겠어."

디아드라는 재미있네, 짧게 중얼거린 뒤 일단 대화를 멈췄다.

엔테의 숲 교역대에 속한 인원은 디아드라에게 전달받은 긴박한 사태를 이해하며 잠시나마 술렁거렸지만, 곧 서로의 얼굴을 마주 보더니 말을 나누지도 않고 의사를 통일시킨 것 같았다.

이번 교역대를 지휘하는 자는 넉넉한 검은색 모피를 걸친 늑대 인간인데 이름은 사진이라고 했다.

드란보다 머리 두 개는 크고, 그에 걸맞은 체격을 자랑하는 인물이며 디아드라의 옆에 다가와 서서 사나운 용모와 달리 이지적인 빛이 반짝이는 금색 눈동자로 촌장을 내려다본다.

"촌장 선생, 이번에 맞이하게 된 위난, 디아드라뿐 아니라 우리 엔테의 숲 주민들 또한 미력이나마 힘을 보태드리고 싶소. 이것은 사이웨스트 숲뿐 아니라 늑대 인간과 아라크네들도 포함하는 의사 표시로 해석해주셔도 무방하오."

고블린들이 베른 마을에 습격을 개시하기 전 남은 시간에 사이웨스트 마을 등 가까운 곳의 촌락에 사정을 알린다면 삼백이나 사백 정도의 전력이 모여줄 테지— 이것이 사진의 예상이다.

뜻밖의 낭보라고 말할 수밖에 없는 제안인지라 촌장은 눈썹을 들어 올리며 하얀 수염의 안쪽에서 음음, 소리를 냈다.

"우리의 처지에서는 암흑에 비친 한 줄기 광명과 같은 말씀이군. 엔테의 숲 주민분들께서 힘을 보태주신다면 일만의 아군을 얻은 심정이기는 하오나……. 한데, 괜찮으시겠습니까? 지금 쳐들어오는 고블린 놈들의 숫자는 물경 오천 이상이라는 보고가 있었습니다. 그에 따르는 위험은 결코 무시할 수 있는 수준이 아닙니다."

"전부 알면서 드린 말씀이오. 여러분이 염려를 하실 필요는 없소이다. 무엇보다 우리는 이미 여러분에게 큰 빚을 지었지. 그 빚을 갚아드리기 위해서라면 설령 목숨이 위험해지더라도 힘을 빌려드리는데 어떤 망설임이 있을까. 오히려 지금 조력을 제안하지 않고 돌아가면 마을의 주민 모두에게 겁쟁이, 몰염치한이라며 나무람이나 당할 게 뻔하오."

"여러분께 그렇게까지 큰 빚을 지웠다는 기억은 없습니다만, 진정 저희를 도와주시겠다면 마을의 대표로서, 또한 이 마을의 주민으로서 모쪼록 부탁드리겠습니다. 부디 저희에게 여러분의 힘을 빌려주십시오. 저희의 모든 것을 약탈하고자 하는 녀석들에게 본인들이 저지른 어리석은 과오의 대가를 뼈저리도록 새겨줘야 하지 않겠습니까."

"옳은 말씀이오. 그럼 우리는 곧바로 각 마을을 돌아다니며 전사들을 모아 오리다. 디아드라, 너는 어찌할 테냐. 이곳에 남아 있겠나?"

"응. 드란이랑 이야기 좀 하려고. 피오와 마르에게 소식 잘 전해 줘. 어쩌면 위그드라실 님께서 여기에 오고 싶어 하실지도 모르겠는데 올리비에한테 잘 말려달라고 당부 전해줄 수 있을까?"

"그래, 알겠다. 한데 위그드라실 님께서 이곳에 오려 하신다는 말인가. 부정할 수 없다는 것이 무섭군. 그분은 드란 소년에게 푹 빠져버리셨으니까 말이다……."

위그드라실이 기거하는 엔테의 숲 중심부 디프 그린에서 사진이 살고 있는 사이웨스트 마을까지는 상당한 거리가 떨어져 있다만, 그럼에도 이미 소식을 들었다면 평소에 엔테 위그드라실이 꽤나 열심히 드란의 이야기를 하고 다니는 듯싶다.

그 이후 사진은 원군으로 모아 오겠다는 전사들의 숫자와 구성 따위에 대해 촌장 및 병사장 바란에게 간결히 설명한 뒤 교역 물품을 그대로 마을에 놓아둔 채 곧장 엔테의 숲으로 되돌아갔다.

반면에 디아드라는 드란의 곁에서 떨어지지 않고 남았다. 어떤 마을에도 적을 두지 않았다는 것이 이유이며, 또한 베른 마을에 남겨 둔 짐의 관리자 역할을 맡기 위해서란 명목도 있었다.

열일곱 배에 달한다는 고블린과의 전력 차이는 차근차근 메워지고 있지만, 이러면 보상금이 줄어들 테니 좀 아쉽군— 드란은 엉뚱한 걱정을 했다.

✝

　드란은 디아드라와 크리스티나를 데리고 모험가로 분장한 마이라르 및 스물 남짓의 신들이 기다리는 세리나의 집으로 돌아갔다.

　이후 알데스와 마이라르 등 신들은 전투 지휘를 맡은 바란에게 가서 안면을 익힌 뒤 각각이 익힌 특기며 무예에 따라 편성을 받을 예정이다. 다만 드란은 먼저 세리나의 집에서 이들의 정체를 알려주기로 생각하고 있다.

　세리나와 드라미나는 현관 앞에서 마이라르 등등 같이 기다리고 있었는데 드란이 돌아오자 후유, 거하게 숨을 내쉬었다.

　마이라르 등 신들이 딱히 뜻했던 결과는 아니지만, 세리나와 드라미나는 존재 본연의 격차를 몸소 느꼈던 터라 어쩔 수 없는 긴장감을 강요당하는 처지가 되어서다.

　세리나의 집 마당에는 어느 틈인가 전원이 쓸 의자 및 탁자가 준비되어 있었다. 모르는 사람이 보면 소소하게 가든파티를 하는 양상이다.

　전부 다 세리나의 집은커녕 마을 어디에도 분명 없었을 물건이다만, 이토록 많은 신들과 권속이 있는 자리이니까 무(無)에서 만들어 내거나 천계에서 가지고 오는 정도야 별일 아니리라.

　천계 측과 마계 측의 신들이 함께 뒤섞여 있지만, 천계 측에 마이라르와 알데스 같은 대신이 있기도 하고 마계 측 최대의 문제아 카라비스가 있기 때문에 소수파 사신들도 마이라르를 의지하는 신기한 광경이다.

또한 카라비스는 무엇을 하고 있냐면 레니아의 어깨를 친근하게 끌어안은 채 생글생글 만면에 미소를 띠며 서로의 근황을 알려주고 있는 모습이었다.

레니아는 카라비스의 조금 과하게 달라붙는다 싶은 태도에도 착실하게 꼬박꼬박 대답해주고 있다.

가까이 오는 드란을 발견한 세리나가 명랑하게 웃으며 손을 흔든다.

"드란 씨, 어서 오세요. 디아드라 씨는 숲에 초대해주셨을 때 이후로 처음 뵙네요."

"어서 와요, 드란. 그쪽에 계신 분이 디아드라 씨인가요?"

드라미나는 디아드라의 얼굴을 보며 인사했다.

"응응, 오랜만이야, 세리나. 어머, 당신이 드라미나구나? 와, 드란한테 들었던 대로 애써 설명하는 게 허망해질 만큼 아름다운 사람이야. 크리스티나와 봐도 절대 모자라지 않아. 만나서 반가워, 내가 디아드라야. 드란과 세리나에게 어떤 이야기를 전해 들었을지 많이 궁금한걸."

덧붙이자면 세리나는 드라미나에게 디아드라를 두고 항상 경계해야 하는 강적이라고 알려준 바 있다.

간단한 자기소개에 이어서 드란이 입을 열었다.

"—자, 디아드라와 크리스티나를 데려온 이유는 소소하게 사정이 있어서야."

드란이 이제부터 이야기하고자 하는 『사정』의 내용이라면 세리나도 드라미나도, 조금 늦게 합류한 디아드라도 크리스티나도 대강 눈치를 챈 상황이었다.

드란과 아는 사이라는 모험가들의 이야기가 아니면 또 무엇이 있을까.

물론 레니아만은 이 자리에 있는 인물들의 정체를 이미 알았지만 별 관심을 나타내지 않았다.

마이라르는 창조주 카라비스의 대적이자 천적이지만, 정작 카라비스가 지금은 마이라르에게 적의를 드러내고 있지 않은 이상 자신이 끼어들 상황은 아니라는 판단이다.

"사정이야 뭐, 여기에 계신 분들의 이야기겠지? 네가 촌장님께 말했을 때부터 또 뭔가 있겠다 싶었지."

희미하게 쓴웃음을 지은 채 입술을 움직여 말한 사람은 크리스티나.

바스트렐과의 대결을 거쳐 드래곤 슬레이어를 획득, 일족에 계승되어온 용 살해의 인자가 변화하는 등 여러 요인에 따라 영격이 대폭 승격되었던 크리스티나는 눈앞의 모험가들이 평범한 사람은 아니라는 것을 곧바로 이해할 수 있었다.

물론 모험가들도 크리스티나의 혼과 허리에 달린 드래곤 슬레이어를 알아보았기에 눈알이 튀어나올 것 같은 심정을 느꼈지만, 아무려면 거기까지 알 수는 없었다.

달의 여신과 밤의 남신에게 하사받은 신기를 가지고 있는 드라미나의 존재감이 제법 대단하지만 오호, 하는 여유로운 반응이 흘러나왔다. 그랬던 신들도 드래곤 살해의 인자와 흉기를 목격하고는 차분한 마음을 유지할 수는 없었나 보다.

"뭔가 있기는 해. 으음, 대단한 게 있지. 이들이 찾아와준 게 행운이었다고 말할 수 있겠지. 전원이 『필히 전력을 다해 힘을 조절해야 한다는』 조건은 딸려 있지만 말이야. 아무튼 간단하게 소개를 하지. 우선 저쪽이 대지모신 마이라르. 전신 알데스와 여동생인 아미아스, 그리고……."

마이라르는 부드럽게 미소를 띠며 살짝 인사했고, 알데스는 애창을 오른손에 든 채 하얀 치아가 눈부신 미소를 지었고, 아미아스는 엄숙한 표정으로 고개를 끄덕였다.

드란의 입에서 막힘없이 이 자리에 있는 신들이며 천사들의 이름이 쏟아지자 세리나도 드라미나도 크리스티나도 모두 어리벙벙한 표정으로 가만히 듣기만 했다.

다수의 하급 신이며 권속들은 자기 이름을 불릴 때마다 휴, 안도하며 숨을 쉬었다.

대신이 잇따라 강림하는 혼란 속에서 영업 활동은 부득이하게 중단되어버렸지만, 아무튼 드란이 자신들의 얼굴과 이름을 기억해주었다는 확인은 마칠 수 있었기 때문이다.

"이상이 이번에 우리에게 협력해줄 천계와 마계의 인원들이야. 방금 말했듯이 이번 전투의 목적은 어디까지나 적 고블린의 괴멸과 그에 따른 보상금이니까 나와 마찬가지로 전력을 발휘할 순 없지만, 의지할 만한 동료라는 것은 틀림없지."

드란은 여느 때처럼 『아주 대수로운』 이야기를 전혀 대수롭지 않게 늘어놓았다.

지상의 주민들에게 신이 어떠한 존재인지를 고려한 다음 발언해야 할 내용이었지만, 이 행동은 이미 드란이 자신의 정체를 밝혔던 만큼 특별히 놀랄 이유도 없다 판단한 데서 비롯되었다.

"앗, 아뇨, 아니요, 드란 씨, 드란 씨~?!"

그러나 드란에 대한 내성이 가장 단단하게 만들어졌을 세리나마
저 풍성한 금발을 마구 흐트리며 고개를 좌우로 휘젓는다.

"아, 저번에 『드란이니까』라는 말을 세리나한테 배웠지만, 그래도
좀 많이 당황스럽네."

이런 경우는 『모든 것은 드란 씨니까』라는 전제로 생각하면 된다
며 세리나에게 배웠던 디아드라도 정작 세리나가 이렇듯 몹시 당황
하는 모습을 보곤 완전히 지친 표정을 짓는다.

"저는 아직도 드란에 대한 이해가 부족했었나 봐요. 그나저나 역
시 드란은 참 대단하네요……."

담대한 드라미나도 이토록 많은 신, 게다가 최고위 신이 다수 존
재하고 있음을 알게 되자 진심으로 피로감을 느낄 수밖에 없었다.

또한 크리스티나는 어떠했냐면 쩍 입을 벌리며 미의 극치라고 표
현해야 할 얼굴을 다소 멍청이 같은 표정으로 만든 채 짤막하게 중
얼거렸다.

"우리는, 대낮부터 꿈을 꾸는 건가?"

"크리스티나, 아무것도 꿈이 아니야. 현실에, 마이라르를 비롯한
신들이 제한을 받는 상태로 이 지상에 강림한 거지."

"어, 으음, 드란 씨. 이게 도대체, 어째서요? 드란 씨가 초대해서
오신 거예요?"

세리나는 더 이상 드란의 말을 듣기가 무섭다는 느낌을 받고 있었
지만, 그렇다고 안 물어보고 넘어갈 수도 없었던지라 힘껏 용기를
쥐어짜서 물었다.

"아니, 각자 자기 이유가 있어서 나를 만나러 왔는데 대화하던 중 고블린들이 습격하는 것을 알게 된 거야. 뭐, 나름 보답을 기대하고 있을 테니까 완전히 선의라고 말할 순 없겠지만, 고양이 손도 빌리고 싶은 이 상황에서 힘을 보태준다는 게 많이 고맙긴 하지."

"네, 네에. 역시 진짜로 신님들이셨군요. 와아……. 드란 씨는 역시 드란 씨구나아."

정말이지 기가 막힌다는 분위기로 쓴웃음 짓는 세리나를 보고 드란은 살짝이나마 삐친 표정을 지었지만, 별로 신경을 쓰는 기색은 아니었다.

"음하하하하, 드란이여. 네가 마음을 준 여인들은 제법 배짱이 두둑하구나. 우리들 신을 앞에 두고도 동요의 정도가 꽤 평범하잖은가. 네 정체를 알게 된 경험으로 얼마간 익숙해진 덕인가. 아무튼 너의 눈길을 사로잡을 만큼 대단하다는 것은 알겠다. 아핫핫핫."

알데스는 그렇게 말한 뒤 껄껄 웃었다.

신이라는 입장상 아득히 먼 지상의 목소리에 대답할 때며 의식 따위에 의하여 의식 일부를 지상에 내려보냈을 때 기다리고 있는 것은 기적을 목격하여 황홀해하는 사람들, 신의 위광에 넙죽 엎드리는 경건한 사람들뿐이었을 테니까 이 같은 반응은 오히려 신선하겠다.

많은 전사들이 신앙하는 전투의 신의 목소리를 들은 크리스티나는 쩍 벌려 놓았던 입을 다물고 말똥말똥 저 얼굴을 바라봤다.

전폭적인 신뢰를 보낼 수 있는 드란에게 들은 말이라지만, 자신들의 눈앞에 있는 자들이 진정 신이라는 사실을 아직껏 차마 받아들이지 못하는 터라 현실감이 없다.

용사의 피가 영향을 주었는지 크리스티나는 검을 휘두르거나 강자에 맞서 생명과 혼이 깎여 나가는 대결을 기뻐하는 천성을 가졌다. 또한 오로지 『싸워라』라고 설파하는 알데스에게 비록 신심까지는 아닐지언정 소소하게 동경을 품고 있다.

크리스티나의 눈으로 본 알데스는 지금은 아직 호탕하고 쾌활한 기질과 대영웅에 걸맞은 풍격을 지닌 존재이다. 전라로 나타났던 강림과 생식기를 훤히 드러낸 모습을 목격하지 않은 덕분에 환멸하는 기색은 없다.

"으음, 저기, 마, 마이라르 님이라고 불러도 될까요?"

온몸으로 황송함을 표현하며 세리나가 머뭇머뭇 마이라르에게 말을 건넨다.

"네, 제가 마이라르랍니다, 세리나 씨."

마이라르는 세리나에게 자신이 신이라는 거만함과는 거리가 먼 부드러운 미소와 말로 답해준다. 마이라르에게 세리나는 가장 절친한 벗이 사랑하는 여성이며 아울러 아끼고 사랑하는 생명 중 하나였다.

"저기요, 혹시 기억하실지 잘 모르겠는데요, 언젠가 마이라르 님께 신탁을 받은 덕분에 저는 베른 마을에 들어올 수 있었어요. 정말 감사드립니다."

베른 마을에 파견되어 있는 마이라르교의 신관 전사 레티샤가 세리나를 진정 사악한 마물인가 판정하기 위하여 마이라르에게 심판을 요청했던 때의 이야기이다.

그 사건을 계기로 드란은 마이라르를 만나러 갔고, 여신은 고신룡 벗과 다시금 만나고 싶은 소망을 이루었으니까 세리나가 두 신격의 재회에서 계기가 되어주었다고 볼 수도 있겠다.

"저는 단지 요청받은 대로 이루어주었을 뿐이지요. 게다가 당신의 성정이 깨끗하고 사랑스러웠다는 것은 틀림없으니까요."

세리나는 베른 마을에서 드란의 곁에 함께할 수 있는 계기를 준 마이라르에게 평상시부터 감사의 마음을 가져왔다. 하지만 설마 직접 말을 전하게 될 기회가 허락될 줄은 도저히 기대도 할 수 없었다.

그야말로 꿈같은 만남이라고 할 수 있겠다.

"그나저나 드라앙~ 왠지 내 소개만 홀랑 넘어가버린 것 같지 않나앙?"

이제까지 레니아의 머리카락을 손빗으로 빗겨주거나 냄새를 맡거나 하던 카라비스가 드란에게 어리광 가득한 간드러지는 목소리로 말했다.

'쓸데없이 눈치는 빠르군.'

드란은 혀를 차더니 매우매우 떨떠름해하는 느낌으로 카라비스에게 시선을 돌렸다.

"디아드라, 저쪽에 작은 여자애는 레니아야. 나와 크리스티나와 같이 가로아 마법 학원의 학생이지. 그리고, 세리나, 크리스티나, 드라미나도 단단히 각오하고 들어주면 좋겠다만……. 레니아에게 달라 붙어 있는 녀석이 파괴와 망각을 관장하는 대여신 카라비스군."

"카라비스랍니다~. 잘 부탁해용."

이제나저제나 기다렸다는 듯이 가벼운 말투로 애교 부리는 카라비스의 존재는 겨우겨우 신들의 강림이라는 사태를 받아들이고 있었던 모든 인물들을 또다시 혼란의 도가니로 떠밀기에 너무나 충분했다.

세리나, 크리스티나, 드라미나, 디아드라는 모두 저자가 과연 진정으로 신이라 불리는 존재가 맞기는 할까 산처럼 큰 의문을 품으며 말소리로 나오지 못하는 소리를 질렀다.

"틀림없이, 내 혼의 창조주 되시는 카라비스 님이시다. 배알의 영광을 누릴 수 있음에 진심으로 감사드리도록 해라, 너희들 모두."

레니아는 카라비스에게 꽉 끌어안긴 채 자랑스럽게 가슴을 폈다.

과거에 레니아가 카라비스에 의해 만들어진 신조마수임을 알게 되었을 때도 크게 놀랐었지만, 이번에는 대사신 카라비스 직접 강림했다니까 놀라움의 정도가 또 각별했다.

이곳에는 이미 알데스, 아미아스, 마이라르와 같은 최고위 신격이 강림해 있는지라 신의 격에서 버금가는 카라비스까지 강림했어도 이상할 것은 없다. 다만, 그렇다 해도 수많은 신화와 종교에서 일컬어지는 대사신이자 최악의 여신이 같이 있었을 줄이야— 새삼 드란이 과거에 드래곤으로서 살았던 시절이 얼마나 무시무시한 스케일이었는지 절감한 세리나를 비롯한 일행은 그저 간 떨어지는 심정이었다.

"카, 카, 카, 카라비스라니, 저, 전설의 대사신이고, 레니아의 어머니시라고요?!"

"맞아용~ 레니아의 엄마 카라비스예용~."

카라비스는 얼빠진 목소리를 내며 놀라는 세리나에게 꺄핫, 웃으며 왼쪽 눈을 찡긋하더니 손을 팔랑팔랑 흔들며 대답했다.

너무나 경박하며 사신에 어울리지 않는 우호적인 태도라고 말할 수 있겠지만, 사실 카라비스의 마음속에서는 『얘네가 드랑의 마음에 쏙 든 아이들인가, 끄으응』이렇듯 여신답지 않은— 말하자면 인간이 품는 감정과 같은 질투의 폭풍이 휘몰아치고 있었다.

"에이~ 괜찮아, 나 무서운 사람 아니야~. 안 유명해서 이름을 들어도 몰랐던 것 같은데 여기에는 나 말고도 이른바 사신 부류의 녀석들이 뜨문뜨문 더 섞여 있거든? 걔네도 나도 나쁜 짓 하려는 생각은 요만큼도 없으니까 안심해. 그런 짓 했다가 드랑이 화내면 진짜로 난리 난단 말이야. 오히려 지금은 점수 벌려고 다들 필사적인걸."

카라비스의 말이 사실인지 판단이 되지 않아서 세리나 등 모두의 시선이 일제히 드란에게 모여든다.

드란은 엄숙하게 고개를 끄덕이며 대답해줬다.

카라비스의 말이 전적으로 옳았다. 드란과 적대하지 않기 위하여, 드란과 친분을 맺기 위하여. 이 같은 두 목적을 가지고 신들이 강림했으니까.

방금 전까지 평온하게 대화를 나눈 마이라르가 대사신을 앞에 두고서 본능적인 공포를 느끼고 있는 아가씨들을 안심시키고자 위로의 말을 꺼낸다.

"여러분, 아무것도 걱정할 필요 없답니다. 카라비스가 무엇을 하려고 하든 그것이 악한 행위라면 드란이 결코 용납하지 않아요. 그리고 저 마이라르도 마찬가지지요."

카라비스와 동격이자 최대의 천적이라는 대지모신의 말, 또한 신격이 자아내는 수호의 기세에 의해 여인들의 혼을 — 카라비스 본인도 깨닫지 못한 사이에 — 옭아매던 사기(邪氣)가 정화된다.

"체엣~. 내가 딱히 세리나든 누구든 어떻게 하겠다는 아니라는 건 진짠데 말야. 이런 때는 사신 취급받는 게 진짜 손해구나."

"그렇게 취급받을 만한 행동을 당신이 과거에 쭉 해왔잖아요."

자업자득이라며 딱 잘라 내는 마이라르에게 카라비스는 메롱~ 혓바닥을 내밀며 응수했다.

불구대천의 적대 관계이면서 어딘가 살짝 어긋난 사람들의 싸움 정도로 보이는 이유는 오직 카라비스에게 최대의 억지력이 되어주는 드란이 동석해 있는 자리이기 때문이기도 하고, 마이라르 본인도 지금은 카라비스와 싸울 상황이 아니기에 자제하고 있기 때문이다.

그런 이유가 아니었다면 최고위 신 둘 사이에서 이루 말할 수 없는 대결이 이미 발발했을 것이다.

"마이라르의 말이 맞으니까 세리나, 너무 카라비스를 의식하지 않아도 돼. 뭔가 저지르면 내가 혼내줄게."

"어으……."

카라비스가 드란의 말을 들으며 기묘한 발음으로 신음하더니 얼굴도 같이 핼쑥해진다. 자신은 의도하지 않아도 뭔가 저질러버릴 것 같다는 생각을 떠올린 듯하다.

카라비스는 악마 왕자 가반에게 붙잡혀 있던 수목의 정령을 구출하기 위해 드란에게 협력했을 때도 뜻하지 않게 사고를 칠 뻔한 전적이 있었다. 카라비스에게는 적잖은 정신적 외상으로 남았나 보다.

사랑하는 딸에게 매달리며 훌쩍훌쩍, 뻔히 티 나도록 우는 흉내를 내는 카라비스를 차가운 눈빛으로 일별한 뒤에 알데스가 입을 열었다.

"카라비스는 가만 내버려두기로 하고. 드란이여, 이 마을의 방침은 결정되었나?"

"그래. 싸우지 못하는 사람은 남쪽으로 피신시키고, 이후는 철저 항전이지. 다만 너희가 어떻게 싸울 수 있을지 어서 이야기를 듣고 싶어 하는 것 같으니까 조금 뒤 막사로 안내하겠어. 그리고 엔테의 숲에서 지원군이 와주기로 했어. 요정의 길을 써서 전날까지는 마을에 도착한다는데, 사나흘쯤 시간을 들여서 모을 수 있는 숫자가 일천에는 못 미칠 거야. 물론 여기에 있는 면면들을 감안하면 패배는 불가능하지만 말이지. 이토록 많은 신들이 다 모였는데 한 명이라도 마을 주민 중 사망자가 발생하면 우리는 목에다가 『나는 무능합니다』라고 쓴 표찰을 달고 다녀야 할 거다."

드란은 물론 진심으로 한 말이었다.

이 자리에 있는 신들 중 전투를 주된 활동 분야로 하는 인원은 알데스와 아미아스 남매 이외에는 얼마 안 되며, 그 밖의 인원은 전투에 관여하는 속성을 보유하지 않았다.

그렇다면 다소 어색할지언정 다수의 인원은 모험가 활동으로 여비를 벌면서 순례의 여행을 이어 나가고 있는 순례자라고 소개하는 것이 타당하리라.

"자, 솔직히 이 자리에서 자네들에게 말을 하는 게 맞을지 나도 판단이 잘 안 되지만, 다시없을 기회인 만큼 내 입으로 분명하게 말해 두겠어. 나는 여기에 있는 세리나, 드라미나와 혼약했다. 장래에는 부부가 될 생각이니까 이 점을 잘 기억해주면 좋겠어."

드란의 이 발언은 고신룡 드래곤의 터무니없는 일면을 잘 알고 있는 신들에게— 아니, 드래곤의 터무니없는 측면이 잘 절제되어왔음을 알고 있기에 더더욱 극히 큰 충격을 불러일으켰다.

아무리 인간으로 다시 태어났다지만, 인류종 여성과 부부의 연을 맺는다는 것은 과거였다면 드래곤의 입에서 나오리라 생각할 수 없는 말이었다.

대부분 신들의 머릿속이 새하얗게 물든 상황에서 제일 먼저 정신을 차려 반응한 것은 카라비스, 마이라르, 알데스였다.

"호홋~ 뭐야, 뭐야, 드랑도 남들처럼 그렇고 그런 욕구를 가질 수 있게 됐구낭? 좋은 변화이기는 하네."

"어머 어머, 축하드려요, 드래곤. 언제까지나 행복하시길."

"오호, 오호라, 아주 흥미롭군. 드래곤이 이런 발언을 하게 될 줄이야. 와핫핫핫. 지켜야 할 대상을 가지면 더욱 강해질 터. 아주 근사한 소식이다. 더욱더 너와 싸우게 될 때가 기대되는구나."

특히 마이라르와 알데스는 진심으로 축복해줌을 알 수 있는 음성이다.

물론 알데스는 이렇듯 드란의 마음이 바뀜으로써 새로운 힘을 획득했기를 바라는 축복이었다만.

"뭐, 나는 드랑이랑 혼의 반려니까요오? 딱히 혼약자가 생겼대도 아무런 생각이 안 드는데요오?"

카라비스는 여유로운 표정을 지어 보이며 대답하면서도 방금 전부터 힐끔힐끔 세리나와 드라미나에게 시선을 보내는지라 마음속에서는 무슨 생각을 하고 있는지 짐작도 되지 않는다.

그러나 드란도 굳이 카라비스가 있는 이 자리에서 혼약 사실을 언급한 이상 세리나와 드라미나의 보호 문제에는 전력을 쏟을 것이다.

그렇다면 이것은 두 여인에게 위해를 가하고자 하는 자에게 거센 보복을 각오하라는 선언이나 마찬가지다.

"그나저나, 레니아는 되게 침착하네. 이 얘기를 먼저 들었던 거야?"

"네. 전날에 아버님의 입으로 직접. 하지만 제 혼의 어머니는 오로지 당신 한 분뿐입니다. 아버님께서 결정을 내린 사안이기도 한지라 제게 어머니 행세를 하려고 들지 않는 한 누가 아버님의 아내가 되든 상관없다고 판단했을 따름입니다."

"그, 그렇구나. 으음, 으응……. 그럼 이렇게 납득해도 되려나?"

카라비스는 팔짱을 끼고 고개를 갸웃거리며 깊이 고민하기 시작했다.

아무튼 당장 폭발하려는 낌새는 없는지라 드란은 마이라르는 후유, 안도의 숨을 내뱉었다.

그런 와중에 드란의 곁에 서 있던 디아드라가 흐응, 중얼거리며 입을 열었다.

어떤 의미로 세리나와 드라미나가 가장 경계하고 있는 디아드라의 언동에 두 사람의 신경이 한계까지 바짝 긴장된다.

두 사람이 드란의 혼약자가 되었다는 사실을 안 디아드라가 별반 충격을 받은 모습도 아니라는 것이 정말이지 섬뜩했다.

"내가 떨어져 있는 동안에 드란을 홀랑 빼앗겨버렸구나. 세리나뿐 아니라 드라미나도 드란의 마음속 벽을 무너뜨리다니. 응, 제법이야. 둘이 아내가 되겠다면 나는 인간들이 하는 말로……. 음~ 첩실? 아니면 애인? 이런 입장이 되려나."

디아드라는 드라이어드들에게 배운 말을 희희낙락하며 입에 담았다.

디아드라가 발언한 순간, 애써 마음의 대비를 했는데도 세리나는 놀라 괴상하게 소리 질러야 했다.

"흐엥?! 디아드라 씨, 자기가 무슨 말을 하는지 알고 하시는 거예요?"

"그렇게 이상한 말을 한 걸까? 나는 드란이 무척 마음에 들어. 이런 때는 사랑한다거나 좋아한다는 표현을 쓰지? 그러니까 드란이 베른 마을에 있는 동안은 쭉 곁에서 함께하고 싶고, 그걸 인정해주는 입장만 될 수 있다면 호칭에는 딱히 관심 없거든. 여자 친구든 아내든 부인이든 애인이든 첩이든 측실이든 다 별로 상관없어. 왜냐면 내가 원하는 건 호칭이 아니니까."

디아드라는 생긋, 요염한데도 어딘가 순진하게 보이는 미소를 머금었다.

"있잖아, 드란. 나도 네 곁에서 쭉 같이 지내도 될까? 그때부터 이 것저것 고민을 많이 해봤는데 역시 난 너를 많이 좋아하나 봐."

흑장미 정령의 요청을 들은 뒤 드란은 난처해하며, 그럼에도 기뻐하며 입매를 미소로 누그러뜨렸다.

자신에게 호의를 표시해주는 상대를 대할 때 마음이 약해지는 드란다운 반응이었는데, 의외로 쉬운 드래곤이라고 말할 수 있겠다.

─드랑은 아예 쉬래곤이라고 이름을 바꿔야겠어. 그런 주제에 나한테는 쉽지 않단 말이지이……. 그래도 이런 모습도 좋아─ 등등 카라비스는 남몰래 마음속으로 중얼거리고 있었다.

"세리나 씨."

"네, 듣고 있어요. 드라미나 씨."

생글생글 웃으며 드란의 오른팔에 자기 팔을 휘감는 디아드라를 바라보면서 드라미나와 세리나는 전율과 함께 지극히 진지하게 아래와 같이 발언했다.

"세리나 씨가 말씀한 대로 디아드라 씨는 강적이에요!"

"네, 정말 무서운 강적이죠!"

두 아가씨는 진심과 진심, 깊은 마음속의 본심으로 말했다.

사랑에 빠진 아가씨들에게는 신들의 강림보다도 새로운 연적의 출현이 훨씬 더 아득한 중대사인가 보다.

그런 광경의 뒤편에서, 드란에게 노골적인 애정을 표시하는 여성이 또 출현했다는 사실에 크리스티나가 심각한 낯빛으로 고민에 잠겨 있었다는 것을 세리나도 드라미나도 깨닫지 못했다.

†

철저 항전의 태세를 갖추고자 한 베른 마을에 모험가로 분장한 신들이 합류하고 다음 날.

고블린군 오천은 베른 마을까지 대략 나흘을 남겨 둔 지점에서 휴식을 취하고 있었다.

타 종족이 보유하는 군대와 비교하여 결코 규율이 잘 유지되는 진용이라는 말은 못 하겠지만, 그래도 소부대별로 집합해서 대열을 따 놓았다.

그들은 암흑의 황야 한 구석에 흩어져서 돌을 쌓아 올리거나 흙을 모아서 만든 간단한 화덕에다가 불을 피우고 각자 점심 식사 준비를 해 나가는 중이었다.

이곳 암흑의 황야는 모래 먼지가 흩날리고 크고 작은 암석이 무수히 존재하는 곳, 생명의 숨결이 희박한 땅이었다. 다만 드란이 태어나 16년 남짓 시간이 지나면서 기맥이 차차 정비된 결과, 군데군데에서 녹색의 싹이 움트고 나무들이 성장하고 새로운 생물들이 얼굴을 내보이는 변화를 이루어 냈다.

베른 마을의 주민들이 굶주리면 안 된다는 생각으로 드란이 한 조치의 영향이 고블린들의 식량 사정에도 나타나, 이들이 주식으로 먹는 고기가 말단 병졸에게까지 충분히 분배되고 있는 상황이었다.

기본적으로 잡식이고 뭐든 입속에 집어넣는 족속들이지만, 식량 대부분은 자신들의 근거지에서 사냥한 동물이나 목장에서 기른 가축의 고기로 조달했다. 즉 제법 많은 가축을 키워 낼 만한 사료가 이미 근거지에서 재배되고 있다는 의미이기도 했다.

마글의 사역마 네로가 파악한 정보대로 적은 일반적으로 떠올릴 법한 고블린들 이상으로 통솔이 잘 잡혀 있었다. 두 마리가 한 조를 이룬 척후를 주위 곳곳에 배치하여 습격에 대한 경계를 게을리하지 않는 등 일반적인 고블린을 아는 사람이라면 충분히 눈이 휘둥그레질 만큼 머리를 꽤 쓰는 모습이다.

평소에 먹는 음식이 좋은 까닭인지 체격은 일반적인 고블린보다 상당히 컸다.

또한 체격뿐 아니라 장비도 질 좋은 물품으로 통일되었고 철제 가슴 보호대와 투구 등 튼튼한 방어구가 눈에 띈다. 다수가 장창과 소검으로 무장하고 있기도 했다.

기병과 메이지들은 특히 정예병 대우를 받는지라 장막을 둘러친 진 안에서 병졸들보다 양 많고 맛 좋은 고기를 먹어 치우고 있었다.

뭉텅뭉텅 토막 낸 긴 손톱 원숭이의 고기를 소검에 박아서 불로 구우면 고기 익는 냄새가 물씬 피어오른다. 침을 뚝뚝 흘리던 고블린 병졸이 끝내 참지 못하고 입 벌려 물어뜯고자 했을 때 불현듯 고기가 미세한 진동으로 흔들렸다.

아니, 고기뿐이 아니다. 고기를 꿴 소검도, 검을 쥔 고블린의 팔도, 고블린의 시야까지도 비록 미세할지언정 떨리기 시작한다.

"무슨 일이냐?!"

척후 고블린들이 보냈어야 할 봉화나 피리 신호는 따로 없었던 터라 이것이 적습인지 자연 현상인지 이 고블린뿐 아니라 다른 고블린들도 판단하지 못했다.

군세를 통솔하는 하이 고블린의 호위 메이지들이 동요하는 기색은 없으니까 마법에 의한 현상은 아닌 듯했지만…….

"우오오오오?!"

고블린의 입에서 나온 것은 놀람의 목소리였다.

왜냐하면 이제까지는 분명 약간의 녹색이 드문드문 섞인 적갈색 황야가 펼쳐져 있었는데 갑자기 세찬 흙먼지와 말발굽 소리를 내며 들이닥치는 기마 집단이 출현했기 때문이다.

선두에서 달리며 터무니없는 압력을 뿜어내는 칠흑빛 거마에는 금발의 거한이 올라타서 신장의 두 배 이상은 될 법한 심상치 않은 장창을 작은 나뭇가지처럼 머리 위쪽으로 휘돌리고 있다.

"음하하하하하하하하!! 첫 번째 수급은 내가 받아 가마. 드래고— 아니, 드란이여!!"

전투를 관장하는 신의 정점에 선 알데스가 백만 군세라 할지라도 두려워하며 벌벌 떨 무위를 과시하며 달려오는 광경이었다.

알데스가 올라타 앉은 것은 드라미나의 슬레이프니르 중 한 마리. 드라미나 이외에는 좀처럼 마음을 허락하지 않는 슬레이프니르도 자신의 시조를 애마로 데리고 다닌 알데스가 기수임을 알자 드란이 봤을 때 조금은 섬찟할 만큼 고분고분해졌다.

알데스의 뒤쪽에는 똑같이 슬레이프니르에 올라탄 아미아스와 드라미나, 드란이 제작한 호스 골렘에 올라탄 드란과 크리스티나, 아울러 바란 등 도합 오십의 인원이 따라오고 있다.

이 오십 명의 대부분은 베른 마을에 거주하고 있는 기마 전투가 가능한 인원들이다.

이들이 타고 달리는 기마가 전부 호스 골렘인 까닭은 베른 마을의 말이 농경마이기 때문이다.

"오라버니, 혼자 과하게 설치지는 마시지요. 설마 목표를 잊어버리지는 않으셨겠지요?!"

기마대의 후방에 위치하며 언제든 활로 원호할 수 있는 위치에 자리를 잡은 아미아스가 고함지르자 알데스는 고개 돌리지도 않고 음하하하, 웃으며 대답한다.

알데스, 아미아스 남매의 목소리는 전속력으로 달리는 기마 위에서 횡횡 불어오는 바람과 말발굽 소리에 지지 않고 바로 옆에서 이야기를 나누는 듯이 또렷하게 들렸다.

수많은 소리가 불규칙적으로 발생하는 전장에서 또렷하게 잘 들리는 목소리는 우수한 지휘관의 요소 중 하나로 꼽힐 수 있다. 과연 전신답게 이 부분은 충분히 넘치도록 잘 갖추어졌다. 설령 일만의 벼락이 떨어지는 호우의 한복판에 있더라도 알데스의 목청은 천둥소리를 분쇄하여 병사들의 고막을 뒤흔들고 배 속 깊은 곳까지 울려 퍼질 것이다.

"알다마다. 목표는 적의 병참. 이것들을 배곯은 상태로 싸우게 만드는 것이 아니더냐."

그 이외에도 목표 변경이나 근거지까지 철수하는 데 필요한 몫의 식량을 빼앗아서 굶주림을 모면하려면 베른 마을을 습격한 뒤 식량을 약탈하는 것밖에 방법이 없게 몰아가려는 의도도 있다.

아울러 베른 마을에 도착할 때까지 며칠 동안은 제대로 된 식사를 하지 못할 테니까 내부에서 불화가 발생하면 아군의 목적대로 되는 셈이다.

명목상 이 기마대의 지휘관은 바란이지만, 제아무리 변경에서 보기 드문 역전의 맹자일지언정 전신의 정점에 선 존재가 발출하는 기백 앞에서는 강하게 나설 수 없었던 터라 두 번째 공격수의 위치에서 고블린의 군세에 험한 눈빛을 보내고 있다.

세 번째와 네 번째 기수는 각각 드란과 드라미나가 맡았는데 가까이 꼭 달라붙어서 나란히 달려 나간다.

이번에 고블린들이 이런 지경까지 베른 마을 기마대의 접근을 허락한 것은 드란과 드라미나가 행사한 환영 마법의 영향이다.

대기와 대지 각각에 간섭해서 모든 진동을 상쇄시키는 터라 소리도 울려 퍼지지 않는다.

보통은 고블린 메이지들이 이러한 마법 행사를 감지하고 경계하며 소리 높였을 테지만, 탐지 마법을 기만하는 마법을 추가로 사용한 덕에 이 거리까지 다다르도록 고블린 측은 아무도 베른 마을 기마대를 발견하지 못했다.

"저 아이가 아버지와 저 이외에 이렇게까지 고분고분한 모습은 처음으로 봤어요."

드라미나는 신기 지크라이너스를 두른 채 오른손에는 검은빛 일색의 장궁으로 형태를 바꾼 신기 발큐리오스를 쥐면서 왼편에 함께 달리고 있는 드란에게 말을 건넸다.

이번에는 말에 올라타야 했기에 드란도 애용하는 장검은 허리에 놔둔 채 연금술로 급히 단조한 강철제 장창을 손에 들고 있다.

"알데스는 진짜 신마를 애마로 타고 다니는 녀석이니까. 슬레이프니르가 오히려 더 긴장했을지도 모르겠군."

두 사람이 느긋하게 대화 나누는 동안에도 알데스는 가장 가까운 곳에 있던 고블린과 격돌, 머리 위에서 붕붕 휘돌리던 애창을 때려박아 아득히 저 멀리 날려버렸다.

마치 꿈이나 환상같이 나타난 고작 오십의 기마대 앞에서 식사 준비를 하던 고블린들의 대부분은 전혀 반응할 수 없었다.

선두를 쭉쭉 달리며 애창이 닿는 범위에 있는 고블린을 닥치는 대로 날려버리는 알데스의 뒤를 따라서 아미아스와 드라미나도 각각 손에 든 활에 화살을 메겨 잡아당기기 시작한다.

햇빛 아래에 있어도 뱀파이어 퀸의 완력과 신기의 조합에 의해 드라미나가 쏜 화살은 고블린이 착용한 철제 갑옷을 거뜬하게 꿰뚫었고, 경우에 따라서는 뒤쪽에 있던 또 다른 고블린이나 큰 바위까지도 같이 관통했다.

반면에 아미아스는 다섯 손가락 사이에 무한히 출현하는 화살을 끼워 두고 숨 돌릴 틈조차 없는 연사로 쏘아 날린다.

신의 권능이 거의 다 제한된 상태에서도 아미아스의 궁술 실력은 무시무시할 만큼 뛰어난 결과를 만들어 냈다. 동시에 발사된 네 개의 화살 전부가 고블린의 목구멍 및 이마를 꿰뚫어서 확실하게 일시일살(一矢一殺)을 체현하고 있었다.

알데스, 아미아스, 드라미나의 상궤를 벗어나 황당하기까지 한 전투 양상에 바란을 비롯한 베른 마을의 주민들은 어안이 벙벙한 모습이었다.

전장에서는 있어서는 안 되는 빈틈인지도 모르겠다만, 모두가 꽤나 지나치게 상식과 동떨어진 존재인지라 뭐, 어쩔 수 없는 일이다.

"드란, 드라미나 씨, 먼저 가겠어."

드란과 드라미나에게 말을 건넨 뒤 뛰쳐나온 사람은 드란제 호스 골렘에 올라탄 크리스티나이다.

아직 새 이름을 정하지 못한 드래곤 슬레이어는 엘스파다와 함께 허리의 좌우에서 흔들거리고 있다.

그 대신 크리스티나는 두 손에 드란과 마찬가지로 장창을 쥐었고, 두 다리로 힘주어 호스 골렘의 몸을 조이며 전속력을 명령했다.

백은빛 머리카락이 휘날리며 미를 관장하는 여신인가 착각할 만

큰 빼어난 미모를 드러낸 크리스티나는 아무것도 두렵지 않다는 듯이 알데스의 바로 옆쪽으로 나아간다.

드란에게는 크리스티나의 허리 양옆에서 흔들리는 드래곤 슬레이어와 엘스파다가 조금 쓸쓸하게 보였다.

"오, 크리스티나라고 했던가. 하하하하, 용감하구나! 선두를 달리자면 상응하는 위험이 따를 것이다."

알데스는 허둥지둥 땅바닥에서 일어나 먹다 만 고기를 내동댕이치는 고블린 넷을 한거번에 애창으로 날려버리고, 자신의 바로 옆까지 따라온 크리스티나에게 진심으로 즐겁다는 듯이 웃음 지었다.

설령 지상 세계의 고블린을 상대로 하는 전투일지라도 알데스는 즐거워서 못 견디겠다는 표정을 머금고 있다. 이자는 전투 자체를 사랑하기 때문이다.

절대 우세로 이기고 시작하는 전투를 좋아하는 것이 아니다. 압도적으로 불리하여 지고 들어가는 전투를 좋아하는 것도 아니다. 이 세상의 갖가지 모든 전투를 즐길 수 있는 인물이다.

그럼에도 정정당당하게 정면에서 맞부딪치는 대결을 좋아한다는 정도의 취향은 있지만.

"이름 높은 알데스 신과 어깨를 나란히 할 수 있는 영광에 몸도 마음도 떨려옵니다. 당신께 부끄럽지 않은 전투를 선보이고자 자기 자신을 분기시키고 있습니다."

"그런가, 그런가. 아주 좋구나. 큰소리를 늘어놓는 것은 기력이 있다는 증거이지. 그럼 가볼까. 슬슬 고블린들도 반격에 나설 것이다."

"예!"

"뭐, 뒤쪽 녀석들이 너무나 믿음직한 터라 할 일은 별로 없을 것 같다만."

힐끔 등 뒤를 돌아보면 바닥나지 않는 화살과 심상치 않은 궁술 실력을 살려서 적 궁병, 투석병 등 원거리 공격 수단을 가진 적이나 기수병을 우선하여 처단하고 있는 아미아스와 드라미나가 보였다.

전장에서 이토록 마음 든든한 원호는 거의 없을 것이다.

드란도 애마 시라카제(白風)의 위에서 주위를 둘러보며 필요한 마법을 선택해서 영창에 들어간다.

사전 정찰의 결과, 고블린들의 진지 중앙부에 하이 고블린의 진영이 있고 군량은 그곳의 북서 방향에 모아 두었음을 이미 파악했다.

드란은 군량이 있는 곳까지 최단 거리가 아닌 고블린들의 진지를 우회한 뒤 일부러 북쪽에서 남서로 돌파하는 진로를 선택했다.

북서쪽으로 고블린의 진지에 돌입해서 군량을 송두리째 불사른 뒤 즉각 남서쪽 방향으로 진지를 뚫고 베른 마을까지 탈출하기 위해서다.

군량을 드란 등 마법사들이 광역 파괴 마법을 아낌없이 행사해서 잿더미로 만들 예정이다.

오천의 대군에 맞서서 불과 오십 기로 돌격하는 위험성을 마을 회의에서는 무척 염려했지만, 실제 상대해야 할 고블린의 수는 많아야 수백가량이라는 설득과 군량에 불을 지르면 성공·실패와 관계없이 탈출한다는 조건을 달아서 이번 돌격이 감행되었다.

정면을 가로막고 서는 고블린들은 모조리 알데스와 크리스티나에게 섬멸되었고, 좌우와 후방에서 들이닥치는 기병은 가장자리를 달리는 마을 주민들과 드라미나, 아미아스의 활에 요격당했다.

사전에 적 편성과 군량의 위치 등 정보를 파악할 수 있었던 것은 전적으로 마글에게 정찰 임무를 넘겨받은 드란이 새와 도마뱀, 거미, 쥐 등등의 모습을 지닌 소형 골렘을 제작하여 거둔 성과 덕분이다.

실제 베른 마을의 수비 부대는 하이 고블린들의 대화 내용까지 다 파악할 수 있었기에 갖가지 모든 정보가 곧바로 누설되는 형편이었다.

선두에 알데스와 크리스티나를 배치하여 예사롭지 않은 돌파력을 갖췄다. 거기에 무진장의 체력을 보유하는 마법의 말 슬레이프니르, 피로와 공포를 알지 못하는 호스 골렘에 의한 전력 구성은 통상적인 기병 돌격의 상식에서 훌쩍 벗어난 공격을 가능케 했다.

"보았나, 드란. 목표다, 군량이다. 하하, 산더미 같군. 메이지들의 디스펠도 레지스트도 부여되지 않았어. 그냥 쌓아 놓기만 했군."

알데스가 사전에 조사해서 알아낸 위치에 쌓아 둔 마대와 나무 상자를 발견하고 후방에 있는 드란에게 큰 목소리로 전했다.

도중에 꽤나 소비했을 텐데도 오천 마리 분량의 군량인지라 아직껏 상당량이 산처럼 쌓여 있다.

아군에게는 형편 좋게도 군량은 진지 내부의 각지에 흩어져 있는 것이 아니라 이곳 한 곳에 전부 모아서 쌓아 놓았기에 진내를 이곳저곳 달려 다녀야 할 수고를 덜었다.

보통은 산처럼 쌓인 군량에 기름 따위를 뿌려서 불붙여야 할 터이나 이번에는 드란, 크리스티나에 드라미나와 같은 인원이 있는 덕분에 그 수고도 덜 수 있다.

"흠, 고블린들의 군량이라고 하면 우리 베른 마을의 주민들도 적잖이 먹는 데 거부감을 느낄 수 있겠군. 전부 재로 만들도록 하지."

우선 드란이 군량의 산을 향하여 펼치고 있는 왼손을 들어 올리자 그 끝에서 크고 작은 다섯 개의 마법진이 전개되고, 마법의 위력을 향상시키는 효과가 발동한다.

"크림존 레이!"

드란의 손에서 팔뚝만 한 두께로 다발을 이룬 초고열의 붉은 열선이 발사되고 팔의 움직임에 따라 커다랗게 좌우로 휙휙 왕복하면서 닿는 곳마다 군량을 잿더미로 바꿔 놓는다.

군량을 뚫고 지나간 열선은 고블린과 기수들에게도 적중하여 똑같은 운명을 따라가게끔 했다.

이어서 크리스티나가 마법을 발사한다.

"여전히 대단한데도 저게 적당히 힘을 뺀 솜씨라는 것이 무시무시하군. 뭐, 본신 내력을 생각하면 당연한가. 자, 나도 거들어야지. 불태워라, 불꽃의 혓바닥, 플레임 베인!"

이미 대부분이 잿더미로 화한 군량에 더 이상 마법을 행사하는 의미가 없지 않냐는 심정에 사로잡히며 추가 타격을 쏟아붓는다.

크리스티나가 부분적으로 영창을 생략한 【플레임 베인】이 발동하며 군량이 남아 있는 지면에 적색의 마법진을 그렸다. 그곳에서 거룡의 혓바닥 비슷하게 거대한 불꽃이 천공을 향해 뻗쳐 올라와 나머지 군량을 날름 먹어 치워버린다.

마을 주민들은 드란과 크리스티나가 펼친 마법의 위력에 눈이 동그래졌지만, 곧 목표를 달성했다고 판단한 뒤 바란이 이탈 명령을 내렸다.

"좋아, 적 군량은 전부 불살랐다. 이대로 이탈한다! 이제 마을에서 한꺼번에 상대하며 한 마리 남김없이 처죽이도록 하자!!"

"그래, 아직은 더 창을 휘두르고 싶단 말이지. 더 많이 싸우고 싸우고 싸우지 않으면 만족할 수가 없던 참이다. 안 그런가? 아미아."

또한 본명을 사용할 순 없는 입장인지라 알데스는 알스, 아미아스는 아미아라는 간단한 가명을 쓰고 있다.

마이라르와 카라비스도 비슷한 처지지만 마메르나 셀레스테르 등 천사들은 이름이 알려지지 않은 까닭에 그대로 본명을 썼다.

"네, 뭐. 다소 부족한 적이기는 합니다만, 오히려 베른 마을의 주민분들께는 좋은 상황이겠지요."

이것이야말로 전신의 활약상이다. 몹시도 마음 든든해지는 알데스와 아미아스의 대화를 듣고 바란은 이런 상황인데도 즐겁게 웃었다.

"하하하, 이렇게 든든한 분들이 계실 줄이야. 이것도 드란의 인덕 덕분인가."

"제 공적은 아닙니다, 바란 씨. 저 사람들이 이 시기에 마을을 방문해준 것이 정말 행운이었죠."

"드란이 그렇게 말한다면야 그렇다고 치고 넘어가지……. 좋아, 이대로 단박에 뚫고 지나간다."

고블린들이 제대로 된 보급선을 구축하지 않은 사실은 이미 확인을 마쳤다.

무리를 지휘하는 하이 고블린은 아직 젊으니 인간에 대한 적개심에 불타오를 테고, 이번 공격에 복수하겠다는 감정에 사로잡혀서 베른 마을로 습격을 서두를 것이 뻔히 보인다.

근거지의 씨족에 새로 군량을 운송해달라는 부탁은 하지 않을 것이다.

고블린 사회에서 그런 짓을 했다가는 싸울 줄 모르는 어리석은 놈 취급을 받는 것은 의심의 여지가 없을뿐더러 무엇보다 자신이 느낀 굴욕감을 갚아주는 것이 첫 번째 목표가 될 테니까.

이렇게 베른 마을 기마대는 고블린들의 군량을 모조리 잿더미로 만든다는 목적을 달성하였고, 겸사겸사 대략 삼백의 고블린을 쓰러뜨리는 데도 성공했다.

또한 이 무모하다고도 말할 수 있는 돌격에서 베른 마을 측 사상자는 존재하지 않았다.

더욱이 이후에도 베른 마을 기마대에 의한 고블린군 공격은 밤낮을 가리지 않고 되풀이되며 고블린들의 전력에 차근차근 피해를 누적시켰다.

제4장 베른 마을 공방전

고블린군을 지휘하는 자는 인간에 비유하면 20대 초반의 젊은 하이 고블린 수컷이었다.

암흑의 황야 북서부를 영역으로 삼은 고블린들 중 그마 씨족장의 아들 중 하나, 고고 구마다.

낮의 대휴식 중, 조립식 천막의 안쪽, 호랑이형 마수의 모피 융단에 앉은 고고는 불쾌함으로 가득 찬 표정을 짓고 있었다.

고블린의 상위종, 하이 고블린 고고는 고개를 들고 올려다봐야 하는 거구를 이루는 강철의 근육을 회색 피부로 뒤덮여 있었다. 머리 부위는 반들반들 훌떡 벗어졌다. 고블린의 살갗은 녹색을 띠는 경우가 많다. 하지만, 하이 고블린 등 상위종은 강대한 마력과 영격을 보유하고 있는 까닭에 피부의 색깔은 물론이고 뿔의 유무, 체구 등이 다른 고블린과 달라지기도 한다.

빼곡하게 자란 엄니는 두툼하며 다섯 개 있는 손가락 각각에는 노란색을 띤 지저분하고 두꺼운 손톱이 뻗어 나왔다. 쓱 봐도 어지간한 맹수와 막상막하의 흉악함이 느껴진다.

불모의 대지가 뻗어 나가는 암흑의 황야지만 고블린들의 영역 지하에는 풍부한 광물 자원이 잠들어 있다. 덕분에 고고가 자신의 거구에 두른 물건들은 그림자 철이라고 불리는 마력을 띤 철로 제작한 갑옷이다.

그냥 맨살이어도 무딘 칼날은 거뜬히 튕겨 낼 만큼 두꺼운 가슴부터 복부, 더욱이 두 어깨와 손목까지 그림자 철 갑옷이 온통 뒤덮은지라 일반적인 고블린과는 거리가 먼 이형의 전사가 이곳에 있었다.

얼마 전부터 고고는 불꽃처럼 물결치는 문양이 각인된 외날의 대검을 넣은 가죽제 칼집을 짜증스럽게 오른쪽 집게손가락으로 두드리고 있었다.

성가신 인간들의 거듭된 공격에 의해 군량을 잃었을 뿐 아니라 기껏 데려온 병력들에게 적잖은 피해가 발행했다. 태생적으로 기질이 사나운 고고는 신경이 곤두서 있었다.

베른 마을 기마대의 접근을 감지하지 못한 마법사와 척후병 몇 명을 죽여서 제물로 바쳤고, 그걸로 그나마 고고의 짜증은 가라앉았다.

천막 안에는 고고 이외에도 마법사들을 통솔하는 기무 지, 기병들을 통솔하는 쟈다 자누를 비롯하여 그 밖에도 부대장급이 네 명가량 모여 있었다.

이번에 베른 마을로 파병된 구마 씨족군의 주요 인물이 고고의 명령을 받아 모인 이유는 며칠씩 공격을 거듭하고 있는 건방진 인간들을 처단하기 위한 방법을 상의하기 위해서이다.

기무는 하이 고블린의 피를 이어받은 고블린이며, 고고 정도는 아닐지언정 다부진 체격을 보유했고 드란보다도 키가 컸다.

회색 피부와 같은 색깔의 머리카락을 길게 길러서 뒤로 흘려 넘겼고, 살짝 솟아난 매부리코와 뾰족한 귀, 입술에서 보이는 엄니를 제외하면 용모는 고고보다도 제법 인간에 가깝다.

정령 마법 및 암흑 마법을 특기로 하는 요술사 기무는 강한 마력을 보유하는 뇌우(雷牛)의 두개골과 마정석, 정령석을 쓴 요수(妖樹) 지팡이를 손에 들었으며 마조의 깃털과 마수의 모피를 덧붙인 로브를 걸치고 있다.

그는 고고와 같은 세대의 젊은 요술사이며 장래에 고고의 오른팔이 될 수 있으리라 기대받고 있는 인재다.

이번 원정에서도 성급한 기질이 눈에 띄는 고고의 상담역 겸 제지자의 역할로 발탁되어 동행하고 있다.

물론 수하로 둔 마법사들이 베른 마을 기마대의 접근을 감지하지 못한 실책을 거듭하고 있는 까닭에 고고가 쳐다보는 시선은 상당히 싸늘하다.

"그래, 너희는 어떤 방법을 써서 인간들에게 대처할 작정이냐"

짜증을 감추려고도 안 하고 고고는 쭉 늘어앉은 부하들에게 따져 묻는다.

분노의 폭발을 애써 눌러 참고 있는 고고의 목소리에 부대장급 인원들은 움찔 어깨를 떨며 공포를 드러낸다. 고고에게 대답한자는 기마병을 지휘하는 쟈다.

자신이 기승하는 대형 늑대의 모피를 머리부터 뒤집어썼고, 자신과 기수에게 최면 작용을 끼치는 문신과 문양이 온몸에 겹겹이 그려져 있다.

고고나 기무보다 열댓 살은 더 연상인 쟈다는 누구도 부정할 수 없는 구마 씨족 굴지의 맹자다. 그래서 고고의 분노가 살갗을 따끔따끔 찌르는데도 겁먹은 낌새가 없었다.

"도련님, 유감이지만 저희 기수들의 코도 귀도, 또한 마법도 놈들의 접근을 감지할 수 없습니다. 이제까지 네 번이나 놈들에게 불의의 습격을 허락했다면 결국 인정할 수밖에 없지요. 그러니까 놈들이 덤벼들기를 기다려서 만전의 상태로 요격하고, 놈들이 물러난다면 끝까지 뒤쫓아서 해치우기 위해 늑대 돌격단의 병력을 재편성했습니다."

"인간들에게 선수를 내어 줄 수밖에 없단 말인가. 부아가 치민다만. 쟈다여, 기필코 쳐들어온 녀석들을 피에 절은 제물로 만들어서 가져와라."

"저 쟈다가 저희의 벗에 맹세코."

고고는 우는 아이가 눈을 까뒤집고 기절할 것 같은 시선을 던졌지만, 쟈다는 정면에서 당당하게 가슴을 펴고 자신만만하게 고개를 끄덕거려 보였다.

이제까지는 불쑥 나타나서 공격하다가 바람같이 사라져 갔던 베른 마을 기마대를 놓쳤지만, 미리 추격을 전제로 해서 기다린다면 결코 놓치지 않을 거란 자신이 있어 나오는 행동이다.

"그래, 기무. 식량은 사정이 어떻던가. 병사 놈들은 질리지도 않고 배가 고프다, 배가 고프다, 떠들고 있다. 베른 마을인지 그곳을 덮칠 때까지 버틸 수 있겠나?"

고고가 기무에게 말을 건네는 목소리는 시선보다는 다소 따스함이 있었다.

기무는 어릴 적부터 알고 지냈던 사이이며 자신의 오른팔로서 필요한 존재라는 인식이 고고에게도 있다.

기무는 이 신뢰가 이번 원정에서 약간 엷어지고 있음을 느껴야 했지만, 그럼에도 아직 충분히 만회는 가능하리라 여기기에 조바심 내는 기색은 없다.

"남은 식량으로 배를 꽉 채우진 못하겠지만, 베른 마을에서 싸우는 데는 문제없다. 다만 전투가 끝나면 음식에 눈이 돌아가서 병력들이 우리 명령을 무시할지도 모르겠군."

"전투에 문제없다면 괜찮다. 잘 들어라, 우리가 이러고 있는 동안에도 각 씨족의 유력자가 우리 고블린의 왕이 되겠다며 눈을 번뜩이고, 아이를 낳고, 훈련하고, 군대를 만들고 있다. 언젠가 올 전쟁에서 구마 씨족이 승리하여 왕을 배출하기 위해서라도 이번에 베른 마을을 시작으로 인간 놈들의 병력을 무찌르고, 마을들을 불태우고, 식량을 약탈해서 우리 고블린의 용맹을 떨쳐 놈들에게 공포를 새겨줘야 한다. 그 승리를 들고 씨족의 본진으로 개선해서 나 고고가 씨족의 정통한 후계자이자 고블린의 왕이 되어야 할 존재임을 증명하겠도다!"

마글이 예상한 대로 이번에 나타난 고블린군은 고블린 종족 내부에서 왕을 정하기 위한 분쟁에 대비하여 고고에게 업적을 만들어주기 위한 목적을 갖고 있었고, 오천이나 되는 군세를 편성한 이유도 여유롭게 승리를 거둘 수 있도록 신경을 쓴 결과였다.

암흑의 황야에 근거지를 둔 고블린들에게 베른 마을은 아크레스트 왕국의 북부 변경 개척 계획이 추진되던 때 격하게 싸운 지역들 중 하나이자 특별시되는 곳이기도 하다.

그곳을 함락시킨다면 다른 씨족의 유력자들도 모자람을 인정할 수밖에 없다.

"도련님, 적습입니다. 인간들이 쳐들어왔습니다!"

천막 바깥에서 헐레벌떡하며 들어온 병사의 보고를 듣고 이쪽이 깔아 둔 함정에 걸려들었으리라 착각한 고고와 쟈다가 히죽, 흉악한 웃음을 띠며 일어선다.

물론 이 천막 안에서 오가는 대화가 깨알만 한 크기의 벌레형 골렘에 의해 드란에게 고스란히 새어 나간다는 사실을 고블린들은 알지 못했다.

병력도, 전술도, 전략도, 모든 작전이 적에게 알려지고 있는 상태에서 전투에 임해야 할 줄은 설마 꿈에도 생각하지 못했을 테지.

"좋다, 쟈다여. 계획대로 해치워라. 베른 마을까지 얼마 남지 않았다. 아마도 놈들의 어설프게 쳐들어오는 짓거리도 이번이나 다음이 마지막일 것이다."

"네, 전부 저희에게 맡겨주십시오."

쟈다는 온몸으로 자신감을 표현하며 대답한 뒤 한편 기무에게는 비웃음 담긴 시선을 보냈다.

쟈다의 시선을 마주한 기무는 아무것도 아니라는 듯이 무반응이었고, 쟈다도 역시 마음에 안 든다는 내색으로 시선을 돌리더니 천막 바깥으로 향한다.

아주 잠깐의 대응만 보아도 차기 족장 후보의 측근이라는 두 인물 사이에 바람직하지 않은 불화가 존재함을 짐작할 수 있다.

기무도 쟈다도 서로의 성공을 질투하며 상대의 실패를 기원하고, 기회만 있다면 실각시키거나 죽여버리겠다고 속마음으로 생각하는 관계이다.

고고는 이 두 마리의 불화를 물론 잘 알았지만, 이런 정도는 고블린들에게 일상다반사이기도 하고 두 측근이 경쟁함으로써 성과를 거두는 것을 노려왔다.

게다가 무엇보다도 어떤 수단을 동원했든 패배한 놈이 잘못이라는 가치관 아래에서 어느 한쪽이 실각하든 상관없다고 생각하는지라 전혀 말리고자 하지 않는다.

종족 전체가 이러한 사고방식으로 행동하는 까닭에 고블린은 유능한 싹이 탄생해도 더한 지위나 능력이 있는 누군가에게 주목당한 뒤 살해되어버리는 경우가 많다.

결과적으로 고블린종 단독으로는 이미 몇백 년, 어쩌면 몇천 년 동안이나 같은 장소에서 제자리걸음을 하게 되었고 이렇다 할 진보도 발전도 이루어 내지 못했다. 하지만 고블린들 대부분이 이 사실을 깨닫지 못한다.

예외는 창조신이나 그 권속을 직접 섬기고 있는 경험 많은 고대^{에인션트} 고블린, 그 피를 짙게 이어받은 몇 세대가 고작일 테지.

각설하고, 기습에 나선 베른 마을 기마대를 쫓아간 것은 말에 버금가는 체격을 가진 거대한 승용 늑대에 올라탄 고블린 기병들. 그들은 쟈다의 부대 중 선발된 백오십 마리이며, 자신들에게 등을 보이고 있는 베른 마을 기마대에게 이제껏 쌓인 굴욕을 갚아주기 위하여 가슴속으로 복수의 불꽃을 불태우며 달렸다. 다만 그 복수의 불꽃이 표출될 기회는 결국 찾아오지 않았다.

고블린 기병들은 베른 마을 방면으로 퇴각하는 베른 마을 기마대를 끈질기게 쫓아가면서 본진으로부터 멀리 떨어져 간다.

그렇게 줄곧 미련하게 유인당하다가 암흑의 황야 한 곳에 매복해 있던 베른 마을의 주민들이 날린 화살과 드란, 크리스티나, 세리나가 날린 마법을 얻어맞았고 단 한 마리도 본진으로 귀환할 수 없었다.

귀중한 기병을 허망하게 잃어버리는 실책을 저지른 쟈가는 기무와 마찬가지로 고고에게 싸늘한 시선을 받는 처지가 되었다.

아무리 이름난 맹자여도 더 이상 큰소리를 칠 수는 없었다.

한편 베른 마을 기마대의 돌격도 이것을 마지막으로 이후에는 시도되지 않았다.

고블린 기병을 전부 섬멸한 것은 아니지만, 대부분은 처단하는데 성공했기 때문에 기마대의 돌격은 충분히 목적을 달성했다고 판단해서다.

다음은 베른 마을로 돌아간 뒤에 농성전이 남았을 뿐이다.

마지막으로 베른 마을 기병대가 돌격을 마친 뒤 마을에서는 차례차례 모여든 엔테의 숲 원군을 맞이하고 요격 태세를 구축하는 데 심혈을 기울였고, 드란도 또한 거기에 집중하고 있었다.

드란은 마을을 빙 둘러싸는 나무 담장에 손써서 흙을 재료로 하는 연금술로 만들어 낸 강철 방벽을 배치, 더욱 단단히 에워쌌고 발리스타와 투석기를 설치하기 위한 기초를 건설했다.

더욱이 숫자의 불리함을 보충하기 위한 전투용 골렘도 대량 생산한다.

하룻밤 사이에 마을을 단 하나 이음매도 없는 강철의 방벽이 둘러싸서 요새화시킨 업적을 목격한 사람들은 다들 어안이 벙벙한 모습이었다.

그 밖에도 베른 마을의 마법사들과 엔테의 숲에서 온 정령사들을 위해 드란이 정제한 마정석이 창고 안쪽에 산처럼 쌓여 있었기에 마글과 리샤 등 모두들 아연실색했다만, 이런 도움이야 대강 허용 범위일 테지.

그동안 신들 다수는 각각의 주신에게 드란과 무사히 접촉하는 데 성공했다는 소식, 마이라르 및 알데스와 카라비스 같은 최고신급의 강림, 점수 벌기에 딱 좋은 고블린 습격 사태에 대해 보고했다.

구마 씨족을 비롯해서 암흑의 황야를 서식지로 하는 고블린들은 이미 창조신에게 버림받은 존재다. 따라서 드란을 적대하면서 겁에 질려야 할 사신은 없다는 것이 마계에 사는 주민들에게는 정말이지 다행이었다.

물론 어떠한 신도 대사신임을 인정하는 잉여신 카라비스가 천계의 신들 중 필두에 서는 마이라르와 함께 싸운다는 전대미문의 사태는 천계와 마계 쌍방을 적잖이 떠들썩하게 만들었다.

정작 카라비스는 무엇을 하고 있었냐면 베른 마을에 강림한 이후 사랑하는 딸이라 공언하고 격의 없는 관계가 된 레니아에게 끈적끈적 달라붙어 다니기만 했다.

한편 마을의 주민들은 각 가정 및 공동 창고에 깊숙이 넣어 두었던 무구를 꺼내다가 점검하고 있다.

레니아는 나무 아래에 앉은 채 뒤쪽에서 꽉 달라붙는 카라비스의 장난을 가만히 받아주면서 멍하니 주위를 바라보고 있었다.

혼의 어머니로 경모하는 카라비스의 태도에 다소 당혹감은 있었을지언정 레니아는 묵묵히 뺨 비비기를 당해주고, 목덜미와 뺨에 입맞춤을 받아주고, 꽉 끌어안아도 가만히 있어준다.

고블린 습격의 보고를 받은 뒤 이렇다 할 활약이 없어 드란에게 멋진 모습을 보여주지 못했다— 마음속에는 울분을 가득히 쌓아두었지만, 곧 폭발시킬 수 있는 기회가 가까이 왔음을 되새기며 자신을 달랬다.

레니아의 입장에서 보면 드란이 자신이나 카라비스가 아닌 누군가에게 마음을 써주는 것은 별로 달갑지 않다. 하지만 드란은 이 마을의 인간들을 진심으로 염려하고, 마을 주민들은 무뚝뚝하기 짝이 없는 레니아에게도 친절하게 대해주었다.

질투에 휩싸여서 마을 사람들에게 적의를 표출했다가 드란의 화를 사게 될 광경을 상상하고, 레니아는 이 마을의 사람들을 위하여 자신의 힘을 휘둘러야 한다고 결론 내렸다.

사악한 여신에게 만들어진 존재치고 이치와 은혜와 의리라는 개념을 잘 이해하고 있는 까닭은 혼에 내포된 드래곤의 인자가 끼친 영향일까.

어머니의 온기를 느끼며 레니아는 마을 사람들 주위를 졸랑졸랑 돌아다니고 있는 메이드의 모습을 발견한 뒤 말을 건넸다.

"파우파우, 너도 참 별난 녀석이구나. 얼른 가로아에 피난이나 가면 될 것을. 너는 싸우는 자가 아니잖아."

그 말을 듣고 이곳에는 어울리지 않는 메이드 복장의 파우파우가 걸음을 멈춘 채 고개 돌린다.

"그게요오……. 되게 돌아가기 거북한 분위기이기도 하고요, 아가씨가 남아 계시는 이상은 저도 남아야 해요. 아니면 주인님이나 시녀장님한테 꾸중을 들을 거예요."

현 상황에서 마을에 남은 사람은 베른 마을의 주민과 엔테의 숲 주민들을 제외하면 정말 아슬아슬할 때까지 남아 약초와 의류, 식료품을 팔고자 하는 직업 정신이 왕성한 일부 상인이 고작이었다.

"굳이 목숨을 걸 이유는 아닌 것 같다만. 뭐, 됐다. 나와 드란 씨가 있는 시점에서 이 마을의 안전은 확실하게 약속된 것과 마찬가지이니까 안심하거라."

레니아의 본가인 블라스터블라스트 가문에 속한 고용인에 불과한 파우파우는 딱히 전투원도 아닌지라 목숨이 아까워서 도망쳐도 이상할 게 없었다.

그럼에도 끝내 도망가지 않은 이유는 레니아가 베른 마을에 남겠다는 의사를 표명하며 꿈쩍도 하지 않았기 때문이다.

주인의 딸인 레니아를 놔둔 채 혼자서 슬금슬금 도망쳤다가 고향 사람들에게 대체 어떠한 눈길을 받게 될지 상상도 할 수가 없다.

레니아만이 고블린 습격에 휘말려서 죽었다는 둥 그럴싸하게 헛소리를 늘어놓아 봤자 파우파우는 저런 거짓말을 끝까지 우길 수 있는 성격이 못 될뿐더러 마법을 쓰면 진위의 여부는 간단하게 판명된다.

즉 파우파우는 바라든 바라지 않든 관계없이 레니아와 함께 죽고 살아야 하는 운명이었다.

덧붙이자면 파우파우가 모르는 틈에 블라스터블라스트 가문에서 드란의 조사와 레니아의 호위를 은밀하게 의뢰받은 인원들이 레니아에게 접촉하여 마을을 탈출하자고 재촉했었지만, 레니아는 끝내 고집부리며 받아들이지 않았다.

신들이 분장한 인물 이외에도 상인들의 호위 등으로 온 모험가 몇 명이 베른 마을에서 받은 의뢰라는 형태로 남아 있었다. 거기에 블라스터블라스트 가문의 인원들이 포함된다.

게다가…… 파우파우는 레니아의 윤기 있는 흑발을 만지작거리며 흥흥 기분 좋게 콧노래를 흥얼거리는 카라비스에게 주뼛주뼛 시선을 보냈다.

가명을 라비로 정한 카라비스는 이 주변에서는 드문 갈색의 피부에 노출이 많은 선정적인 의상을 걸친 채 본인은 여행하는 무희라며 적당히 아무 말이나 떠들고 다녔다.

파우파우가 의문을 품게 된 이유는 레니아가 이 라비라는 이민족으로 짐작되는 무희 여성에게 전혀 경계나 기피의 감정을 나타내지 않는다는 것이었다.

드란에 대한 레니아의 태도를 실제 보았을 때 파우파우는 진심으로 간이 떨어졌었지만, 저 라비를 대하는 태도에도 마음속에서 물음표가 마구 날아다녔다.

오래도록 마음을 터놓고 지낸 사이처럼 대하는 라비와 어떤 행동이든 허용해주는 레니아의 모습을 목격한다면 블라스터블라스트 영지의 누구든 간에 경천동지할 것이라해도 과언은 아니까.

올해 봄부터 여름에 걸쳐 가로아 마법 학원에서 레니아의 신변에 뭔가 일어났다는 생각밖에 안 들지만, 그 뭔가를 알아낼 방법이 파우파우에게는 딱히 없었다. 다만 지금은 아무튼 간에 레니아와 자신의 생명이 무사하기를 기원할 뿐이었다.

  다시 날이 지나자 소수나마 남아 있었던 상인들의 모습이 사라졌다. 베른 마을에는 싸울 수 있는 마을 주민 삼백 명, 모험가 스물일곱 명(그중 신들과 그 권속이 스물), 엔테의 숲 다종족군 육백 명, 전투용 골렘 백 대만이 남았다.

  베른 마을 측의 총전력은 대략 천. 고블린군은 베른 마을 기마대의 다섯 차례에 걸친 공격에 의해 숫자가 대략 사천까지 줄어들었다.

  엔테의 숲에서 온 원군의 존재가 비록 크다지만, 당초 약 열일곱 배였던 고블린군과의 전력 차이가 막상 전투 개시를 맞이하게 된 무렵에는 불과 네 배 정도까지 줄어들었기에 베른 마을 주민들의 안색은 꽤나 밝았다.

  가로아에서 소집이 이루어지고 있을 고블린 토벌을 위한 군세가 제때 도착한다면 전력비가 역전될 수도 있겠지만, 그렇게 되면 보상금이 안 나올 가능성도 있었다. 드란은 내심 떳떳하게 할 말은 못 되지만 그들이 제때 도착하지 못해서 잘됐다는 생각을 했다.

  베른 마을에서도 가로아의 원군은 제때 도착하지 못하리라 생각하던 중에 뜻밖에도 원군으로 와준 엔테의 숲 다종족군의 지휘관인 우드 엘프 기오, 늑대 인간 사진과 촌장, 병사장 바란, 남자들 중 인망이 높은 고라온과 도르거가 협의를 거듭하고 있었다.

  우드 엘프들 중에는 기오의 여동생이자 드란, 세리나와도 사이가 좋은 피오의 얼굴도 보였다. 피오는 이번에는 자신들이 도울 차례라며 기세가 대단했다. 엔테의 숲 주민들의 사기는 베른 마을 주민들에게 결코 뒤지지 않을 만큼 높았다.

아울러 엔테의 숲 주민들의 사기가 높았던 가장 큰 이유에 엔테 위그드라실의 의향이 작용했다는 것은 말할 필요도 없다.

고블린들은 다시 척후를 내보내서 강철의 방벽으로 둘러싸인 베른 마을의 주변을 염탐하고, 공격할 만한 곳을 찾기 시작한 상황이었다.

물론 이러한 행동도 드란이 만든 소형 골렘에 의해 고스란히 누설되었다.

베른 마을의 남문은 강철 방벽의 안에 완전히 가려져서 막혔기에 유일하게 남은 출입구는 북문뿐이다.

그야말로 이곳을 공격해달라 말하는 듯이 남겨 둔 북문 앞에서 고블린들은 물론 경계심을 품었고, 어떻게든 다른 공격 방법을 찾기 위해서 애썼지만 결국 헛수고로 끝났다.

고블린들에게는 공성 병기가 없다. 기껏해야 즉석으로 제작한 사다리가 있는 정도다. 북문 이외의 지점을 쳐서 공격하고 싶어도 방벽이 너무나 높고 튼튼한지라 사전 준비가 충분하지 않은 고블린들에게는 효율이 몹시 나빴다.

고블린군 접근의 보고를 들은 베른 마을 측 인원들은 방벽 위에 진을 치고 방어를 단단히 했다.

개중에는 마르코와 딜런뿐 아니라 딜런의 아내인 란, 알버트 등 드란과 같은 세대이거나 나이가 어린 사람들도 있었다.

다들 무장을 마친 뒤 친밀한 사람들끼리, 혹은 가족끼리 모여서 긴장으로 굳은 표정을 지은 채 무언가 이야기를 나누고 있었다.

방벽 위쪽에는 이러한 사태를 상정하여 갖추어 놓은 목제 창이며 철제 창이 수백 자루나 세워져 있었고, 펄펄 끓인 기름과 물을 채워 둔 냄비와 솥이 여기저기에서 김을 피워 올리고 있었다.

또한 방벽이나 그 안쪽에 설치해 놓은 발판 및 망루 위에는 이미 장궁을 휴대한 왕국 병사 카티나와 마을 사냥꾼들이 애용하는 활과 쇠뇌를 손에 들고 올라가서 북쪽에 진을 펼치고 있는 고블린들에게 쏘아 죽일 듯한 눈길을 보내고 있었다.

한편 고블린 측의 고고와 기무는 이전에 아크레스트 왕국군과 싸운 경험이 있는 동족의 이야기에는 없었던 강철 방벽의 출현에 내심 큰 당혹감을 느껴야 했다.

그럼에도 슬슬 제대로 먹일 만한 식량을 구하지 못하면 군대의 질서와 규율을 유지할 수 없는 상황이었다. 자칫 근거지에서 멀리 떨어진 이곳에서 군이 와해될지도 몰랐다.

고고는 방벽 위쪽에 인간뿐 아니라 엘프와 늑대 인간, 원숭이 인간, 뱀 인간 등 다양한 종족의 모습이 있음을 보고 미간에 주름을 지었다. 다만 이들에게는 전투 개시를 주저할 여유가 없었다.

식량과 파괴를 갈망하며 떠들어 대는 군세를 달래기는 도저히 불가능할 테니까.

고고의 곁을 수행하는 기무도 잘 이해하는 사실이었기에 이의를 제기하지 않았다.

"이놈들아, 싸움의 때가 왔다. 싸워라, 싸워라, 싸워라! 칼날을 피로 적시고, 살점을 찢고, 죽여라. 우리는 손에 넣는다. 식량을, 토지를, 무훈을, 명예를. 가라, 가라, 가라, 싸움의 때다! 빼앗아라, 죽여라, 모조리 살육해라!!"

비뚤어진 어린진(魚鱗陣)의 가장 후방에 위치하고 있는 고고가 친위대에 해당하는 가려서 뽑은 정예를 향해 애용하는 대검을 치켜들어 보였다.

그 동작을 신호로 징 소리가 울려 퍼지자 고블린군이 일제히 돌격의 포효를 내지른다.

기병과 궁병, 마법사를 제외한 고블린들이 장창과 단창, 곤봉에 도끼 등 다소 뒤죽박죽의 무기를 내세우며 베른 마을의 북문을 목표로 전진한다.

고블린과 타 종족 간의 전투에는 암묵적인 금기는커녕 항복 권고 따위도 존재하지 않는다. 죽이고 빼앗는다. 오로지 이 행위에 몰두한다.

보폭도 장비도 통일되지 않은 돌격이었지만, 박력은 상당한 수준이었기에 방벽 위쪽에서 진 치고 대기하던 마을 주민들 중에서도 전투에 익숙하지 않은 젊은이나 신참자들을 겁먹게 만들기에는 충분했다.

북문의 바로 위에 선 드란은 이웃들에게 힐끔 시선을 쭉 보내다가 막 들이닥치고 있는 고블린들을 다시 내려다봤다.

방벽의 둘레 부분에는 해자를 빙 둘러놓았고, 바닥에는 끝을 예리하게 깎아 낸 말뚝을 잔뜩 박아 두었다. 게다가 이번에는 디아드라가 손을 보태서 흑장미의 가시 덩굴을 감아 놓았기에 가까이 다가가기만 해도 가시 덩굴이 뻗어 나와서 적에게 휘감기고, 해자의 바닥으로 끌고 내려가는 무시무시한 함정이 만들어졌다.

"투석기는 조금 더 끌어들인 다음에. 마법은 적 마법사가 움직인 다음인가."

드란의 곁에는 긴장한 표정의 세리나, 차분한 분위기의 디아드라가 가까이 서 있었으며 알데스와 아미아스 등등도 방심하지 않고 적을 기다리고 있다.

마이라르와 레티샤 등은 전선에는 나서지 않고 후방에서 부상자가 나올 경우에 대비하기로 했다.

"오, 드란이여. 이쪽에서 저 무리를 치고 들어가면 안 되는 건가?"

알데스는 당장에라도 방벽에서 뛰어내린 다음에 큰 목소리로 웃으며 혼자 고블린군에 돌격해버릴 것 같은 분위기였다.

"그리하고 싶은 심정은 이해된다만, 잠시 참아주면 좋겠군. 이번 전투는 단지 승리를 거두자는 게 목적은 아니니까 말이지. 개인의 힘으로 거둔 승리가 아니라 다 함께 승리했다는— 그런 의식을 공유하는 것이 가장 중요하거든."

"으음, 너답지 않은 전법이다만 어쩔 수 없군. 이 전투는 본래 이 마을에 사는 인간들의 싸움이니, 외부인인 내가 이러쿵저러쿵 참견할 자격은 없나."

그렇게 말한 뒤 알데스는 팔짱을 끼고 이따금 들썩들썩 몸을 흔들며 고블린들을 바라봤다.

머지않아 활의 사정거리에 들어온 고블린들의 선두 대열을 향해 방벽에 진 치고 있던 마을 주민들이며 우드 엘프들이 각각 지휘관의 호령에 따라 일제히 화살을 쏘아 날린다.

화살 방패를 치켜들고 머리 위쪽을 방어하는 고블린도 있었지만,

대다수는 상공에서 내리쏟아지는 화살에 정수리나 어깨, 복부를 꿰뚫렸다.

즉시 절명한 자, 그 자리에서 격통에 몸부림 치는 자가 무수하게 보인다.

아미아스, 드라미나도 끊임없이 연속 사격을 날렸다. 두 개의 활에서 화살이 발사될 때마다 확실하게 고블린 병사의 목숨을 빼앗았다.

확실하게 적의 숫자는 줄고 있었지만, 버둥버둥하다가 쓰러지는 동족들의 시체를 방패 삼아서 살아남은 고블린들이 북문을 향해 우글우글 모여들기 시작한다.

화살과 마법으로 얼마간 수를 줄인 이후에 이쪽에서도 치고 나가서 적진에 타격을 가하는 것은 농성하는 세력이 취할 수 있는 지극히 당연한 전법이다.

베른 마을도 당연히 공격 준비를 갖춰 놓았다.

"—그래도 조금 더 아군의 사기를 올리고, 적은 거꾸로 떨어뜨리는 게 좋겠징."

방벽의 가장자리에 불쑥 춤추듯 내려앉아 나타나더니 가벼운 말투로 드란에게 말을 건넨 사람은 라비, 즉 카라비스.

옆쪽에서 그림자처럼 붙어 다니는 레니아가 드란에게 살짝 머리를 숙인다.

귀족 영애인 레니아는 마을 주민들에게 명령을 받아 움직이는 게 아니라 자기 판단에 따라 행동할 있는 입장이었다.

"그러면 난 싸울 힘이 없는 연약한 무희니까 여기서 잠깐 마을 주민분들에게 기운을 주는 춤이나 선보일게용."

대담하게 앞가슴을 펼쳐 놓았고 어깨와 겨드랑이도 노출해서 깊이 트임이 들어가 있는 하얀색 드레스— 더 정확하게는 그냥 천을 둘러 감은 모습으로만 보이는 차림의 카라비스가 드란에게 만면의 미소를 짓더니 찡긋 소리가 들리는 듯한 윙크를 보냈다.

　선녀의 날개옷이라기에는 다소 과하게 선정적인 카라비스의 옷자락이며 두 팔다리에는 황금제의 가느다란 팔찌와 발찌, 장식품이 다수 달려 있었기에 호화로운 복장이라도 말을 못 할 것도 아니다.

　당연히 전쟁터와는 어울리지 않는 생뚱맞은 차림새였기에 가장 눈에 띄고 아울러 위험한 문 위로 모습을 드러낸 카라비스를 본 마을 주민들은 안색이 확 바뀌며 어서 끌어내리라고 드란에게 소리 높인다.

　다만 드란이 이웃들에게 걱정 없다며 대답을 하기보다 빨리 카라비스가 방벽 위에서 가볍게 춤추기 시작했다.

　팔이, 다리가, 머리가, 머리카락이, 나긋나긋하게, 우아하게, 웅장하게, 혹은 서투르게, 불안하게, 미덥지 못하게, 움직인다. 꾸불거린다. 튀어 오른다. 튕겨 나온다. 멈춘다.

　방벽의 가장자리 위쪽에 선 곳, 한 발짝만 잘못 내디디면 추락사가 기다리고 있는 장소에서 갈색의 육체가 한시도 같은 위치에 머무르지 않고 줄곧 움직였다.

　카라비스의 몸은 선회하고, 쓰러지고, 엎드리고, 허공을 날고, 부러지고, 다시 일어나고, 비틀리고, 구부러지고, 이곳이 전쟁터임을 알지 못하는 듯이 오른쪽을 왼쪽으로 누구에게도 속박되지 않으며 춤춘다, 춤춘다, 춤춘다.

　반주도 없이, 소리가 없는 와중에 이어지는 카라비스의 무도. 맨

다리가 방벽을 밟는 희미한 소리, 풍성한 머리카락과 천이 바람에 나부끼는 소리, 짤랑짤랑 황금색 장식품이 내는 소리가 카라비스의 무도에 색채를 더해주며 전투의 시끄러운 소리에도 사라지지 않는 소리를 연주하고 있다.

반쯤 눈꺼풀을 닫은 채 입가에 보일락 말락 요염한 미소를 머금으며, 갈색의 피부에는 차츰 구슬땀이 떠오르고, 땀을 흡수한 천이 피부에 달라붙고, 희미하게 비쳐 보이는 카라비스의 나신이 남녀노소를 가리지 않고 마주하는 인물의 극기심을 녹여버리는 색향을 쏟아 내기 시작한다.

어째서 분명 전방에 치켜들었던 오른 다리가 등 뒤에서 내리 휘둘러지는가?

어째서 분명 하늘을 꿰뚫을 듯 수직으로 뻗쳐 올라갔던 왼팔이 자신의 허리를 감싸 안듯이 감겨드는가?

어째서 분명 커다랗게 오른쪽으로 뛰었던 몸이 천지를 뒤집어진 듯 거꾸로 선 자세로 후방에서 착지하는가?

분명 앞으로 나아갔던 몸이 뒤쪽에, 분명 오른쪽으로 갔던 손길이 왼쪽에, 카라비스의 춤에 열기가 담기며 더욱 빠르게, 더욱 느리게, 더욱 대담하게, 더욱 우아하게, 더욱 요염하게 변화함에 따라서 마주하는 자의 이해력을 초월하는 움직임으로 나타나기 시작한다.

방벽에서 고블린을 쏘는 마을 주민들의 손이 멈추고, 무기를 치켜들며 북문으로 들이닥치는 고블린들의 다리가 멈췄다. 전장에 있는 모든 종족들의 눈동자가 방벽 위에서 미친 듯이 춤추는 사신에게 빨려 들어간다.

카라비스는 웃는다.

이윽고 웃음의 형태로 고정된 카라비스의 입술에서 짐승의 단말마 같은 절규가, 동굴 깊숙한 곳에서 불어닥치는 섬뜩한 바람의 소리가, 둘 중 무엇도 아닌 형용할 수 없는 소리가 독특한 선율을 동반하여 흘러나오기 시작한다.

이 세상의 법칙을 무시하는 춤, 이 세상에 존재할 수 없는 노래가 아닌 노래가 더해지자 마음을 빼앗긴 고블린들이 차례차례 손에서 무기를 떼어 놓는다.

초점이 맞지 않아 멍하게 흐려진 고블린들의 눈동자를 보고 카라비스의 웃음이 그윽해진다.

이대로 쭉 춤춘다면 고블린들의 의식뿐 아니라 혼까지도 사신의 춤과 노래에 속박되어 뽑혀 나올 것이다.

─아하하Ha하앗아하하하하하AaAa하아하하하하핫하하하!!

카라비스의 입술은 변함없이 말소리 없는 모독의 노래를 분명 읊조리고 있는데도 하늘을 쪼개 놓을 기세의 사악한 홍소가 일대에 울려 퍼진다.

지금 난 드랑에게 진짜로 도움이 되고 있어─ 그렇게 확신한 카라비스는 더욱 사악하게 목소리를 높이며 요사스러운 춤을 선보이고자 마음먹었다.

그때 자신에게 애원하듯 간절히 쳐다보는 사랑하는 딸의 시선을 깨달았다.

응응? 뭘까? 춤추는 도중 카라비스가 눈살을 찌푸리며 힐끔 고개를 돌리자 레니아는 제 시선을 알아주었음에 안도하며 손짓, 발

짓으로 『어느 방향』을 가리켰다.

저쪽을 보라는 의도이다.

혹시 이것이 유일하게 자신을 편들어주는 사랑스러운 딸이 아니었다면 카라비스도 고분고분 따르지는 않았을 테지.

왜 저런담? 의아해하며 카라비스가 눈을 돌리니…….

그곳에는 오물을 보는 시선으로 바뀔 때까지 두 걸음쯤 남은 드란의 찌푸린 얼굴이 있었다.

—흐액?!

그 얼굴을 목격했을 때 카라비스의 심정을 말로 표현한다면 지극히 단순하다. 『클랐다, 저질렀다』이다.

무의식중에 혼의 깊숙한 밑바닥까지 얼어붙는 공포가 터져 나왔고, 카라비스는 가랑이가 꽉 죄어들면서 잠깐 동안이나마 안짱걸음을 했다.

동시에 사고가 몹시 당황하며 회전을 시작하고 이러한 사태를 불러일으킨 원인을 찾아다닌다.

이 상황에서 드란이 언짢아할 만한 이유는 단 하나밖에 없다.

카라비스는 인간의 규격에 맞춰 힘을 낮춰 놓았던 눈동자를 재빨리 휘돌리다가 비록 고블린만큼은 아닐지언정 멍하니 넋을 놓아버린 마을 주민들이나 우드 엘프들의 모습을 발견했다.

—아차, 어쩌지, 도가 지나쳤어!!

드란에게 도움이 되고 있다는 마음에 의욕이 지나쳐서 본래 영향을 끼치면 안 되는 상대에게까지 영향이 나타나버린 상황이다.

만약 레니아의 시선을 깨닫지 못한 채 줄곧 춤췄다면 아마 드란이 물리적인 제지에 나섰을 테니 상상만 해도 무시무시한 몰골이 되었을 것이 분명하다.

스륵, 카라비스는 하마터면 흑장미 가시 덩굴이 꿈틀거리는 해자에 빠질 뻔했다만, 아슬아슬하게나마 자세를 바로잡았다. 노래 부르던 입을 꾹 닫고, 춤도 천천히 상식적인 모양새로 되돌렸다.

그 영향에 따라 무기를 놓아버렸던 고블린들도 발밑에 떨어뜨렸던 자기 무기를 주워서 다시 전진하기 시작한다.

그럼에도 아직 카라비스의 요염한 춤과 노래의 효과가 적잖이 남아 있었는지 고블린들의 발걸음은 어딘가 위태롭고, 막 방금 전까지 등등했던 살기와 투쟁심은 완전히 수그러졌다.

자기 잘못을 깨달아 식은땀을 흘리는 대사신과 달리 여타의 사정을 전혀 알지 못하는 고블린들은 본래 목적을 떠올린 뒤 내리쏟아지는 화살을 동족의 시체와 나무 방패로 막아 내면서 다시금 베른 마을의 북문에 몰려들기 시작했다.

"자, 나도 슬슬 움직여볼까."

카라비스가 저지른 사고는, 뭐, 허용 범위려나— 판단한 뒤 드란은 고블린군의 후방에서 움직임을 보이기 시작한 마법사 부대를 주시했다.

†

시간을 조금 거슬러 올라가서 베른 마을 수비대와 고블린의 구마씨족군이 전투를 개시하기 전.

베른에서 피난한 마을 주민들 중에 파블로라는 서른을 조금 넘긴 남자가 있었다.

싸울 힘이 없는 여인들, 어린아이들, 노인을 보호하면서 가로아로 데리고 가는 역할을 맡은 남자이며 드란이 가로아 마법 학원에 다니고 있는 동안에 베른 마을로 이주했던 신참자 중 한 명이다.

지금 베른 마을의 피난민들은 가로아 교외의 공터에서 솜씨 좋게 조립식 천막을 설치한 뒤 짐 정리 등을 하며 각각 휴식하는 중이다.

파블로는 오래도록 정들어 살던 마을을 떠나왔다기에는 의외로 어두운 모습이 없는 베른 마을 주민들의 얼굴을 보고 다니다가 일단 이 숙영지의 입구로 정해 둔 장소에 있는 파수꾼에게로 걸음을 옮겼다.

"여, 순찰 임무, 수고가 많다."

파블로에게 말을 건네는 자는 적당한 크기의 바위에 걸터앉은 대략 예순의 남자였다.

목숨만 겨우 건져서 빠져나온 처지까지는 아니지만, 오래도록 산 마을에서 도망쳐 나온 마을 주민들의 자산을 만에 하나라도 훔쳐 가려는 불한당이 나타났을 때에 대비하여 손에 익은 전투 도끼로 무장하고 있다.

작은 신장에 오른쪽 다리를 잃어서 무릎부터 아래는 나무 막대기를 달아 놓았지만 근육 덩어리 같은 체격을 가졌고, 하얀 수염과 덥수룩한 머리카락 안쪽에 파묻혀 있는 안광은 예리했다.

베른 마을에 오기 이전에는 모험가였던 가이난이라는 남자다.

부상을 계기로 모험가 업계에서 은퇴한 뒤 베른 마을에 정착했었지만, 이번 고블린 습격을 맞이하여 모험가 시절의 연줄과 담력, 지식을 높이 평가받아 피난하는 마을 주민들의 호위 겸 인솔자 중 한 명으로 발탁되었다.

"에이, 이게 뭔 순찰이야. 아무튼, 거 뭐냐. 다들 딱히 침울해하는 기색이 없어서 좀 의외더라."

그 말에 가이난은 붓끝처럼 수북하게 솟은 미간을 찌푸리며 잠깐 의아해하다가 파블로가 얼마 전 막 베른 마을에 이주한 신참자임을 떠올리고 목구멍 안쪽으로 큭큭 웃었다.

"으응? 그런가, 자넨 아직 베른에 온 지 얼마 안 됐던가. 별거 아닐세, 저런 습격이야 예전에 아르마디아 후작이 건재하셨을 무렵에는 꽤 자주 일어났거든. 어린 녀석들은 그때 분위기를 잘 몰라도 자네쯤 되는 나이의 녀석들은 이미 익숙하단 말이지. 부득이하게 잠깐 마을을 떠나와야 하지만, 지난 생활의 여건을 아예 포기해야 할 위기도 아니야. 나중에 얼마든지 복구할 수 있어. 마을에 틀어박혀서 며칠 시간을 들이면 가로아의 원군이 와주기도 할 테고, 드란 청년이 이것저것 재미있는 일을 벌여 놨거든. 게다가 숲의 녀석들도 도와준다지 않는가. 나는 지금쯤 마을 녀석들이 고블린 놈들을 죄다 무찔러서 시체의 산을 만들어 놨으리라 생각하네만."

"베른에 정착하고 줄곧 진짜로 굉장한 곳이라는 생각은 수없이 했지만 말야, 그건 아무래도 좀 많이 어렵지 않나? 오천이라는 숫자면 아예 전쟁이잖아. 전쟁이 벌어진 판에 나같이 흙 일구는 재주밖에 없는 농민이 뭘 할 수 있겠어."

"후훗, 베른 마을 녀석들이 아니면 이렇게 생각하는 게 당연하겠지. 신경 쓰지 마라. 자네 생각은 틀리지 않았어. 나도 포함해서 마을 녀석들이 유독 상식이라는 말에서 열 걸음 정도 벗어난 거지. 나한테는 꽤 마음 편안한 마을이지만 말이다. 옛날 사정을 꼬치꼬치 캐묻지도 않고, 의욕이 있는 녀석이면 대환영이라는 분위기잖냐. 그야 라미아에 뱀파이어까지 받아주는 곳이니, 원. 자네도 마음이 불편한 적은 없지 않나?"

"그야, 뭐. 어쨌든 간에 지금은 나도 할 만큼 해야겠지."

파블로는 가이난의 물음에 살짝 고개를 끄덕이고는 씩 웃음 지었다.

†

베른 마을의 피난민들이 가로아에 도착해서 잠깐의 안식을 누리고 있는 한편으로 구마 씨족군의 습격에 맞서 싸우고자 마을에 남은 신참자도 있었다.

아마도 아크레스트 왕국 어디에서도 보지 못할 이음매 하나 없는 강철 벽 위에 서서 겨우겨우 손에 익기 시작한 단궁을 쥐고 있는 베나도 그중 한 사람이었다.

큰 덩치에 육감적인 체격을 가졌으며 햇볕에 잘 탄 피부, 뺨에는 듬성듬성 주근깨, 부수수한 빨간색 머리카락이 특징적인 올해 열아홉이 되는 여성이다.

이전에는 어느 농장주의 일꾼으로 근무했었지만, 농장주의 아들이 강제로 덮치고자 했을 때 저항하다가 상대에게 중상을 입혀버렸기에 곧장 도망쳐서 베른 마을에 다다랐다.

베나가 태어나 자란 지방에서도 몇몇 맹수나 마물은 먼발치에서 본 경험이 있었을 뿐이지만, 베른 마을에 온 이후는 재능이 꽤 괜찮다며 활 다루는 법을 교육받은 뒤 맹수나 마수 부류와 대치할 기회가 제법 늘어났다.

스스로도 배짱이 꽤 두둑해졌다고 자신할 수 있었다만……

실제 사천이라는 터무니없는 숫자의 고블린을 직접 목격하니 바람을 타고 전해지는 신음 소리가 더해져서 베나의 마음에 공포의 감정이 심겼다.

베나는 자신의 치아가 딱딱 부딪치는 소리를 주체하지 못하며 몹시 듣기에 거슬린다고 느꼈다.

다소 숫자가 줄었다지만 아직껏 사천이라는 숫자를 자랑하는 고블린 떼가 베른 마을에 쳐들어오고자 꿈틀꿈틀 문을 부수고 흉악한 고함을 내지르며 귀청이 떨어지는 소리와 함께 달려오고 있었다.

'지, 진짜, 이길 수 있어? 이렇게 엄청난 숫자가 몰려오는데?!'

베나는 흠뻑 땀을 흘리며 죽기 살기로 새 화살을 메겨서 아래쪽 고블린들에게 쏘고 쏘았다.

자신이 날린 화살이 고블린을 꿰뚫었는지 확인할 여유도 없는지라 다만 절박하게 공포를 외면하기 위하여 화살을 쏜다.

적어도 활을 당기는 동안에는 살아 있는 거라고— 자기 자신을 타이르면서.

베나가 쏜 화살을 미간으로 맞은 고블린이 꾸륵, 눈을 까뒤집으며 절명한다.

다른 곳에서는 오른쪽 넓적다리에 깊숙이 화살이 박힌 고블린이 몸부림 치며 쓰러졌다가 후방에서 사납게 달려오는 아군 고블린들에게 짓밟혀서 순식간에 너덜너덜한 몰골이 됐다.

베나에게 본인의 주변을 둘러볼 여유가 있었더라면 좌우에 늘어서서 화살을 쏘아 날리는 고참 마을 주민들이 몹시 냉정한 눈빛으로 담담하게 고블린을 쏘아 죽이고 있음을 알고, 조금은 차분하게 마음을 다잡았을지도 모른다.

모든 공포가 나쁜 것은 아니다. 다만 공포에 삼켜지면 죽음과 가까워질 뿐이다.

따라서 공포를 느끼지 않는 사람처럼 평정심을 유지해야 살아남을 확률도 높아짐을 베른 마을에서 태어나 자란 사람들은 잘 이해하고 있었다.

베나는 발밑의 화살통에서 새 화살을 집으려고 몸을 굽혔지만, 이미 다 쏴버렸음을 깨닫고 허둥댔다.

화살이 없어! 단 하나의 생각만이 머릿속을 꽉 채운다. 빨리, 빨리, 다른 화살을 찾아야 해. 그때, 몹시 당황하는 베나에게 새로운 화살통이 건네진다.

베나의 옆에서 발밑에 산더미처럼 쌓아 둔 바위를 집어 던지고 있던 소 인간 소녀 밀이다.

평소에는 푸근한 인상이었던 밀도 지금은 긴급 사태인지라 커다란 가슴을 철판으로 보강한 가죽제 보호대 안쪽에 밀어 넣은 채 기다란 자루가 달린 강철 곤봉으로 무장하고 있었다.

"여기요, 베나 씨. 당황하지 않아도 돼요~. 아직 새 화살은 잔뜩 남았거든요."

"으, 으응. 그러게. 고마워."

조금이나마 머리를 식힌 베나는 자신과 마찬가지로 화살이 떨어진 마을 주민들 사이를 보급 담당자가 달려 다니며 새로운 화살 및 활줄이 끊어진 활의 예비품을 나눠 준다는 데 주의가 미쳤다.

놀랄 만큼 숨이 거칠고, 목구멍이 바짝바짝 달라붙을 만큼 말랐음을 자각한 뒤 베나는 털썩 주저앉아서 허리에 묶어 둔 가죽 수통을 입에 가져갔다.

고블린의 진영에서도 반격의 화살이 날아들기는 하나, 아군의 마법사들이 행사한 바람 방어벽이 한 대도 남김없이 화살을 튕겨 내는 덕분에 지금까지 베른 마을 수비대 중 화살에 맞아 부상을 당한 사람은 한 명도 없다.

또한 드란이 가로아에서 데려온 분량과 추가 생산한 장벽 전개용 배리어 골렘들이 마을 사람들의 곁에 대기하며 바람 방어벽을 돌파당하는 상황에 대비하고 있다.

동글동글 애교가 있는 형태를 띤 배리어 골렘들이 등에 멘 사각형 상자에서 전개되는 배리어는 고위 마법조차 버틸 수 있는 절대적인 방어력을 보유하고 있다.

전개만 제때 이루어지면 사람들이 부상을 당할 우려는 없다.

밀도 베나와 마찬가지로 철벽을 등지고 바닥에 앉아 수통을 입에 가져갔다가 베나가 진정했는지 가늠한 뒤에 말을 건넸다.

"베나 씨, 괜찮아? 너무 허둥대지 않아도 괜찮아. 전투는 막 시작되었을 뿐이기도 하고, 벌써부터 힘 빼면 나중에 지쳐버리니까~."

"밀은 되게 침착하구나. 밀만 그런 게 아니야. 이렇게 보면 다들 엄청 차분하게 싸우고 있어. 조금 믿기질 않네."

"으음~ 다들 안 무섭지는 않을걸. 다만, 꾹 참고 견뎌야 하는 때가 있다는 걸 알아서일 거야. 그러니까 당장 전투에 집중할 뿐이지. 나랑 다른 사람들도 베나 씨와 마찬가지로 속마음에는 무섭다는 생각이 있어."

"그런 걸까? 그치만, 하긴, 누구든 안 무서울 리가 없겠네."

베나는 한껏 숨을 들이마셨다가 천천히 내뱉어서 호흡 및 고동이 제법 안정되었음을 확인했다.

다시 한 번 수통의 물로 입속을 적신 뒤 좋았어, 재차 기합을 넣는다.

"고마워, 밀. 덕분에 조금 마음이 편해졌어."

조금 부끄러웠는지 베나는 밀의 대답을 기다리지 않고 혼자서 말하더니 주저함 없는 동작으로 다시 활을 들었다. 아래쪽을 가득 메운 고블린의 군세를 향해 힘차게 활을 쏘기 시작한다.

베나의 모습을 보고 이제는 괜찮겠다고 판단한 밀은 한 차례 심호흡한 뒤 한 아름쯤 되는 바위를 집어 던지는 작업에 다시 착수한다.

그로부터 얼마 뒤 고블린 측에 남은 사백가량의 궁병들과 화살의 응수가 있은 후, 갑작스레 중천의 햇빛마저도 밀어내는 눈부신 백색 마력의 빛이 문 위에서 쏟아졌다.

베나뿐 아니라 역전의 맹자라 불리는 주위 마을 주민들까지도 무심코 화살 쏘던 손길을 멈춘 채 빛의 발생원으로 눈을 돌린다.

그곳에는 문의 바로 위쪽에 선 드란이 있었다.

베나도 자신보다 세 살은 어린 드란이 베른 마을에서 손꼽히는 인재이자 가로아에서 마법을 배우고 있는 엄청난 실력의 마법사더라는 말은 들은 바 있다.

또한 그 풍문을 증명하듯이 마법과 인연이 먼 베나도 예사롭지 않음을 느낄 만큼 고조된 마력이 드란을 중심으로 소용돌이 쳤다. 베나의 살갗에 소름이 돋았다.

곧이어 드란뿐 아니라 곁에서 함께 서 있던 라미아 소녀 세리나에게서도 눈에 보이도록 농밀한 마력이 불꽃처럼 발생하기 시작했다.

베나는 무의식중에 꿀꺽, 큰 소리를 내며 마른침을 삼키고 드란과 세리나에게 시선을 빼앗겼다.

솔직히 베나는 이번 전투에서 자신이 죽어버릴지도 모르겠다는 두려움을 마음 한구석에 품고 있었다. 다만, 어떻게 저리 아름다울까. 드란과 세리나가 발출하는 마력의 광채를 정신없이 쳐다보고 있으려니까 죽음에 대한 공포가 완전히 녹아서 사라졌다.

그리고 드란이 고밀도의 마력을 방출하기 시작한 것을 기점으로 철벽의 위에 제각각 흩어져 있던 마글과 디나, 리샤, 아이리, 아울러 피오를 비롯한 우드 엘프들도 잇따라 마력을 끌어올린다.

고블린들이 굶주림과 태생의 살육 충동에 사로잡혀서 공포 따위 알지 못한다는 듯이 과감하게 돌격했었지만, 머리 위쪽에서 소용돌이치기 시작한 막대한 마력을 앞에 두고도 그 자세가 유지되지는 못했다.

생존 본능이 요란하게 경종을 울리고, 지면에 꿰매 놓은 것처럼 다리가 멈춰버린다.

절망이 깃든 눈동자로 머리 위쪽을 올려다보고 있는 고블린들을 목격하며 베나는 이번에야말로 진심으로 안도했다.

자신이 두려워했던 고블린 떼를 이렇게까지 공포의 구렁텅이로 빠뜨릴 수 있는 강자가 아군이잖은가.

그렇다면 무엇을 두려워하랴.

†

베른 마을을 빙 둘러싸는 철벽 안쪽에 위치하는 치료소에 마이라르교의 신관 전사 레티샤와 도우미로 온 마을 주민이 스무 명 대기하고 있었다. 이라, 즉 마이라르 이외에 모험가로 분장한 천사 및 하급 신 등등 권속들 대략 열 신격도 이곳에 모여 있다.

이 치료소는 본래 북문 일대의 전투를 상정하여 지은 가건물이며, 한 번에 백 명이 누울 수 있는 넓이다.

드란을 포함해서 마글과 그 제자들, 아울러 레티샤가 평소 짬짬이 조합하고 있는 마법약이며 치료용의 붕대 등 청결한 천이 잔뜩 비축되어 있다.

고블린과의 전투가 개시된 이후 아직은 부상자나 사망자가 한 명도 발생하지 않았는지 지금까지는 치료소에 모인 인원들에게는 할 일이 없었다.

레티샤는 치료소 바깥에 나와 서둘러 쌓아 둔 토대 위쪽에서 가동을 시작한 포대 골렘들을 바라본다.

포탄 대신에 큰 바위나 불붙인 짚 덩어리, 또는 백 대의 작은 화살을 내장한 거대한 통이 잇따라 철벽 너머로 날아간다.

그뿐 아니라 철벽 위쪽에 포진한 마법사들이 행사하는 마력의 고조도 전해지는 터라 대기와 거기에 가득 차오른 마력이 커다랗게 흔들리고 있음이 피부에 느껴진다.

"정말 강대한 힘입니다. 다만 안심할 순 없어요. 위대한 마이라르여, 모쪼록 저 사람들을 지켜주소서."

변경의 개척 마을이라기에는 이상할 만큼 강력한 전력과 설비가 갖춰졌다는 것은 전투를 알지 못하는 레티샤도 이해할 수 있었다.

게다가 치료소에 있는 모험가를 자처한 사람들은 구마 씨족군의 습격을 전혀 두려워하는 기색이 없다. 두려움은커녕 고블린 따위 안중에도 없다는 태도를 취하는지라 든든하기는 했다.

그럼에도 레티샤는 처음으로 경험하는 큰 전투 상황 속에서 믿고 우러르는 위대한 대지모신에게 기도를 올릴 수밖에 없었다.

"네, 언제나 여러분을 지켜보고 있답니다—."

"네?"

레티샤는 자신의 고막을 뒤흔드는 목소리에 무심코 놀라 반응하며 돌아다봤다.

기도할 때 드물게 돌아오는 마이라르의 목소리를 쏙 빼닮았다고 생각해서였다.

고개 돌리자 그곳에는 대륙 각지를 순회하는 마이라르의 교도라며 자기소개를 했던 이라가 있었다.

물론 막 기도를 올린 마이라르 본인이었지만, 정작 레티샤는 알도리가 없다. 어디까지나 같은 신앙을 가진 사람이라는 정도의 인식이다.

"—라고, 마이라르라면 말해줬을 거예요."

애정 가득한 어머니가 딸을 대하는 듯한 웃음과 함께 이라가 장난스럽게 말을 이었다.

레티샤는 저 분위기 또한 어딘가 마이라르를 연상시키는 터라 일순간 대답이 늦어졌다.

"……네, 네에. 그럴지도 모르겠네요."

"누가 다쳐서 올지 모르는 상황이에요. 레티샤 씨가 걱정하는 것도 무리는 아니지요. 그러나 다 끝나고 보면 괜한 걱정이었다고 생각할 수 있을 거예요."

"그 말씀은 어째서인가요? 마이라르께서 그렇게 알려주셨나요?"

베른 마을에서 유일한 마이라르교의 신관이라는 이유도 있어 레티샤는 평소에 의젓한 행동거지와 성직자다운 절개로 자기 자신을 다스려왔다만, 같은 마이라르의 교도이며 아마도 위계가 더 높을 터인 이라에게는 무의식중에 기대고 싶은 태도를 취하고 말았다.

실제는 신도들의 위계는커녕 이라가 마이라르 본인이었지만, 레티샤는 차라리 끝내 정체를 모르는 것이 좋겠지.

"후후, 당신도 마이라르에게 묻는다면 같은 대답이 돌아올 거예요. 아직 이 마을에 온 지 얼마 안 되어 아무것도 모르는 제가 무슨 소리를 하나 의아해하실지도 모르겠지만요. 이 전투는 돌아가시는 분은커녕 다치는 사람도 없을 거라고 저는 생각하거든요."

레티샤는 베른 마을의 주민들을 아주 잘 알고 있었고, 실제 자신도 이 마을의 주민이라는 의식이 있다.

분명 이 마을의 주민들이라면 고블린의 군세를 상대하더라도 가로아에서 원군이 도착할 때까지 버틸 수 있을 것이다.

그럼에도 전쟁인지라 사망자와 부상자가 나오는 사태는 피할 수 없을 것이라 레티샤는 극히 상식적이며 객관적인 의견을 갖고 있었다.

베른 마을과 구마 씨족군의 숫자가 설령 반대였더라도 부상자조차 발생하지 않는 전투는 있을 수 없지 않겠는가.

평범하게 생각하면 거의 기적에 가까운 일이다.

그러나— 문득 레티샤는 생각했다.

"이라 씨가 이렇게 말씀해주시니까 어째선지 저도 정말 그렇게 될 것 같다는 생각이 드는군요."

레티샤는 가만히 이라에게 답한 뒤 마음속 불안이 사라진 상쾌한 미소를 지어 보였다.

†

드란과 세리나, 다른 마법사들의 공격 마법과 동시에 발사된 포대 골렘의 포격은 이제껏 아무리 화살에 맞아 죽어도 진군을 멈추지 않았던 구마 씨족군에게 무자비하게 내리쏟아졌고, 마침내 적의 걸음을 멈춰 세웠다.

베른 마을의 마법사 전력이 표적으로 겨냥한 것은 전혀 공격이 성과를 거두지 못하는 상황에 화가 치밀었던 고고의 명령에 따라 비로소 움직임을 보인 고블린 메이지 집단이었다.

이제껏 이루어졌던 베른 마을 기병대의 다섯 번에 걸친 돌격에 의해 고블린 메이지들은 숫자가 육십까지 줄어들었고, 고고의 곁에 대기하고 있는 기무와 직속의 열 마리를 제외한 오십 마리가 전선에 나가려던 참이었다.

억센 고블린들이 큼직한 철 방패나 화살 방패를 치켜들고 막 내리쏟아지는 수많은 화살로부터 고블린 메이지들을 지킨다.

고고에게 받은 명령은 문에 공격 마법을 연속으로 때려 박아서 파괴함으로써 베른 마을 내부로 돌입하기 위한 길을 만들라는 것이었다.

원거리에서 아군을 쏘아 죽이고 있는 철벽 위 궁수들은 나중에 처리하자는 판단이었지만, 내부에 침입하여 난전으로 몰아가면 궁병이 쓸모없어지는 것은 분명하다.

드란은 적군의 이런 움직임을 정확하게 파악한 뒤 때마침 한 곳에 뭉쳐서 움직여주는 고블린 메이지들을 한꺼번에 처단하고자 이제껏 온존했던 공격 마법의 행사를 감행했다.

상대에게 모든 움직임을 파악당하고, 아울러 파악당하는지도 모른 채 전투에 임하게 되면 얼마나 큰 피해가 발생하는지 잘 알 수 있는 흐름이었다.

고블린 메이지들은 드란의 마법 발동을 감지하여 한 덩어리로 뭉쳐서 방어 마법을 전개했지만, 그 결과는 비참하다고밖에 말할 수 없는 몰골이었다.

정령과 암흑신의 힘을 빌려서 전개한 고블린 메이지들의 방어 마법은 드란과 마법사 전력이 행사한 공격 마법에 얇은 종잇장처럼 꿰뚫려 전혀 제 역할을 하지 못했다.

우선 천공에서 무수히 내리쏟아지는 거대한 빛의 창과 여덟 개의 머리를 가진 마력의 뱀이 고블린의 방어 마법을 관통했고, 뒤이어 마글과 엘프들이 행사한 각종 마법의 화살과 마법의 폭탄이 확인 사살을 하는 것처럼 고블린들에게 덮쳐들었다.

집중포화를 뒤집어쓴 고블린 메이지들과 제법 강인한 호위들은 원형을 부지하지도 못한 채 깡그리 날아가버렸고, 주위 고블린들도 덩달아 휩쓸려서 도합 삼백에 가까운 고블린이 목숨을 잃어버리는 결과로 이어졌다.

한꺼번에 고블린 메이지들을 처단함으로써 고블린들의 마법 공격 및 방어 마법을 고려하지 않아도 되는 상황이 되었다. 베른 마을 수비대는 둑을 터뜨리는 것처럼 잇따라 공격 마법을 쏘아 날리기 시작했다.

베른 마을의 마법사 부대에는 본래부터 저장해 놓은 마수정과 정령석에다가 드란이 정제한 몫을 더하여 한 사람당 스무 개 이상의 고순도 마정석이 분배되어 있다.

따라서 마력 소비를 신경 쓰지 않아도 되기에 거의 끊임없이 마법이 날아가는 상황이다.

고블린들의 사상자 수는 이때까지 대략 칠백가량.

전투 개시 이후의 시간을 고려하면 상식을 벗어났다고도 말할 수 있는 무시무시한 속도로 고블린 측에 피해가 발생하고 있었다.

베른 마을 수비대가 일방적으로 날리는 공격 마법과 포격에 의해 지휘 계통은 단절되어 전선의 고블린은 조직적인 움직임을 전혀 해내지 못했다.

이때를 좋은 기회이리라 판단한 베른 마을 수비대는 공세로 전환했다.

이제껏 굳게 닫아 놓았던 문을 열고, 미리 대기하고 있던 보병 부대가 파죽지세와 같은 기세로 구마 씨족군을 박살 내고자 접근한다.

늑대 인간 사진 휘하의 엔테의 숲 수인, 벌레 인간, 아라크네의 혼합 부대에다가 바란, 도르거, 고라온이 지휘하는 마을 주민들을 더한 편성이다.

"세리나, 디아드라, 나도 아래에 내려가서 고블린의 숫자를 줄여야겠어. 두 사람은 여기에 남아 원호를 부탁할게."

마을 주민들의 움직임에 맞춰 드란도 전선에 나가 검을 휘두르자고 판단한 뒤 어여쁜 뱀 아가씨와 흑장미의 정령에게 말을 건넨다.

잇따라 환영의 마력 뱀과 물 칼날이며 흙 탄환을 쏘아 날리던 세리나는 아무 걱정도 안 한다는 듯이 생글거리며 답했고, 디아드라도 역시 해자에 접근하는 고블린들을 조여 죽이는 작업을 계속하면서 드란에게 대답했다.

"네, 빈틈없이 원호할게요. 드란 씨도 조심하세요."

"숫자만 보면 엔테를 습격했던 마졸들보다 많지만, 든든한 아군이 잔뜩 있어서인지 별로 긴장감이 안 느껴지네."

평소와 다를 바 없는 모습으로 대답하는 디아드라를 마주하며 드란은 쓴웃음을 금할 수 없었다.

전혀 패배의 낌새가 없을 뿐 아니라 아군이 일방적으로 적의 숫자를 줄이고 있는 상황이 이어졌다. 이래서야 긴장감이 하나도 안 느껴져도 어쩔 수 없지 않을까.

"디아드라, 마음은 모르는 바가 아니다만, 그런 발언은 자제해줘. 일단은 베른 마을의 존망과 왕국 북부의 안녕이 걸린 전투이니까."

"전투는 제대로 하고 있는걸. 나도 베른 마을의 사람들한테 정이 많이 들었단 말야."

"그럼 괜찮다만. —이런, 알데스와 아미아스는 이미 내려갔군. 카라비스, 노래하고 춤추는 것은 상관없다만, 이번에는 정말 힘조절을 실수하지 마라."

드란은 세리나와 디아드라에게 말할 때와 비교하면 몹시도 차가운 목소리로 지금도 노래하고 춤추고 있는 카라비스에게 두꺼운 못을 박았다.

막 방금 전에 사고를 쳤던 까닭에 새삼 말할 필요도 없을 터이나 그럼에도 안심할 수 없다는 것이 카라비스의 진면목이다.

"아아, 알지, 안다니까. 이, 이, 이번엔 진짜 고블린 제군들만 이상해지게 조절할 거야~."

치아를 딱딱 부딪치면서 카라비스는 사신 나름대로 성의를 담아 드란에게 대답하고 철벽 위에서 깃털처럼 가볍게 춤추기를 계속한다.

지금 한때뿐일지도 모르겠으나 카라비스가 진심으로 반성하는 것은 틀림없다고 믿기로 하고, 드란은 일단 방벽에서 내려가고자 마음 먹었다.

"그럼, 레니아는……. 흠, 물을 필요도 없었나."

"당연히 아버님의 곁을 따르겠습니다. 고블린 녀석은 단 한 마리라도 아버님의 옥체를 건드리지 못할 것입니다."

"레니아도, 부모님께서 주신 신체를 소중히 아껴주렴."

말은 그렇게 주고받았지만 고블린들 중 도대체 누가 레니아를 상처 입힐 수 있겠는가. 드란은 내심 전혀 걱정하지 않았다.

이제는 전세와 비슷한 힘을 거의 다 되찾은 레니아가 진짜 실력을 드러내면 지상 최강의 한 자리를 차지하고 있는 수룡황 류키츠의 전력을 다한 일격과 맞닥뜨려도 그리 호락호락 사념의 수비를 관통 당하지는 않을 것이다.

그런 레니아를 고블린이나 하이 고블린이 범접하기란 불가능한 것이 현실이다.

가까이 접근조차 하지 못했던 문이 열리는 광경을 본 일부 고블린은 희색을 띠었지만, 나머지 대부분은 머리 위에서 쏟아지는 화살과 거암, 발밑에서 기어 다가오는 가시 덩굴에 농락당하느라 미처 알아차리지도 못했다.

그뿐 아니라 카라비스의 춤에 넋을 빼앗긴 탓에 제자리에서 꿈쩍도 안 하는 고블린이 있었고, 개중에는 쏟아지는 화살에 이마와 목을 관통당해도 죽을 때까지 멍하니 서 있기만 하는 부류까지 있는 몰골이었다.

베른 마을에 강림한 신들의 원호는 꼭 카라비스의 춤뿐은 아니었다.

대략 절반은 마이라르와 함께 후방의 치료소에 있지만, 나머지 신들과 권속들도 드란에게 부탁받은 대로 『적당적당히』 신역의 존재로서 보유한 권능을 휘두르고 있었으니까.

예를 들자면 맨 처음으로 드란에게 말을 건넸던 여신 제노비아의 사자 셀레스테르는 구부러진 칼날이 달린 곡도(曲刀)를 두 자루 들고 신관복 차림으로 전장에 서 있었는데, 칼날을 휘두름과 동시에 눈앞에 서 있는 고블린들 수십 마리의 정신에 간섭을 개시했다.

머리 위쪽에 화살 방패를 들고 죽기 살기로 행군하던 고블린들은 셀레스테르의 모습을 목격한 순간부터 권능에 사로잡혔다.

저 얼굴을 마주하게 된 순간 고블린들은 우선— 부드럽겠다, 맛있겠다, 먹어줄 테다, 죽여버리겠다— 등등 흉악한 욕망을 품었다.

식량이 불에 타올라 굶주렸을 뿐 아니라 단순하게 인간이라는 사실 하나로도 살의를 가지는 것이 고블린인지라 지극히 당연한 욕망이었다.

다만 한 걸음 내디딜 때마다 마음속의 욕망은 간섭을 받아 살의는 순식간에 옅어졌고 그 대신 굶주림을 채우려는 욕구가 한없이 불어난다.

—먹는다, 먹어야 한다, 먹고 싶다, 다른 자식에게 넘겨줄까 보냐! 내가 먹을 테다, 먹는다, 먹는다, 먹는다, 먹어야, 먹자고, 먹어버린다!

그저 오로지 식욕만을 폭주시키게 된 고블린들은 손에 들고 있었던 무기를 집어 던지고 셀레스테르에게서 시선을 떼더니 핏발 선 눈을 동족들에게로 돌렸다.

셀레스테르와 나란히 움직이던 마을 주민들이 의아해하며 지켜보는 가운데 고블린들은 고함을 질러 대면서 서로에게 덤벼들고, 목을 조르고, 팔을 깨물고, 주먹질을 시작한다.

고블린들이 자신의 굶주림을 채우기 위해 동족을 죽여 잡아먹고자 하는 것이다.

이미 이제껏 행군 중 동료의 시체를 먹어 공복을 견뎠던 데다 본래부터 굶주리면 동족이든 무엇이든 죽여서 잡아먹는 것이 습성인지라 동족 포식에 대한 기피감은 강하지 않았다.

자기 마음속에 있는 욕망을 올바르게 판별하라고 설파하는 제노비아의 천사인 셀레스테르에게 정신을 간섭하여 욕망의 비중을 치우치게 만드는 것은 매우 손쉽다. 그야말로 욕망을 관장하는 여신의 권속다운 활약이라고 말할 수 있다.

갑작스럽게 동족 포식을 개시한 고블린들의 횡행에 우선 놀라고 너무 끔찍한 광경이었기에 마을 주민들은 전장에 선 처지인데도 일순간 아연실색했다. 하지만 전혀 동요하지 않은 셀레스테르의 한 차례 외침에 제정신을 차렸다.

"동포마저 잡아먹는 짐승들 따위 무엇이 두려우랴. 나를 따르라!"

용맹하게 몸을 날리며 고블린들의 목을 곡도로 베어버리는 모험가의 활약을 보고 마을의 주민들도 허둥지둥 뒤를 따랐다.

고신룡 드래곤의 혼을 지닌 드란에게 좋은 모습을 보여줄 딱 알맞은 기회라는 판단에 절묘하게 적당한 힘만 발휘하면서 수비대의 인원을 고무하는 자는 셀레스테르뿐이 아니다.

지식과 마도의 신 오르딘을 섬기는 마메르는 환혹의 마법 및 다양한 공격 마법을 행사해서 고블린들의 수를 순조롭게 줄여 나갔다. 동시에 각종 보조 마법의 활용으로 주위의 마을 주민들이나 우드 엘프들을 강화해서 솜씨 좋게 원호를 담당했다.

신들 중 특히 분전하고 있는 자는 시간을 관장하는 크로노메이즈다.

그야 드란의 가호를 얻기 위함이라는 타산으로 움직이는 다른 자들과 달리 자신에게 큰 실책이 있다 착각하는 까닭에 어떻게든 만회하고자 예사롭지 않은 기합을 넣고 고블린들과의 싸움에 임하고 있었다.

크로노메이즈는 신기 크로노니드와 몹시 비슷한 대검으로 무장했으며 전신에 시계판의 각인을 이곳저곳 가득 새겨 둔 경갑을 두른, 소위 신전 기사에 가까운 차림이다.

"나의 실책을 만회하기 위한 제물이 되어라. 암흑의 신이 만들어 낸 저열한 요괴들아!"

시간의 여신 크로노메이즈의 권능은 시야에 들어온 모든 고블린에게 영향을 미쳤다.

고블린들은 비록 외형에는 변화가 없어도 내장 및 골격, 신경과 혈관, 몸속에 있는 모든 갖가지 기관의 시간을 가속당하여 비정상적인 맥박과 신진대사가 발생함에 따라 제대로 걷지도 못한 채 비틀비틀하다가 졸도하는 자가 속출했다.

크로노메이즈에게 칭찬할 부분이 있다면 본인이 드란에게 잘 보여서 점수를 벌기 위해서는 적을 가능한 많이 쓰러뜨리는 것이 아니라 한 사람도 부상자가 발생하지 않게 손써야 함을 잘 이해하고 있는 점이었다.

이 때문에 크로노메이즈는 적대하는 고블린들의 약체화에 중점의 두고 스스로의 권능을 휘둘렀으며, 그 점을 드란은 높이 평가했다.

전선에 나간 고블린들이 베른 마을 보병대의 투입에 의해 눈 깜짝할 사이에 토벌당하여 숫자가 줄어들어 가는 광경은 종래의 전장을 겪어서 아는 인물의 입장에서는 눈을 의심케 했을 것이다.

전선의 고블린들이 먼지처럼 쓸려 나가고 있는데도 불구하고 후방의 고고는 베른 마을의 북문이 개방된 것을 좋은 기회로 판단하며 살아남은 기병대— 늑대 돌격단에 출진을 명령했다.

드란을 포함한 보병 부대의 선봉이 일찌감치 전선을 돌파해서 적진 중앙에 도달해 있던 상황이었기에 오사(誤射)를 피하기 위해 방벽에서 쏟아지던 포격이 잠시 중단된 것도 고고의 잘못된 판단을 부추겼던 요인이다.

드란은 네 마리의 고블린이 전방에서 푹 찌르는 장창의 날 끝을 용조검(竜爪劍)의 일섬으로 한꺼번에 후려쳤다. 그 다음엔 가까운 거리까지 접근하는 동시에 방향을 바꿔 되돌린 칼날로 네 마리의 목을 쳐서 날려버렸다.

여전히 살점과 뼈를 절단하는 감촉은 그리 기분 좋지 않군— 드란은 내심 중얼거리며 고블린들의 목에서 쏟아져 나온 피를 피했다.

힐끔 돌아다보면 바란이 휘둘러 대는 대형 망치가 고블린이 치켜든 방패와 함께 몸뚱이를 뭉개버리고, 아버지 고라온이 내리 휘두른 대검이 또 다른 고블린의 투구를 쪼개서 뇌수를 죄다 흩뿌리고 있었다.

한편 레니아는 평상시와 같다고 말해야 할까. 흉악하기 짝이 없는 미소를 머금은 채 손 닿는 범위에 있는 고블린을 잇따라 고깃덩어리로 바꿔 놓았다.

전투 전 복용한 마법약과 다수의 신에게 받은 가호에 의해 베른 마을과 엔테의 숲 전사들의 전투 능력은 거듭거듭 강화되어서, 본래 실력을 아득하게 웃도는 움직임을 보일 수 있었다.

아미아스는 보병 부대의 최후미에 서서 탁월한 궁술로 시의적절하며 정확한 원호 사격을 날려주고 있다. 허를 찔러서 위태로운 누군가를 발견하면 즉각 적을 쏘아 죽여서 마을 주민들 중 희생자가 발생하지 않게 세심히 주의를 기울였다.

그리고 또 독주할까 봐 염려했던 알데스도 드란의 예상과 달리 주위의 병력들과 보조를 맞춰 가면서 창을 휘두르고 있다.

알데스도 본인 나름대로 인간들을 배려하면서 싸우고 있는 셈이다.

그렇다 해도 보병 부대 중 가장 뛰어난 풍격을 지닌 데다가 멋 부린 장비를 착용한 자도 본인이란 사실을 자각하고 있는 알데스는 황금색 장발을 나부끼며 한층 더 눈에 띄는 난투극을 연출해서 적을 끌어들이고 있다.

처음부터 베른 마을 보병대의 인원 중 유독 두드러지는 모습으로 위풍당당하다는 말의 화신과 같은 무예를 선보였던 이 남자를 지휘관 격 입장에 있는 인간이라고 판단한 고블린들은 설탕에 몰려드는 개미 떼처럼 쇄도했다.

알데스가 스스로 미끼 역할을 자처한 것이 주효해서 마을 주민들의 위험은 대폭 줄어들었다. 대장의 목을 베겠다고 덮쳐드는 고블린들을 하나하나 요격하는 알데스의 모습에서 즐거움이 묻어났다.

예상을 훨씬 웃도는 동료들의 활약에 드란은 살짝 고개를 끄덕거리며 안도의 숨을 내쉬었다.

그러던 때, 드란의 시야에 맹렬한 기세로 들이닥치는 검은 이빨 늑대 무리와 그 위에 기승한 다부진 고블린들의 모습이 확 들어왔다.

고블린 본진에서 오간 대화로 추측하건대 고블린 기병인 쟈다 휘하의 늑대 돌격단일 것이다.

【에너지 레인】의 겨냥을 늑대 돌격단에게 맞추면서 드란은 바란에게 그 밖의 정보도 더해 전달한다.

"바란 씨, 적 기병대가 진을 나왔어. 살아남은 전부가 다. 그리고 세리나와 디아드라가 곧 원호를 무척 요란하게 날려줄 거야."

"그럼 아가씨들의 원호가 온 직후에 공격하지. 드란, 너도 때를 맞춰서 그 마법의 화살을 퍼부어라. 1번대부터 8번대, 마법 착탄 후 돌격한다. 준비!"

대지는 엄청난 양의 피에 젖었고 전장에는 머리카락과 살점, 뼈 타오르는 냄새가 숨이 턱 막히도록 가득 차올라 있었다. 엎어져 있는 무수히 많은 주검을 걷어차면서 늑대 돌격단이 멈춤 없이 질주한다.

선두에서 달리는 쟈다는 실추된 늑대 돌격단의 권위 부활을 목표로 혈기가 가득했다. 그리고 무엇보다도 당장 인간들의 시체와 피를 제물로 바쳐서 쌓일 대로 쌓인 울분과 증오를 쏟아 내고 싶었다. 핏발 선 눈으로 입가에 침을 흘리며 오래도록 한 몸처럼 지냈던 검은 이빨 늑대를 채근했다.

씨족과 군 내부에서 배수의 진에 몰리게 된 쟈다는 동요하지 않고 묵직하게 대비하고 있는 바란 휘하의 상대 병력을 발견하자 흉포하게 웃었다.

건방진 것들, 내장을 모조리 끄집어내주겠다— 쟈다가 엄니를 드러내며 혀를 할짝인 직후.

그들의 머리 위에 세리나가 출현시킨 거대한 마력 뱀【쟈라무】가 커다란 턱을 벌리며 덮쳐들었고, 가시덩굴의 창이 지면을 가르고 뻗어 나와서 늑대 돌격단의 다수를 꼬챙이처럼 꿰뚫었다.

쟈다는 입가에 웃음을 지은 채【쟈라무】에 하반신을 물려 찢어졌고, 아울러 뒤를 따르던 늑대 돌격단의 다수가 기승하고 있던 검은 이빨 늑대와 함께 가시덩굴에 꿰뚫려 즉사하거나 나자빠지며 바닥을 굴러 온몸을 세차게 부딪쳤다.

그들의 불행은 아직 끝나지 않았다. 드란이 준비하고 있었던 【에너지 레인】을 바닥에 쓰러진 고블린 기병들에게 쏟아부었으니까.

어떻게든 몸을 일으키고자 애쓰던 고블린 기병과 고통에 몸부림치는 검은 이빨 늑대들에게 순수한 마력의 화살이 깊이깊이 틀어박힌다. 일말의 자비로서 고통은 한 순간뿐, 적들을 차례차례 절명시켰다.

그곳에 재차 확실하게 끝장을 내기 위하여 바란, 알데스, 드란, 레니아를 선두에 배치한 보병 부대가 돌입했다.

늑대 돌격단은 본인들의 무용을 떨칠 겨를도 없이 눈 깜짝할 틈에 괴멸되고 말았다.

부하들의 한심한 꼴에 인내심의 끈이 끊어진 고고는 몸소 전황을 타파하기 위해 애용하는 대검을 짊어지고 친위대와 기무를 동반하여 출진하겠노라 결의했다.

이렇게 된 이상 기무가 어떤 진언을 더 올리든 간에 철수는 받아들여질 수 없다.

다만 이들의 후방에는 사전에 베른 마을을 떠나 출발했던 드라미나와 크리스티나가 지휘하는 각각 오십 기의 전투용 골렘으로 구성된 기병대가 이미 대기하고 있었다.

고고가 예비 전력 전부를 데리고 나와 전선으로 출진한 지금, 드라미나와 크리스티나가 지휘하는 기마대에 의한 배후 공격이 고블린들에게 얼마나 큰 피해를 가져다줄지 차마 가늠할 수가 없었다.

피아의 위치 관계를 새로 파악한 드란은 돌출되어 있는 자신들이 다른 고블린들에게 포위될 가능성도 고려했지만, 결국 문제는 없으리라 판단했다.

전선의 고블린들은 이미 사실상 패주 단계의 상태이며 방벽 위에서 날려주는 원호 사격도 있다. 드라미나와 크리스티나의 돌격과 때를 같이하여 천천히 후퇴하는 한편 고블린들을 끌어들이고, 적 대장의 목을 거두면 승리는 불변의 결과로 굳어지리라.

드란은 분노의 향상으로 얼굴을 물들인 채 맹진하는 고고의 모습을 용안(竜眼)으로 포착한 뒤 사후의 혼이 윤회의 고리에 더해질 수 없는 엄준한 저 처지를 동정했다.

창조주가 이미 아득히 먼 과거에 저들을 내버렸고 축복도 가호도 부여하지 않았건마는 고블린들은 사후 강제적으로 혼을 바쳐야 하는 처지이다.

변경에서 사는 인간에게는 물론 엄연히 약탈자이자 침략자이지만, 고블린도 저런 일면만큼은 드란도 동정심을 품을 수밖에 없었다.

설마 연민의 시선을 받게 될 줄은 상상하지 못한 고고의 마음속에서 격정의 불꽃이 꺼뭇꺼뭇하게 타오르고 있었다.

분노와 증오와 수치를 연료로 타오르는 불꽃이다.

단숨에 박살을 내서 유린했어야 할 인간들에게 예상외의 반응을 받았을 뿐 아니라 한심하게도 맥없이 죽어 나가는 약해 빠진 부하들.

측근으로 두어 눈여겨보며 신뢰를 아끼지 않은 기무와 쟈다의 한심하다는 말 하나로는 모자란 꼬락서니.

자신의 아래에서 철저하게 단련시킨 정예 병력이 별 대수롭지 않은 힘밖에 없었다는 것을 꿰뚫어 보지 못했던 자기 자신에게도 분통이 터졌다.

고고의 마음속에 있는 분노의 화로에는 더할 나위가 없도록 다량의 장작이 지펴졌고, 지금은 폭발 직전의 상태이다.

강인한 하이 고블린 젊은이는 자기 울화를 달래기 위해서는 살육밖에 없음을 잘 이해하고 있었다.

암흑의 황야에서 사는 고블린들 중에서도 세 손가락 안에 들어가는 유력 씨족, 구마의 후계자 고고는 고블린들을 지배해야 할 왕은 자신이다, 자신이 왕이 되어서 동족들을 이끌어야만 한다— 이렇게 유년 시절부터 강렬하게 의식하며 살아왔다.

다종다양한 요마와 마수가 우글거리며 가혹한 자연환경을 버텨야 하는 암흑의 황야에서 고블린은 숫자는 많지만 결코 패권자라고 불릴 입장은 아니다.

그래서 더더욱 고고는 강하고 젊고 의지가 있는 자신이 패도(覇道)를 나아가며 씨족의 틀을 뛰어넘어 고블린이라는 종족을 이끌고, 이 대륙의 끝까지를 수중에 넣겠다는 거대한 불길 같은 야심을 마음속에 피워 올리며 살아왔다.

다만 고고를 비롯한 고블린군에게 불행이었던 것은 이들이 창조주에게 버림받은 고블린 종족이자 남하를 위한 첫 번째 목표로 정한 곳이 드란의 고향인 베른 마을이었다는 사실이다.

만약 창조주가 이들을 내버리지 않았더라면 창조주는 드란과 적대하게 될 사태를 두려워하며 앞뒤 가리지 않고 남하를 금지하거나 목표를 이웃 나라인 로말 제국으로 바꾸도록 힘을 썼을 것이다.

물론 설령 베른 마을 이외의 아크레스트 왕국 북부 변경에 있는 어느 촌락을 습격했더라도 그 이후에 맞닥뜨리게 됐을 아크레스트 왕국군을 상대로 구마 씨족군이 과연 승리를 거둘 수 있었겠는가 묻는다면 지극히 어렵다고 답할 수밖에 없지만.

일찍이 암흑의 황야에서 살던 고블린들이 접촉한 경험이 있는 아크레스트 왕국의 최대 전력은 크리스티나의 조부인 선대 아르마디아 후작이 지휘했던 개척민을 포함한 군세이다.

한데 가로아 총독부의 권한으로 소집 가능한 군세는 저것을 상회한다.

설령 고고의 군대가 베른 마을을 점거해서 남하를 위한 거점으로 삼았더라도 그동안 가로아에 집결한 아크레스트 왕국군과 정면에서 전투를 벌인다면 숫자에서도 질에서도 떨어지는 구마 씨족이 참패를 면치 못했을 것은 명약관화이다.

고고는 확실히 하이 고블린으로서 우수하고 선견지명과 지성, 장군의 그릇을 가진 젊은이다.

다만 고고가 내다본 것은 결국에 베른 마을 제압 이후의 아주 약간의 미래뿐. 경험을 더 쌓는다면 모를까, 지금 고고가 인류종의 국가를 맞상대하는 것은 시기상조였다.

결국 무리한 남하 작전을 실시한 결과, 오랜 세월을 들여 모으고 단련시킨 부하들을 차례차례 잃어버렸다.

패배의 구렁텅이에 처박히게 되는 처지를 막기 위하여 대장인 자신이 직접 전선에 나가야 하는 궁지에까지 몰린 것은 당연한 귀결이었다.

"보검 그림자 ^{섀도우 팽} 엄니여, 구마 씨족의 차기 족장이자 고블린의 왕이 되어 마땅한 나 고고에게 암흑의 가호를! 이놈들아, 나를 따르라! 이제부터 우리의 무위를 쏟아 인간들을 찢어발기고 시체의 산을 쌓아주리라!!"

고고는 곁을 따르는 근위병들의 사기를 고무한 뒤 솔선해서 대지를 박찬다.

손에 치켜든 보검은 일찍이 창조주가 만들어 냈다는 미궁을 공략한 뒤 그곳의 최심부에 있었던 그림자 거인을 쓰러뜨리고 얻은 물건이다.

"오오오오오오오! 고고 구마, 우리의 위대한 대장, 강한 수컷, 고블린의 왕이 되어야 할 자여!!"

"고고 구마, 고고 구마, 고고 구마, 우리의 목숨과 힘은 모두 당신의 것!!"

고고에게 진심으로 충성을 맹세한 근위병과 기무는 총대장의 외침에 호응하며 온 힘을 쥐어짜 고함지르며 대기를 뒤흔들었다.

구마 씨족군 최강의 예비 전력이 투입됨에 따라 잠시간 지휘 계통이 붕괴됐던 고블린들도 맹렬히 달려 나가는 고고를 목표로 하여 독자적인 움직임을 나타내면서 때마침 돌출되어 있었던 드란과 동료들을 의도치 않게 포위하기 시작한다.

이에 대하여 바란 휘하에 있는 베른 마을 보병대의 반응은 신속했다.

후미에 무진장의 마력으로 마법 탄막을 전개하는 드란과, 마찬가지로 무진장의 체력으로 애창을 휘둘러대는 알데스, 드란의 아버지이자 베른 마을에서 으뜸가는 호걸인 고라온 이외에 오십 명가량을 배치해서 급히 문 방향으로 되돌아간다.

후퇴하는 베른 마을 보병대를 보고 주위의 고블린들은 드디어 반격의 기회가 돌아왔다는 착각에 빠져 앞다투어 몰려들었다.

그러나 쇄도하던 고블린은 모조리 세리나의 고유 마법과 디아드라가 뻗쳐 보내는 흑장미의 가시덩굴에 저지되어서 희생만 자꾸 늘어날 뿐이었다.

여전히 시간의 여신 크로노메이즈와 천사 셀레스테르 등은 방해를 계속하며 보병대를 포위하고자 달려드는 적의 발길을 어지럽혔다.

아울러 마력 뱀의 엄니와 꼬리를 헤쳐 나오고, 가시덩굴을 빠져나오고자 분투하는 고블린들에게도 또 다른 신의 권능이 들이닥쳤다.

어느 고블린을 막 내디딘 발이 미끄러져서 자빠지는 바람에 뒤에서 온 동료에게 밟혀 죽었다.

또 어느 고블린은 창을 막 던지려다가 눈에 모래가 들어가서 깜빡 떨어뜨린 창으로 자신의 오른쪽 다리 발등을 깊숙이 찍어버렸다.

고블린치고 드물게도 가시덩굴이 사로잡힌 동료를 구출하고자 애쓰고 있던 한 고블린은 치켜든 소검으로 동료의 경동맥을 잘못 베었고, 베인 고블린이 고통 속에서 정신없이 휘두른 소검에 목을 꿰뚫려서 절명했다.

그 밖에도 사소한 우연과 사고에 의해 눈 깜짝할 동안 백 가까운 고블린들이 동료끼리 상처 입히는 사태가 발생하고 있었다.

이것들은 전부 전투에 참가했던 마계의 신 자나두의 사도가 주신의 권능을 발휘했던 결과다.

자꾸만 눈에 티끌이 들어간다, 서둘러야 할 때면 꼭 건망증이 도진다, 등등 미묘한 저주를 일으키는 것으로 알려져 있는 자나두의 권능도 활용 방법에 따라서는 이렇듯 흉악한 결과를 가져오는 법이었다.

그런 신들의 권능에도 굴하지 않고 필사적으로 추격하고자 하는 고블린 궁병들이 공포에 덜덜 떨면서 어떻게든 활을 들어 올리고 드란과 알데스 등 후위 부대에 화살을 쏘았다.

횡횡, 소리와 함께 내리쏟아지는 화살을 올려다보며 드란은 주위에 전개 중인 마법의 화살로 요격하고자 움직였다.

그때 알데스가 제지했다.

"잠깐 멈춰라, 드란. 나의 여동생에게 활약할 기회를 양보해라."

드란 등 후위 부대에 대략 사십 대의 화살이 내리쏟아지고 있었는데, 그에 대하여 후퇴 중인 보병 부대 속에서 걸음을 멈춘 아미아스가 — 오빠와 드란의 대화는 전혀 모른 채 — 팽팽하게 활줄을 잡아당기며 단 한 대 화살을 쐈다.

그러나 유성처럼 날아가는 저 한 대의 화살이 고블린의 화살들 중 한 대에 적중하자 그것이 둘로 부러지고, 부러진 화살이 또 다른 화살에 부딪치고, 그 화살이 다른 화살에…… 이런 형태로 잇따라 연쇄를 일으킨다.

어찌 된 일인가, 아미아스가 쏜 화살 한 대를 시작으로 고블린들의 모든 화살이 튕겨 나가고, 심지어 궤도마저 바뀌어 각각 사수들의 이마나 목을 깊숙이 꿰찌르는 게 아닌가.

아미아스는 단 한 대의 화살로 고블린들이 날린 마흔 대의 화살로부터 아군을 지켰을 뿐 아니라 사수들까지 절명시켰다.

이 터무니없는 기술을 목격한 베른 마을의 주민들은 전쟁터의 한복판임에도 불구하고 눈이 휘둥그레져서 무심코 걸음을 멈출 뻔했다.

과연 이 세계에 있는 궁수 중 지금 막 아미아스가 선보인 글자 그대로 신의 기술을 재현 가능한 자가 있기는 할까.

또한 가공스럽게도 이것은 아미아스가 신의 권능을 발휘한 것이 아니라 인간과 다를 바 없이 신체 능력까지 낮춰 둔 상태에서 순수하게 본인의 기량으로 이루어 낸 결과였다.

"그래, 아미아스는 믿음직하군."

드란이 솔직한 감상을 중얼거리자 알데스는 귀여운 여동생을 칭찬해주는 말에 뻔히 티가 나도록 기쁨을 표시했다.

책무에 대한 자세에서는 마음이 잘 맞지 않지만, 결코 사이가 나쁜 것은 아니며 오히려 사이좋은 남매이다.

"음하하하하하, 당연하다. 저 녀석의 나의 여동생이다. 신의 힘을 부려서 행동하지 않아도 저런 정도는 식은 죽 먹기 아니겠나. 설령 눈과 코와 귀를 막고 피부의 감각을 빼앗아서 똑같은 결과를 요구해도 기필코 성공시킬 것이다."

"그 말에는 나도 동의하지. 아미아스에게는 별것도 아닌 재주가 아니던가."

드란 등 아군을 직접 노리는 고블린들은 이러한 신들의 권능과 세리나, 디아드라의 원호에 의해 추격의 칼날을 미처 제대로 뻗어 내지도 못한 채 절명해서 하나둘 바닥에 엎어졌다.

그 밖에도 양익에 전개한 고블린들에게는 상공을 선회하는 조류형 골렘에게 시야 공유를 받아 발리스타, 투석기를 탑재한 포대 골렘이 정밀 포격을 쏟아부어서 움직임을 봉해 놓았다.

철벽의 북서부에는 피오를 포함한 우드 엘프의 정령 마법 사용자들이 다수 포진했는데 미리 준비해 온 정령석과 드란이 제공해준 마정석 덕에 끊임없이 마법을 연발하고 있었다.

우드 엘프 이외에도 마법 구사에 능숙한 아라크네 메이지와 수인 주술사들도 가담함에 따라 쭉 일방적으로 고블린들을 쓸어버리고 있는 상황이었다.

한편 마법의 비호도 화살 사격의 원호도 받지 못하는 고블린들은 베른 마을 보병대를 좇아 마을로 가까이 갈수록 쓰러져 엎어지는 자가 불어나는지라 기세도 푹 사그라졌다.

고고의 출진에 의해 비등되었던 사기는 천천히 떨어져 간다. 그럼에도 아직껏 도망을 시도하려는 자가 없는 것은 훌륭하다고 말할 수밖에 없었다.

아마 인간의 군세였다면 벌써 무기를 집어 던지고 전장에서 도망치는 자가 속출했을 상황이니까.

차례차례 눈앞에서 죽어 가는 부하들에게는 눈길도 안 주고 고고는 오로지 전진을 계속하며 드란과 알데스가 있는 곳으로 바짝 육박했다.

스스로가 궁지에 몰려있음을 이해는 하는 것인가, 아니면 이해하고 싶지 않은 것인가. 오로지 앞만 쳐다보는 고고에게 후방에서 전력으로 달려온 근위대가 더한 흉보를 전달한다.

옆에서 수행하던 기무는 이 이상 나쁜 소식이 어떻게 있단 말인가 생각했지만, 근위병의 말에 귀 기울인 순간 얼굴에 씁쓸함의 색깔이 거듭 덧칠되었다.

"고고 님, 후방에서 오십 기 전후의 기병대가 둘, 급속도로 접근 중입니다. 각각의 부대를 지휘하는 자는, 그 여자들입니다!"

절박한 표정으로 입에서 거품을 날리며 보고하다가도 말을 마칠 무렵에는 근위병의 얼굴과 목소리가 모두 흐물흐물 녹아내린다.

근위병이 기마대를 지휘하는 여인들의 미모를 떠올리고 말았던 까닭이다.

기마대의 돌격에 의해 사망한 고블린들 중 크리스티나와 드라미나를 목격한 뒤 죽은 자들의 얼굴에도 지금 근위병처럼 황홀한 빛이 묻어 있었다.

"그년들인가. 우리는 이대로 쭉 전진한다. 지금 걸음을 멈추는 것은 우책이지. 자아구, 구구카, 가루가간, 기루고, 너희의 부대로 여자들을 막아라!"

즉각 결단한 고고의 지시를 따라 근위병들 중 네 개의 부대가 후방에서 커다란 흙먼지를 피워 올리며 들이닥치는 베른 마을 기마대를 향해 회진한다.

한 부대마다 대략 여든 마리로 구성된 근위 부대는 고고에게 푹 심취한 인원으로 구성된 까닭에 아직껏 높은 사기를 유지할 수 있었다.

다만 이들의 전의도 베른 마을 기마대의 각각 선두에 선 여성들을 본 순간 곧바로 안개처럼 흩어졌다.

호스 골렘에 올라탄 강철 전투용 골렘 오십 기를 각각 이끌고 있는 크리스티나와 드라미나의 햇빛 아래 노출된 미모가 정말이지 무시무시했기에.

이 세계에 거주하는 모든 종족을 빠짐없이 모아서 모든 갖가지 감성과 언어를 동원할지라도 1만 분의 1조차 끝내 표현하지 못할 미(美)의 체현자.

결국 자신들에게 절대적인 죽음을 가져다줄 존재임을 분명히 알면서도 대부분의 고블린 근위병은 잠시간 넋을 놓은 채 이곳이 전장임을 잊어버린다.

이것은 자신들을 앞에 둔 누군가에게 빈발했던 현상인지라 기병대를 이끄는 크리스티나와 드라미나는 별반 감개도 느끼지 않고 전속력으로 계속 달렸다.

지금 크리스티나는 오른손에 마검 엘스파다, 왼손에 아직 이름을 새로 지어주지 못한 드래곤 슬레이어를 쥐었고 갑옷 위쪽에 거듭 백은의 마력과 기의 빛을 둘렀다.

반면에 다른 기마대를 이끄는 드라미나는 칠흑색 전신 갑옷 지크라이너스를 착용했고, 오른손에는 장창의 형태로 바꾼 발큐리오스를, 왼손에는 역시 장창인 그로스그리아를 쥐어서 무장하고 있었다.

두 사람이 지휘하는 전투용 골렘들도 이제껏 돌격을 거듭하며 연계가 숙달됨에 따라 일사불란하게 대형을 유지하고 있다.

염화로 연락을 주고받은 크리스티나와 드라미나는 한 번만 시선을 교차한 뒤 근위병들의 복판으로 뛰어들었다.

드라미나와 크리스티나의 돌격을 막기 위하여 반전했던 삼백이십 전후의 고블린들은 수적으로는 상대를 크게 웃돌았지만 막 뛰어든 두 여인에게 이렇다 할 저항도 못 한 채 유린당했다.

전투용 골렘과 호스 골렘의 조합이 갖는 이점은 기수가 낙마했을 때도 호스 골렘이 인공두뇌에 각인된 행동 논리를 따라 독자적인 전투 행동을 계속한다는 것이다.

따라서 전투용 골렘과 호스 골렘 한 조가 두 대의 몫을 하는 병력이라고 볼 수 있었다.

피아간 질의 차이도 감안하면 고블린 근위병의 가엾은 결말은 극히 당연한 일이었다.

구마 씨족군의 배후를 제압한 드라미나와 크리스티나는 더 이상 기마대를 앞으로 전진시키지 않고 고블린들의 후방을 공격하는 데 전념한다.

전장에서 고블린들이 이탈하는 것을 막고 한 마리도 남김없이 섬멸하기 위한 전법이었다.

고고와 연계하여 베른 마을 보병대를 노리고 전진하는 고블린들도 철벽 위에서 끊임없이 쏟아지는 공격에 노출되어 순식간에 숫자가 줄어들고 있었다.

가장 앞서서 전진하는 고블린들은 철벽에 사다리를 걸칠 수 있는 거리까지는 가까이 접근했지만, 결국은 머리 위에서 떨어지는 바위 및 끓인 기름을 맞아 저지당한 뒤 해자 아래에서 꾸물거리는 흑장미 가시덩굴의 먹이가 되었다.

북문까지 후퇴한 베른 마을 보병대의 주위에는 온몸에 흑장미를 휘감은 채 절명한 고블린들이 아무렇게나 서 있었는데 마치 흑장미가 가득 피어난 숲에 걸음을 잘못 들여놓은 것으로 착각할 만한 광경이었다.

가만히 둘러보다가 바란이 거하게 한숨 쉬었다.

"이게 또 무슨 일이냐……. 진심으로, 저 사람들이 아군이라 정말 다행이군."

베른 마을 태생이며 배짱 두둑하기로 이름난 사내였지만, 이토록 높은 경지의 마법이 활용되는 전투에 참가하는 것은 처음으로 겪는 경험이었다. 특히 흑장미 가시덩굴에 파묻힌 모양새로 죽은 고블린들을 보면 등골이 얼어붙는 심정이었다.

올해 들어서 교역을 시작했던 엔테의 숲 전사들은 바란과 고라온이 놀랄 만큼 결사적으로 싸워주고 있었다.

그 요인이 드란에게 있음은 명백했다.

"정말이지 자네의 둘째 아들은 이것저것 많이도 일을 저질러주는군, 고라온."

오랜 친구인 바란이 너스레를 떨어도 고라온은 표정 한 번도 바뀌지 않고 살짝만 어깨를 으쓱거릴 뿐.

그럼에도 내심은 좀 달랐는지 퉁명스럽게 답했다.

"자랑스러운 아들 중 하나지."

"보통은 좀처럼 안 하던 말을 이런 때 잘도 하는군. 그런 소리는 평소부터 본인들이 듣는 앞에서 해줘라."

"그래서야 아들 바보가 아닌가."

마음속으로 생각하는 것도 충분히 아들 바보다, 이 자식아— 그렇게 대화를 일단락하고 바란은 꽤 숫자가 줄어든 고블린들에게 눈을 돌렸다.

과연 마을의 주민들에게 얼마나 피해가 발생했을지는 잘 모르겠지만, 언뜻 보기에 고블린들의 숫자와 기세는 상당히 줄어든지라 이대로 가면 끝까지 버텨 낼 수 있겠다는 마음이 여러 사람들의 가슴속에서 커져 간다.

"음, 아마도 저 녀석이 적의 두목이군. 척 봐도 체격과 분위기가 많이 다른데……. 하이 고블린인가. 이봐, 고라온. 드란 녀석이 저놈을 상대해서 싸울 작정이군."

마침 화제에 올랐던 드란이 마을에 남아준 모험가들과 함께 막 들이닥치는 고고에게 맞서 나아가는 광경을 보고 바란이 당황해서 고라온에게 말을 건넨다.

이때 드란과 동행한 자는 후위를 지키던 알데스 이외에 기합 가득한 크로노메이즈, 자질구레한 저주를 구사하는 자나두의 사도 잔잔, 욕망의 여신 제노비아의 천사 셀레스테르, 그리고 구현화한 사념룡을 거느리고 있는 레니아까지 다섯 명.

아미아스는 문 앞에서 걸음을 멈추고 다른 동료를 원호하기 위한 태세를 갖추고 있었다.

닥쳐드는 고고의 부대는 주변에 괴멸 상태의 부대를 흡수해서 대략 칠백 남짓의 숫자를 이루었다. 이것이 구마 씨족군의 여력 대부분이었다.

크리스티나와 드라미나를 막기 위해서 빼낸 인원을 더한들 고블린은 기껏해야 일천도 장담을 못 하는 숫자였다.

그렇다 해도 칠백의 군세에 고작 여섯 명으로 맞서고자 하는 드란을 보고 아들의 진정한 내력을 알지 못하는 고라온은 친구와 함께 원호하기 위해 허둥지둥 대열을 다시 갖춘다.

세리나와 마메르 등의 마법이며 디아드라가 조종하는 흑장미들에 의한 원호는 이미 준비가 갖춰져 있었다.

고고를 지키고자 앞을 가로막고 나서는 중장 근위병들을 두고 레니아가 잔학하기 짝이 없는 웃음을 짓는다.

"후후후후, 아버님의 앞에 지저분한 모가지를 나란히 세워 달려온 기개는 칭찬해주마. 포상으로 하다못해 고통은 없게 죽여주겠다. 그래 봤자 너희는 죽어서 창조주의 장난감이 될 테니 고통만이 기다리고 있을 터이나……. 큭큭큭, 너희에게 잘 어울리는 응보구나."

레니아는 상반신만을 구현화시킨 사념룡의 팔을 휘둘러서 큰 방패를 든 근위병의 상반신을 모래성처럼 날려버린다.

"그나저나 아버님, 아마 대장으로 보이는 저것은 어떻게 하시겠습니까? 굳이 아버님께서 번거롭게 손을 쓰지는 않으셔도 될 듯합니다만."

레니아의, 신조마수의 눈은 보검 그림자 엄니를 치켜든 고고의 모습을 정확하게 포착하고 있었따.

드란은 평소의 말버릇을 한 번 넣어서 대답했다.

"흠, 그렇군. 세리나와 드라미나 앞에서 조금 멋을 부리고 싶은 마음도 있군. 나의 고향을 위협하려 한 응보는 나의 손으로 내려주도록 하지."

"그러시다면 주위의 잡병들은 제가 처리하겠습니다."

그렇게 말한 뒤 레니아는 곧바로 다른 병사에게 들이닥친다.

"뭐냐, 드란. 저놈들 대장은 네가 해치우려는 건가. 내 손으로 직접 해치울까 생각하던 참이었다만……. 뭐, 이 전투는 인간으로서 사는 너희의 전투다. 양보하는 게 예의겠지."

김빠졌다는 듯이 말하는 알데스에게 드란이 살짝 난처한 표정을 짓는다.

고블린들과의 전투를 만끽하던 알데스의 입장에서는 나중으로 미루어 둔 즐거움을 빼앗기는 기분이었을 테지.

"미안하군. 빚을 하나 진 것으로 하지."

그렇게 말한 뒤 드란은 달려 나갔다.

"됐다, 됐어. 귀찮게 일일이 따지지 말자고. 그럼 나도 네 따님을 본받아서 주위 졸병들이나 상대하지."

알데스를 경유하여 아미아스에게도 드란의 의사가 전해졌는지 아미아스가 쏘아 날리는 화살이 적 대장 고고에게 다가가기 위한 길을 가로막는 고블린들에게로 표적을 변경했다.

고고의 곁에 있었던 기무와 다른 부하 고블린 메이지들이 명백하게 이쪽을 표적으로 삼아 접근하는 드란에게 일제히 지팡이를 겨눈다.

"고고의 목을 노리는 건가? 흥, 어림없다. 위대한 암흑의 신이시여, 끔찍한 망량의 원한을 엄니로 바꿔주소서— 망량아(魍魎牙데기스)!"

기무를 필두로 다른 열 마리 고블린 메이지들은 가장 살상 능력이 높은 암흑신의 공격 마법을 선택해서 그 창조주인 암흑의 신에게 기적을 염원한다.

그러나…… 아무런 일도 일어나지 않았다.

기무와 고블린 메이지들은 알 도리도 없겠지만, 당사자인 암흑의 신이 드란과 적대 관계에 놓일 것을 두려워해서 온 힘으로 협력을 거부했기 때문이다.

그러면 정령 마법을 선택하면 괜찮았을까?

역시 아니다.

애당초 드란은 정령들의 최고 존재인 정령신과도 지기이며, 게다가 최근에도 정령들과 관계가 깊은 위그드라실을 구출했던 참이다. 거의 자아가 없는 하위의 정령이어도 드란을 적대해서는 안 된다는 것을 분위기로 알기 때문에 정령 마법도 역시 드란에게는 극히 효력이 희박해진다.

오히려 드란의 혼을 정확하게 인식할 수 있는 상위의 정령일수록 효력이 약해지는 형편이었다.

공격 마법이 전혀 발동하지 않는 것에 기무와 고블린 메이지들이 의문을 갖기보다 빨리 드란이 용조검을 한 차례 휘둘러 【레인보우 레인】을 날린다.

일곱 색깔 빛의 화살 비가 기무를 포함해서 마법사들의 머리를 꿰뚫어 절명시켰다.

그들은 구마 씨족군 안에서는 높은 마법 방어 능력을 보유했지만, 드란이 상대인지라 아무 의미가 없었다는 것은 말할 필요도 없었다.

실이 끊어진 인형처럼 기무와 고블린 메이지들이 털썩 쓰러져 엎어지는 것을 목격하며 고고는 평생의 복심이 되어주었어야 할 부하를 잃었음을 깨달았다.

또한 눈앞의 보잘것없는 인간이 이렇게까지 자신들을 궁지에 몰아넣은 원흉이라 직감하며 부글부글 끓는 분노를 주체하지 못한다.

"이놈, 인간아! 나는 고고, 구마 씨족을 다스리는 『용맹한 팔뚝』 기마의 자식. 언젠가 고블린의 왕이 되어서 네놈들을 지배할 사내다!"

그림자 엄니의 칼날에서 흘러넘치는 새카만 그림자를 연상케 하는 마력을 감지한 드란은 이것이 상당히 강한 마검임을 인정했다.

다만 지상 세계 최강의 마검, 드래곤 슬레이어를 아는 드란의 입장에서는 어떠한 마검, 요도도 평범한 검과 별반 다르지 않다.

물론 드래곤 슬레이어는 검이라기보다도 검의 형상을 띤 병기류지만.

"나는 베른 마을의 드란. 너희가 분수에 맞지 않는 욕심을 부려 공격하려고 한 마을의 주민이다. 이쪽의 목숨을 노린 이상은 자기 목숨을 걸 각오도 되었을 테지?"

"웃기는 소리 지껄이지 마라. 너희들 인간 따위에게 내가 패배할 것 같은가."

"이길 자신이 없다면 군을 움직이진 않았겠지만, 이 지경까지 왔으면 패배를 인정하고 어서 물러가는 게 맞았을 텐데."

설령 드란을 쓰러뜨리더라도 베른 마을이 함락될 리 없지만, 고고는 아무래도 드란만 해치우면 이 전투에서 승리할 수 있다고 억지로 믿음을 가지려는 것 같았다.

궁지에 몰린 상황에서 시야가 좁아지고 제대로 된 판단을 못 하는 데다가 머리에 피가 쭉 올라와서 냉정한 마음가짐은 어딘가에 내다 버린 듯했다.

"네놈의 목을 쳐서 기무와 부하들의 명복을 빌어 주겠다!"

암흑의 마력을 두른 대검을 치켜들면서 고고는 대지를 달렸다. 한 걸음마다 피를 빨아들인 대지가 부서지며 고고의 무시무시한 각력을 대변해주었다.

대상단에서 내리 떨어지는 그림자 엄니를 드란은 한일자로 든 용조검으로 가볍게 막아 냈다.

가옥 한둘은 날려버리고도 남을 충격이었지만, 드란은 바람을 받는 버드나무처럼 쓱 받아넘겼다.

"우오오오오오오오!"

고고는 오거와 트롤조차 베어 죽여왔던 혼신의 일격이 작은 인간의 한 손에 막혔다는 데 경악을 감추지 못했지만, 그렇다면 이대로 드란을 양단해주겠다며 힘을 넣어서 그림자 엄니를 꽉꽉 내리누른다.

드란이 젊은 하이 고블린의 일격을 간단히 막아 내는 광경에 뒤쪽에서 늦게나마 온 바란과 아버지 고라온, 형 딜런 등등은 차마 믿기지 않는다는 듯이 눈을 커다랗게 뜬다.

마을 주민들뿐 아니라 주위의 고블린들도 총대장의 일대일 대결에 주목하기 시작한 것을 확인한 다음 드란은 격정으로 가득 찬 고고의 눈동자를 올려다봤다.

"고블린 젊은이여. 그 야심으로 가득 찬 눈동자는 싫지 않다만, 너는 운이 따라주지 않았다. 그리고 고블린으로 태어난 이상 전생을 거쳐 다음번 기회를 누리지도 못하지. 하다못해 고통을 느끼지 않게 보내주마. 나의 작별 선물이다."

드란의 눈동자에 무지개색 광채가 깃드는 것을 본 순간 고고의 시야는 둘로 갈라졌다.

용조검이 가볍게 그림자 엄니를 되밀어내더니 곧장 칼끝이 제비처럼 날아 번드치며 고고의 고간부터 정수리까지 검섬(劍閃)을 그렸기에.

고고가 착용한 그림자 철 갑옷도, 두꺼운 근육과 지방, 강인한 골격도 전혀 의미가 없이 선명하게 절단면을 드러내고 양단되었다.

천천히 좌우로 쓰러져 가는 와중에 고고는 무지개색 눈동자를 가진 인간을, 드란을 노려보고 있었다.

자신의 야망을 무너뜨린 가증스럽고도 괘씸한 원수이다.

백만 번 다시 태어나더라도 결코 용서할 수 없는 자였지만, 어째서 저토록 동정심 어린 눈동자로 자신을 바라보는지 알 수가 없었다. 고고가 최후에 떠올린 것은 저러한 의문이었다.

드란이, 백만 번은커녕 한 번도 다시 태어날 수 없으며 자신들을 내버린 창조주의 손안에서 무슨 짓을 당할지도 모르는 고고의 운명에 동정심을 느꼈다는 사실을 고고는 물론 조금도 알지 못했다.

이리하여 고블린 생존자들이 주목하는 가운데 드란의 손에 의하여 야심 가득했던 고고 구마는 목숨을 잃어버렸다.

고고의 복심이었던 기무와 쟈다까지 사망한 지금, 고블린들이 전의를 상실하고 지휘가 붕괴되는 것은 당연한 수순이었다.

앞다투어 도망치는 고블린들의 앞을 가로막은 것은 드라미나와 크리스티나가 지휘하는 베른 마을 기마대.

그 뒤쪽에서는 드란, 알데스, 레니아를 포함하는 베른 마을 보병대가 들이닥친다.

이런 전력에 앞뒤로 둘러싸인 고블린들의 운명은 오직 전멸만이 남아있을 뿐이었다.

정오 무렵에 시작되었던 고블린들과 베른 마을의 전투는 석양이 기울어지기 전에 결말을 맞이했고 구마 씨족군의 생존자는 제로,

아울러 베른 마을 관련의 사상자도 역시 제로였다.

　다만 사상자 제로라는 숫자에 피난 및 요격 작업 중 발생한 작은 부상은 포함되지 않았다.

　물론 이러한 부상도 즉각 마법약이나 치료 기적에 의해 치료되었다.

　드란과 신들은 『무능』이라고 쓴 표찰을 목에 걸어야 하는 처지를 모면했다.

제5장   환희와 함께 노래해라

고블린 대군의 습격이라는 위기 상황을 벗어난 뒤 무구 보수 및 세정 작업에 며칠이 소모되었다.

가로아에서 파견된 인원들이 고블린의 시체 및 전장을 조사하는 동안에 모험가로 신분을 꾸민 신들과 천사들 대부분은 우의를 나누자는 요청에 승낙의 뜻을 담아 들려준 내 대답을 가지고 각각 자신들의 세계로 귀환했다.

그들 중 베른 마을에 남은 인원은 알데스, 아미아스, 카라비스, 마이라르, 그리고 크로노메이즈뿐이며 다른 자들은 이미 떠나갔다.

촌장과 센나 씨는 모험가들이 보상금을 준비해서 건네줄 틈도 없이 떠나갔다는 것을 다소 의아해했다.

대강 뒷수습이 끝난 뒤 가로아에 피난했던 사람들의 귀환을 기다렸다가 베른 마을에서는 전승을 축하하는 연회가 개최되었다.

어쨌든 이번 전투에서는 사망자가 발생하지 않았으니까 아무 부담감도 느끼지 않고 승리와 다액의 보상금과 무구를 획득했음에 기뻐하며 들떠 오를 수 있었다.

이번에 힘을 빌려준 엔테의 숲 주민들도 일단 엔테의 숲으로 돌아가서 전승 소식을 전한 뒤 축하품을 가지고 연회에 참가해줬다.

연회는 아침부터 시작되어 마을 광장을 중심으로 창고에서 꺼내온 식료품과 술이 산더미처럼 쌓였다. 눈 깜짝할 사이에 고기 굽는 냄새와 뚜껑을 딴 술 냄새가 온 마을에 퍼져 나갔다.

몇 마리 가축을 통구이로 구워 희망하는 자에게 쭉 나누어 주고, 술통 앞에는 빈 술잔을 든 사람들의 줄이 끊이지 않았다.

아직 해가 높이 떠 있지만, 연회는 이대로 밤새 이어질 테지.

전직 음유 시인이었다는 마을 주민이나 엔테의 숲 주민들이 수제 악기를 갖고 나온지라 마을의 곳곳에서 악기 연주와 활기찬 노랫소리가 들려왔다.

나는 세리나와 드라미나, 디아드라, 크리스티나를 동반하여 마을 안을 걸어 다니고, 고기를 입속 가득히 넣고, 과일을 베어 먹고, 술을 마셨다.

도중에 잔뜩 취한 마을 이웃들이 어깨며 등을 퍽퍽 두드렸지만, 이번 전투에서 내가 기여한 바가 크다는 사실을 모두가 칭찬해주니 나로서는 무척이나 좋은 기분이었다.

나 스스로 봐도 참 단순하기는 하다.

"아직 대낮인데 말이에요. 다들 개의치 않고 술을 드시고 계시네요."

세리나는 술을 못 마시는 사람을 위해 준비된 보리차를 손에 들고 고주망태가 되어 취한 마을 주민들에게 어이없어하는 시선을 보냈다.

마을 바깥의 경계에는 전투용 골램을 백이십 대 풀어놓았고 벌레형과 조류형 골램도 만에 하나 고블린의 제2파가 올 상황에 대비하여 경계 임무를 수행 중이었다.

이미 고블린의 근거지라고 짐작되는 지역에도 정찰용 골램을 보내서 내부 사정까지 파악하고 있는 터라 걱정은 안 들지만, 원래 돌다리도 두들겨 보고 건너야 하는 법이다.

"저럴 만하지. 이유가 있잖아, 세리나. 아무도 사망자가 안 나왔으니까 말이야. 이렇게 경사로운 날은 좀처럼 없어. 게다가 주변 경계도 일단은 내가 전부 담당하고 있지만, 무슨 일이 벌어지면 술에 취한 사람들도 포함해서 전원이 곧장 무기를 손에 들고 싸우기는 거뜬할 거야. 그보다 나는 세리나의 주량을 신경 써주고 싶군."

내가 농담조로 말하자 햇빛 아래이기는 하나 맨얼굴을 드러낸 드라미나가 의아해하며 세리나의 얼굴을 바라봤다.

"어머, 세리나 씨는 혹시 주정이 심한가요?"

"그, 그게요……."

그러고 보니까 아직 세리나는 드라미나 앞에서 취한 적이 없었군.

세리나는 부끄러워하며 시선이 흔들리고 입을 우물거렸지만, 이미 세리나가 취하면 어떻게 되나 잘 알고 있는 디아드라가 살짝 웃었다.

"후후, 세리나는 취하면 본성이 막 폭발하거든. 저번에 사이웨스트에서 술을 마셨을 때는 드란의 온몸을 휘감은 채 잠들어버렸어. 술버릇이라는 게 쉽게 고쳐지질 않잖아. 지금도 취하면 드란에게 꽁꽁 몸을 휘감을걸?"

"흠, 솔직하게 말해서 내가 아니었다면 뼈 하나는 충분히 부러질 만한 열렬함이었지."

귀여운 세리나가 한 행동이니까 나는 별로 마음에 담아 두지 않았지만, 같은 행동을 나 아닌 인간에게 저질렀다간 농담이 아니라 골절을 각오해야 한다.

라미아의 애정 표현이 이런 방식이라면 반려가 될 이종족 남성에게 강인함이 요구되는 것도 무리는 아닌 조건이다.

"으으으, 부끄럽지만 취하면 그렇게 되더라고요. 근데 말이죠, 자각은 하고 있으니까요. 술은 이렇게 최대한 자제하는걸요."

확실히 세리나는 아까부터 보리차만 마시고 있다.

냄새만 맡아도 취할 만큼 술에 약하지는 않으니까 이대로 한 방울도 마시지 않는다면 오늘은 세리나가 취할 일은 없을 것이다.

드라미나와 크리스티나는 이미 몇 잔이나 술을 마셨지만, 타고난 주량이 강한 까닭인지 전혀 취한 기색을 보이지 않았다.

뱀파이어일지라도 술에 취하는 자는 취하지만, 드라미나는 대대로 술에 센 집안이어서 태어난 이후 지금껏 취한 경험이 한 번도 없다고 한다.

크리스티나도 뒤집어쓰다시피 술을 마신들 태연한 얼굴로 다시 술잔을 들어 올릴 것이다.

신비적인 경지에까지 이른 미모에서 받는 인상과 달리 크리스티나는 먹보이며 술고래이다.

자제하지 않는 크리스티나는 식비가 대단히 많이 필요한 여성이라고 말할 수밖에 없겠다.

지금 이 들뜬 분위기가 가득 찬 베른 마을의 안에서는 크리스티나의 자제심을 잡아주는 테두리가 완전히 헐거워졌는지 아까부터 먹고 마시는 손이 멈추질 않는다.

왼쪽 어깨에는 사역마 닉스를 올려놓았는데 이쪽도 재주 좋게 날개로 집어 든 야채와 버섯 꼬치구이를 쪼아 먹고 있었다.

"그나저나 크리스티나는 진짜 잘 먹는구나. 배에 살이 붙어도 모른다?"

기막히다는 듯이 말하는 디아드라는 흑장미의 정령이기 때문에 인간처럼 식사를 필요로 하지 않는다.

따라서 아까부터 줄곧 음식에는 거의 손대지 않고 가끔 황무지를 개간할 때 사용하는 영양제를 희석한 물만 입가에 가져가고 있다.

이것은 내가 마법 학원에서 배운 농축 영양제인데 용량과 용법이 잘못되면 흙에 영양을 너무 과하게 줘서 작물의 생육에 악영향을 끼치는 터라 취급에 주의가 필요한 물건이다만……

디아드라에게는 이게 오히려 입에 맞다고 할까, 몸에 맞을 것이다.

"먹는 이상으로 움직이니까 군살은 붙지 않아. 옛날에 살던 때 배어든 버릇이라서 말이야. 먹을 수 있을 때 제대로 먹게 되더라."

그렇게 말한 뒤 크리스티나는 접시 위쪽에 담아 둔 큰 다리 새의 넓적다리 고기를 베어 물었다.

강인한 턱으로 아주 약간만 씹어줘도 넓적다리 고기가 잇따라 목을 통과해 들어간다.

크리스티나가 말하는 『옛날에 살던 때』의 세세한 내용은 우리도 알지 못하지만, 함께 겪어서 잘 아는 어깨 위 닉스는 몹시 진지하게 중얼거렸다.

"그때는 진짜 배랑 등이 달라붙는 심정이었지."

"내가 돌이켜봐도 용케 안 굶어 죽었다 싶어."

"잔반을 뒤지거나 나와 힘을 모아서 토끼를 사냥해 먹었었잖아. 배불리 잔뜩 먹여주겠다는 악마 숭배자들한테 유괴당했을 때는 진짜로 죽는 줄 알았지만 말이야."

"전부 물리쳐서 금품을 받아 냈으니까 괜찮았어. 그때 구했던 돈 덕분에 반년은 먹고살 수 있었잖아."

"겨울을 날 수도 있었고. 내가 힘을 좀 쓰면 온기는 얼마든지 얻을 수 있었지만, 의복이나 살 곳에 음식은 자력으로 구해야 했으니까."

"맞아, 차라리 닉스를 잡아먹자는 생각이 몇 번은 들었더랬지."

"지금이니까 웃어넘길 수 있는데 그때는 웃음도 안 나오는 나날이 었지. 그렇게 생각하면 지금은 정말 행복한 것 같아, 나도."

"그러게나 말이야. 배불리 먹을 수 있고, 따뜻한 곳에서 잠들 수 있고, 마음 터놓은 친구도 있지. 마계의 첨병과 싸우거나 해마와 싸우거나 고블린 대군과 싸우거나 해서 바쁘지만 행복하구나."

열심히 수다를 떠는 동안에도 크리스티나와 닉스는 식사하는 손을 멈추지 않았다.

정말 먹보 기질이 강한 주종, 아니, 가족 두 사람이다.

뭐, 먹보 기질을 두고 말하자면 나도 이러니저러니 말할 자격은 없다만.

잠시간 떠든 두 사람은 곧 입을 다물더니 과거의 가난했던 생활을 잊고 싶은 것처럼 우걱우걱 입을 움직이기 시작했다.

크리스티나의 이러한 모습을 보면 마법 학원에 있는 수많은 신봉자들이 과연 환멸할까?

아니면 이런 크리스티나도 멋지다며 거듭 반할까?

거의 틀림없이 후자라는 생각이 드는지라 크리스티나의 미모는 역시 무시무시하다 싶었다.

아름다움을 표현할 때 굳이 『무시무시하다』라는 말을 써야 하는 것은 전세를 포함하여 나의 삶을 다 돌아봐도 매우 희귀한 사례였다.

크리스티나와 닉스는 오로지 먹고 마시는 데만 전념하겠다는 자세였던 터라 우리는 더 이상 말을 건네지 않고 가만히 놓아뒀다.

그 대신 주위의 먼발치에서 이쪽을 지켜보고 있던 아라크네를 비롯한 엔테의 숲 여성들이 쇄도한다.

"크리스티나 님, 크리스티나 님. 여기요, 이것도 드셔보세요. 큰분홍 꿀벌의 꿀을 넣어서 반죽한 빵이랍니다. 아니면 여기 감자와 푸른 하늘 콩으로 만든 빵을 드셔보실까요?"

"아니, 저런 거 말고 이것부터 먹어주게나. 철퇴 멧돼지 고기에 업화 후추를 듬뿍 뿌려서 구웠다네. 자, 육즙이 이렇게 잔뜩 흘러나오잖나. 맛있겠지?"

"아녜요, 이게 언니의 혀에 더 맞으실 거예요. 한번 달콤한 과자도 드셔보세요. 사파이어 사과를 넣은 타르트예요!"

주위의 떠들썩한 소리를 되레 뒤덮는 수다와 함께 다종다양한 종족의 주민들이 크리스티나를 둘러싸며 아마도 자신들이 직접 요리했을 음식을 차례차례 내밀어준다.

변함없이 성별이나 종족을 가리지 않고 인기가 있는 사람이다. 크리스티나는 주위의 갖은 압력을 전혀 느끼지 않는 모습으로 끊임없이 내밀어주는 요리를 모조리 먹어 치웠다.

슬슬 크리스티나의 체중 절반에 해당하는 분량을 먹고 마신 게 아닌가 생각되지만, 아직껏 배가 부풀어 오를 낌새는 없다.

위장에 넣은 순간에 곧 완전 소화되어 영양분으로 바뀌는 것일까.

옆에서 보고 있는 마을 주민들 모두와 엔테의 숲 주민들은 크리스티나의 먹성에 놀라 입을 쩍 벌리고 있었다. 그 심정은 아주 잘 이해된다.

세리나와 디아드라도 기막혀하며 크리스티나의 음식 평정을 지켜보고 있었다. 그중에 드라미나만이 온화한 미소를 입가에 띠고 있었다.

드라미나가 손에 든 것은 엔테의 숲에서 생산된 붉은 와인에 내 피를 소량 섞은 음료이다. 왼손에 와인병을 들고 오른손의 유리잔에 자작으로 따라서 이따금 홀짝홀짝 마시고 있다.

내 시선을 알아차린 드라미나가 미소를 그대로 지은 채 살짝이나마 들뜬 음성으로 이유를 가르쳐줬다.

"아네요. 크리스티나의 식사가 우스워서는 아니랍니다. 다만, 이번에는 지켜 냈다고……. 이 광경을 보고 생각했을 뿐이에요. 과거에 저는 자기 나라의 백성들을 지켜주지 못했지만, 이번에는 지켜 냈잖아요. 온 마을에 퍼진 음식의 냄새도, 여러 악기의 연주도, 사람들의 떠들썩한 목소리도. 지켜 냈기에 비로소 지금이 있는 거예요. 그렇게 생각하면 자꾸자꾸 기뻐져서, 그리고 가슴속이 조금은 가벼워진 것 같네요. 이번 전투는 물론 베른 마을의 주민분들을 지키기 위한 싸움이었지만요. 저에게 위안이 되는 부분도 있었나 봐요."

괴로운 기억이 있는 드라미나에게 이번 전투는 적잖은 위안이 되어주었는가.

디아드라는 아직 드라미나의 신분이나 과거를 자세히 알지 못했지만, 그럼에도 어딘가 비애를 띤 음성이며 분위기로 짐작했는지 더 캐묻는 말은 꺼내지 않았다.

"아무튼 크리스티나와 닉스는 당분간 바쁠 테니까 저대로 놓아두도록 하지. 눈에 띄니까 찾으려고 하면 금방 찾을 수 있고 말이야."

금방 찾을 수 있을 만큼 눈에 띈다는 의미에서는 라미아 세리나도, 흑장미 정령 디아드라도, 크리스티나와 동등한 미모를 자랑하는 드라미나도 확 눈에 띈다. 그리고 이런 여성들과 같이 다니는 나도 마찬가지군.

크리스티나가 나를 찾을 때에도 금방 발견할 수 있을 것이다. 서로 간에 찾아다니기가 편리한 조합이다.

그때부터 잠시 취하면 물리적으로 뒤얽히는 세리나의 주량을 신경 쓰면서 모두의 환성과 노랫소리가 들리는 한복판을 지나 나아가다가 마을 사람들의 눈에 안 띄는 광장 변두리에서 무장을 해제한 크로노메이즈를 발견했다. 그곳에서 크로노메이즈는 불안감 묻은 시선을 내게 보낸다.

많은 신들이 이미 귀환했는데 마을에 남은 이 여신은 아직껏 내게 부채감을 느끼고 있는지라 마주 대하려니 가엾다는 생각이 들었다.

강림 당시와 비교하면 바닥에 머리를 조아리지는 않는 만큼 나를 대하는 크로노메이즈의 딱딱한 태도가 그나마 나아지기는 했다.

그런 크로노메이즈가 공손하게 말을 건넨다.

"드래곤 님, 오셨습니까."

"크로노메이즈, 아직 자신의 영역에 돌아가지 않았던 건가? 아니, 이유는 알고 있다만."

"제 실책의 일부나마 이번 전투를 통하여 속죄되었다면 다행이옵니다만……."

썩 위계가 높진 않을지언정 진짜 여신이 내게 머리를 수그리는 모습을 본 세리나와 드라미나, 디아드라는 뚫어져라 시선을 보내온다.

흐음, 크로노메이즈는 아무래도 자기 자신을 과하게 탓하는 것 같군.

"그래, 너는 충분히 넘치도록 잘 싸워주었다. 그러니 실책이든 죄든 그러한 말을 입에 담으며 비굴한 태도를 취할 필요는 없군. 너희 덕분에 마을의 모든 이웃들이 사망자 없이 무사했고, 또한 꽤 편하게 싸울 수 있었다. 오히려 감사해야겠지. 따라서 너에게만 특별히 감사의 증표로서 이것을 내어 주도록 하마. 다른 신들에게는 비밀로 부탁하지."

얼굴을 들어 올린 크로노메이즈의 바로 앞까지 가까이 다가가서 나는 아무것도 들고 있지 않은 오른손을 내밀었다.

공손하게 나의 오른손을 감싸듯 내밀어진 크로노메이즈의 양손을 향해 내 힘을 응축해서 결정화시킨 무지개색의 구슬을 만들어 냈다.

크로노메이즈는 자기 양손에 생겨나는 무게와 그것에서 느껴지는 힘에 놀라움을 감추지 않고 나를 바라본다.

이렇게 실물로 뜻을 표현해주면 크로노메이즈의 마음에서도 부채감이 사라질 것이라 생각하고 싶다만, 글쎄.

"드래곤 님? 이, 이것은, 당신의 고귀한 힘이 담긴……."

"내 힘을 추출해서 굳힌 물건이다. 모종의 사정이 있어 힘이 쇠약해지거나 깊은 상처를 입었을 때 그 구슬이 힘이 되어주리라. 만약

여신마저도 좀먹는 병이 너에게 들이닥치는 때가 온다면 그 구슬이 병을 치유하리라. 혹은 굶주렸을 때, 혹은 갈증에 시달릴 때, 혹은 죽기 직전의 때, 그 구슬이 너를 구원하리라. 단 한 번은."

내가 발언한 효능을 가진 마도구, 또는 신기(神器)는 이미 넓은 세계의 어딘가에 몇몇 존재하고 있다.

그러나 신마저도 사멸을 면할 수 없는 위협에 임해서도 효능을 발휘하는 물건은 적어도 이 지상에는 존재하지 않는다. 분명 천계와 마계에도 썩 많지는 않을 것이다.

이러한 효과라면 악용은 불가능할뿐더러 크로노메이즈도 불순한 생각은 하지 못할 테지.

잠시 내가 만들어 낸 구슬에 시선을 빼앗기고 쳐다보던 크로노메이즈는 둑이 터진 것처럼 방울방울 눈물 흘리며 내게 깊숙이 머리를 조아렸다.

"황송합니다……. 정녕 황송하옵니다."

크로노메이즈의 목소리와 어깨가 크게 떨리고, 숙인 얼굴에서는 헤아릴 수 없는 눈물방울이 뚝뚝 바닥에 떨어져 간다.

이렇게까지 호들갑스러운 반응을 보인다는 게 다소 예상외였다만, 아무튼 목소리에 환희의 음색이 담겨 있으니만큼 이제 부채감은 다 해소되었다고 믿고 싶다.

"지상의 술과 음식도 제법 풍미가 있다. 잠시 즐기다가 가거라."

한동안 머리를 들 낌새가 없는 크로노메이즈를 가만 놓아둔 채 우리는 다시 마을의 떠들썩한 소리가 나는 방향으로 돌아갔다.

걷는 도중에 곧 세리나가 크로노메이즈를 돌아보며 이렇게 말했다.

"진짜 여신님이 감격한 나머지 눈물 흘리다뇨……. 정말 굉장한 장면을 목격해버렸어요. 역시나 드란 씨는 드란 씨였네요. 꿈에도 상상하지 못한 사건이 1년도 지나지 않았는데 자꾸자꾸 일어나버려요."

내 입장에서는 별반 놀라운 일이 아니지만, 듣고 보니까 지상에서 태어나 자란 세리나와 드라미나에게는 신들이 구름 위의 존재이니까 이러한 반응을 나타낼 수도 있겠다.

한편 드라미나도 웬일로 놀란 감정을 훤히 드러내고 있다. 나와 함께 다니면 이렇게 된다는 것을 절실하게 느끼고 있는지도 모르겠군.

반면에 두 사람과 달리 디아드라는 비교적 차분한 반응을 보여주다가 천연덕스러운 태도로 윤기 나는 입술을 움직인다.

"뭐, 드란이라면 이런 일도 일어날 수 있겠지. 위그드라실 님도 드란한테는 아버지에게 어리광 부리는 아이처럼 행동하시니까 신들 중 저런 태도를 취하는 누군가가 있어도 이상할 게 없어. 아마 앞으로도 비슷한 장면을 종종 목격할 것 같은데? 마이라르 신에 알데스 신, 게다가 사신의 대표 비슷한 카라비스 신까지 여기 나란히 나타났잖아. 각오해야 할 거야."

"그러게나 말예요. 이미 충분히 아는 줄 알았는데요. 진짜 신님이 눈앞에 강림하니까 역시 얘기가 달라지더라고요. 그래도 마이라르 님 같은 최고위의 신님과 직접 만나고 말도 나눌 수 있었으니까 앞으론 웬만하면 놀라지 않을 것 같아요."

세리나는 새삼 각오를 굳게 다지려는 듯이 음음, 고개를 끄덕거린다. 무척 순수한 반응이었기에 나와 디아드라는 웃음을 흘렸다.

그런 와중에 드라미나는 잠시 주위에 시선을 보내 둘러보았다. 누군가 찾는 사람이 있는 모습이다.

다만 목적한 대상을 발견하지 못했는지 내게 묻는다.

"그런데, 드란. 레니아 씨는 어디에 계실까요? 이런 상황이면 드란에게 꼭 붙어 다닐 것 같았는데 말이에요."

"아, 레니아 말인가. 그 아이는 지금 카라비스의 상대에 전념하고 있어."

"어머나! 사악한 신이시라고 말을 많이 들었는데 역시 본인의 자식이니까 무척 사랑스러운가 봐요."

드라미나의 머릿속에서는 사악한 신 카라비스가 사랑하는 딸 레니아를 귀여워해주는 구도가 그려지고 있는 것 같은데 현실은 다르다.

뭐, 딱히 환멸할 만한 일도 아니니 가르쳐줘도 문제는 없나.

"카라비스가 레니아를 사랑스럽게 여기는 것은 틀림없다만, 드라미나가 상상했을 장면하고는 정반대일 거야."

"정반대라고요? 그럼, 귀여워해주는 게 설마 『사악한 방식』의 귀여움인가요?"

드라미나는 머릿속에 그려지던 상상도가 처참한 장면으로 바뀌는 터라 안색이 온통 핼쑥해졌다. 또한 세리나도 덩달아 안 좋은 상상을 했는지 진심으로 걱정하는 표정을 짓고 나에게 거듭 질문한다.

"네엣?! 세상에, 레니아 씨는 괜찮은 거예요? 드란 씨."

나는 즉답하지 않고 잠시간 세 사람을 선도해서 마을 안을 걸었다.

그리고 인파와 떨어진 어느 장소에서 걸음을 멈춘 뒤 그곳에 펼쳐져 있는 광경을 가리켰다.

"흠, 나의 표현이 조금 안 좋았군. 그쪽의 정반대가 아니야. 저런 의미지."

내가 가리킨 곳에 펼쳐져 있는 광경. 그것은 장의자 위에 걸터앉은 레니아에게 라비, 즉 카라비스가 아양을 떨며 기대서 어리광을 부리고 있는 모습이었다.

레니아의 등 뒤에는 파우파우가 시립하며 요구가 있을 때 언제든 음식이나 음료를 건네주고자 대기하고 있다.

"어, 으음……. 그러니까, 레니아 씨가 오히려 카라비스 씨의 어리광을 받아준다는 뜻이었군요? 드란 씨."

다행히 잠깐이나마 떠올린 참상과는 다른 광경이었다만, 이렇게 달랐은 줄은 몰랐는지 힘이 쭉 빠진 세리나의 질문에 나는 묵직하게 고개를 끄덕여서 답했다.

"음, 맞는 말이야. 이제껏 카라비스에게는 편들어주는 사람이나 지켜주는 사람이 전혀 없었으니까. 자기편이 생기자마자 저런 꼴이군."

"으음."

카라비스도 레니아도 우리를 알아차리지 못한 분위기였기에 잠시간 둘의 모습을 관찰해보기로 했다.

파우파우는 그 박정한 레니아가 어떤 투정도 다 용인해주는 상대가 있음에 놀라 카라비스를 흥미진진하게 힐끔힐끔 쳐다본다.

뭐, 평소의 레니아를 잘 아는 사람이라면 당연한 반응일 테지.

아무튼 문제가 되는 카라비스가 무엇을 하고 있냐면, 레니아가 거절하는 기색을 내비치지 않으니 옳다구나 하며 끈적끈적 몸을 붙인 채 마음에 쏙 드는 인형에게 하듯이 뺨을 맞대서 비비고 있다.

귀 기울여서 두 사람의 대화를 들어보기로 했다. 저런 분위기면 이쪽에서 걱정할 만한 이야기는 아닐 테니까.

"있잖아, 있잖아, 레니아앙~."

듣는 사람의 등줄기에 오한이 치달릴 만큼 간드러지는 목소리로 떠드는 카라비스에게 레니아는 극히 진지한 표정으로 친절하고 정중하게 대답한다.

"네, 부르셨습니까. 라비 씨."

"내가 너무 힘내버린 탓에 말이야~ 드랑이 무서운 얼굴로 쳐다볼 때 진짜 열심히 가르쳐줘서 고마웠어~."

"아니요, 라비 씨를 위해서지요. 제게는 당연한 행동이었습니다."

"음홋후후후후후, 기뻐라아. 나한텐 이렇게 다정하게 말을 건네주는 사람이 여태 아무도 없었거든~. 요즘엔 드랑도 가아~끔 다정한 말을 해주지만, 레니아는 나한테 대가를 바라지 않는 다정함으로 대해주는걸. 나는, 라비는 기뻐~."

진심으로 기뻐하는 모습의 카라비스가 더욱 레니아에게 바짝 달라붙는다.

꾹꾹 뺨을 비비적대고, 머리카락에 코를 파묻어서 냄새를 맡거나 목덜미와 이마에 입술을 가져다 대서 조그만 새가 먹이를 쪼아 먹듯이 입맞춤하는 행동을 반복한다.

사신이라 부르기에는 따뜻한 애정 표현이지만, 카라비스의 진실된 신분을 알지 못하는 파우파우는 너무나 놀란 나머지 눈을 커다랗게 뜬 채 모든 행동을 다 받아주는 레니아에게 시선을 집중하고 있다.

파우파우가 아는 레니아라면 카라비스가 허물없는 말투로 다가

왔던 시점에서 이미 손이 나갔어도 놀라지 않았을 것이다.

정작 레니아는 혼의 어머니로 경모하는 상대가 이렇듯 어리광을 부려준다는 것이 부끄러운지 조금은 뺨을 붉게 물들인 채 당황하는 모습이었다.

흠, 싫어하지 않는다면 억지로 말릴 필요는 없겠군.

"레니아, 나 말야, 진짜 열심히 했어~. 칭찬, 칭찬해줘~."

"네. 라비 씨는 정말 열심히 도와주셨습니다. 그 춤도, 노랫소리도, 무척 훌륭했지요. 저 레니아, 진심으로 탄복하고 있습니다."

"에헤헤헤헤, 그치? 그치? 더 많이 칭찬해줘도 된단다?"

"라비 씨는 온 힘을 기울여 노력해주셨습니다. 온갖 제한이 있는 와중에 가능한 한 최선의 결과로 마을 주민들을 도와주셨지요. 저의 두 눈으로 확실하게 지켜보았습니다. 드란 씨도 라비 씨의 공적을 인정해주실 겁니다."

"에헷, 에헷, 에헤헤헤헤헤. 더 칭찬해줘어."

"네. 어떠한 모습을 취하셔도 라비 씨의 태양조차 불살라버릴 아름다움, 심연의 바다처럼 혼까지 끌어당기는 듯한 매력, 그 무엇도 모든 여신들 중 나란히 설 자가 없을 정도입니다. 저 또한 대단히 자랑스럽기에 동경을 금할 수 없군요. 수많은 요염한 모습을 가지고 계시면서도 어린아이처럼 무구한 분. 이러한 차이도 또한 라비 씨의 매력이며……."

"에헤, 에헤헤헤, 에헤헤헤헤, 쿠헤헤헤헤헤헤헤헷헷헷헷헤헤헤."

멈출 줄 모르는 레니아의 칭찬을 들으며 카라비스는 액체처럼 녹아 흘러내릴 기세로 안면의 근육이 완전 붕괴되어 있었다.

찬미의 말을 거듭하면서 점점 레니아의 얼굴이 다정하게 누그러지고, 이윽고 카라비스의 뺨과 머리카락을 사랑스럽다는 듯이 어루만지기 시작했다.

이래서는 오히려 레니아가 카라비스의 어머니가 된 듯한 구도다.

사악함의 티끌조차 느껴지지 않는 광경이었기에 나를 포함한 전원이 잠시간 말을 잃었다.

힘겹게 쥐어짠 것은 세리나의 이런 말이었다.

"음, 뭐, 사신이든 뭐든, 부모 자식 관계가 양호하니 좋은 일이네요. 그렇죠? 드란 씨."

"뭐, 동감이군. 레니아는 저래 봬도 효성이 지극한 아이이니까."

나는 더 이상 해줄 말이 없었다만, 무상의 다정함을 표현해주는 상대와 만난 카라비스가 앞으로 한층 더 자중하는 모습을 보여주면 좋겠다고 기대할 수밖에 없었다.

이대로 레니아에게 맡겨 두면 카라비스도 쓸데없이 사고를 치지는 않을 테니까 우리는 두 사람을 가만히 놓아둔 채 연회의 장소로 돌아갔다.

해가 저물어져도 연회는 끝나지 않았다. 술도 음식도 바닥나지 않게 마련해 가며 끊임없이 신나는 음악이 울려 퍼지고 있다.

우리는 광장의 중앙에서 이글이글 타오르고 있는 모닥불의 주위에 모여 저마다 의자나 바닥에 앉아 이 활기로 가득 찬 시간에 몸을 내맡겼다.

"기분이 좋은 분들뿐이군요, 드란."

푸근하게 미소 지으며 가까이 걸어온 자는 마이라르.

나는 가볍게 손을 들어 올리며 답한다.

"마이라, 아니, 이라인가. 그렇게 말해주니 이 마을의 일원으로서 기쁠 따름이군."

이제까지 편안하게 앉아 있었던 세리나와 디아드라 등 다른 일행들이 희미하게 긴장한 표정으로 저 대지모신을 맞이했다.

"저는 신경 쓰지 마시고……. 이런 말은 어차피 무리한 부탁이겠군요. 드란, 저는 내일 아침이면 떠나겠지만, 언제나 지켜보고 있으니까 뭔가 곤란한 일이 있으시면 말을 건네주세요. 그렇다 해도 이 지상에서 당신이 곤경을 겪을 문제가 있기는 할지 조금은 의문이지만요."

"나를 지나치게 과대평가하는 거야. 내 힘이 미치지 못하는 문제나 지혜가 부족해서 곤란한 문제는 얼마든지 있어. 자기 힘으로 가능한 만큼은 해결해보겠지만, 그래도 끝내 방법이 없을 때에는 글자 그대로 신께 의지하는 마음으로 부탁하도록 하지."

"후후, 그렇군요. 이미 당신은 이 지상의 존재로서 살아가려는 마음을 굳히셨어요. 좋은 변화라고 생각해요."

"이렇게 말해준다는 게 나도 고맙군. 그나저나, 쭉 신경 쓰였는데 너희는 어떻게 내가 있는 곳으로 직접 나타날 수 있었지?"

"아, 그건요, 당신의 혼과 고신룡의 힘이 발휘된 흔적을 표지 삼아서 내려왔던 거예요."

"나의 혼과 힘을?"

"네. 당신은 고신룡의 혼에 인간의 혼을 본뜬 껍질을 씌워 놓았지만, 최근에는 그 껍질을 깨뜨리고 고신룡의 힘을 발휘하는 기회가 늘었잖아요? 금방 껍질을 다시 씌워도 당신의 고신룡으로서 발휘하는 힘이 너무나 강한 까닭에 흔적도 강하게 남았던 거죠. 게다가 이전이라면 저와 카라비스 등 극히 소수만이 위치를 알고 있었지만, 최근에 당신은 지상을 경유하여 마계에 가서 휩쓸었던 전적도 있죠? 그때 남았던 힘의 잔재를 쫓아 셀레스테르와 마메르도 대강 위치를 짐작할 수 있지 않았을까요. 이곳에 올 때까지 아마 상당히 많은 숫자의 지상 세계를 찾아다녔겠지만요. 당신이 있는 지상 세계가 어디인지만 알면 고신룡의 힘이 남기는 흔적은 암흑 속 만월처럼 빛을 발하니 무척 간단하게 찾을 수 있답니다. 그곳을 목표로 내려오는 것은 특별히 어려운 일이 아니니까요."

"그런가. 원인은 나 자신이었던 셈이군. 난처한데……."

"후후, 앞으로도 당신을 만나기 위해 신이나 그 권속이 와서 인사를 할지도 모르겠네요."

"그렇군. 나 자신이 표지가 되는 입장이었을 줄이야. 다음부터는 조금 더 흔적 은폐에 힘을 실어야겠어."

이것도 역시 자업자득이려나 싶어서 나는 한껏 숨을 내쉬었다.

†

구마 씨족군 격퇴를 축하하기 위한 연회가 끝나고 다음 날 아침.

아직 태양은 하늘에 막 떠오르기 시작한 참이었지만, 마을 사람들은 모두 바깥에 나와 연회의 뒷정리에 매진하고 있다.

농민에게는 이미 일어나서 일을 시작할 시각이기도 하다.

그런 와중에 나는 세리나, 디아드라, 드라미나, 크리스티나, 레니아까지 평소와 같은 일행들과 마을의 남문으로 가고 있었다.

뒷정리는 전투용, 목욕탕 관리용을 포함하는 각종 골렘들에게 거들도록 시켜 두었다. 피로를 알지 못하는 골렘들이 거들면 많은 시간이 걸리지는 않을 것이다.

아무튼 우리가 왜 이곳까지 왔는지, 그 이유를 말하자면 베른 마을에 남아 있었던 신들— 알데스, 아미아스, 마이라르, 카라비스를 배웅하기 위해서이다.

크로노메이즈도 마을에 남아 있었지만, 내게 용서와 감사의 증표를 받음으로써 만족했는지 아침을 맞이하기 전에 천계로 돌아갔다.

어제 본 모습을 떠올리면 더 이상 마음앓이를 하진 않겠지.

이미 마을의 남문에는 평소처럼 문지기 두 명이 전투용 골렘과 함께 서서 우리에게 이따금 시선을 보내고 있다.

신들이 아닌 진짜 모험가들은 실컷 먹고 마신 덕분에 아직 퇴마의 방울 여관에서 여전히 깊이 잠들어 있었다. 그중에는 레니아의 본가인 블라스터블라스트 가문과 연관이 있는 모험가도 포함된다.

자, 우리에게 곧 배웅을 받아 떠나갈 신들은 카라비스를 제외하고 다들 후련한 표정이었다. 저 표정이 신들에게도 베른 마을에서 지낸 며칠간은 결실이 있는 나날이었음을 여실하게 대변해준다.

"참으로 기분 좋은 아침이군. 이게 전부 다 어젯밤 대련이 훌륭하고도 즐거웠기 때문이지. 떠올리기만 해도 가슴속이 끓어오르는군. 크리스티나, 그리고 드라미나여. 너희는 어떤 칭찬의 말을 거듭해도 모자랄 만큼 훌륭한 기술과 근성의 소유주구나. 어떻게든 꼭 발할라에 맞아들이고 싶은 마음이다. 물론 너희처럼 아름다우면 나의 에인헤랴르들마저 마음을 빼앗겨서 제대로 무예를 발휘하지 못할지도 모르겠다만. 음, 좋은 전사를 만났어. 너희와 만난 것만으로도 지상에 내려온 보람이 있었다."

알데스에게 최대급의 찬사를 들은 크리스티나도 드라미나도 진심으로 기뻐하며 미소를 짓는다.

무예를 칭찬받아서 기쁜 상대로서 알데스 이상의 존재는 아무도 없을 것이다.

이 분야에서는 나도 녀석에게 못 미친다.

알데스의 숨 막히는 끈덕짐에는 할 말이 없다만, 저 녀석이 사용하는 기술의 훌륭함만큼은 도저히 부정하지 못한다.

어젯밤 연회 자리에서 여흥으로 이루어진 알데스와의 대련은 크리스티나와 드라미나의 기량을 극적으로 향상시켰다.

그리고 또한 이렇듯 알데스가 두 사람을 대단히 마음에 들어 하는 결과를 불러오기까지 했다.

"으음, 이봐들. 크리스티나, 드라미나여. 너희의 사후를 나에게 맡겨보지 않겠나? 너희를 명계에 멀뚱멀뚱 보내주거나 혹은 다른 신들에게 맡기기에는 너무 아쉽군."

알데스는 어지간히도 두 사람에게 미련이 남았는지 음음, 침음하고 황금색 장발을 만지작거리며 열의를 듬뿍 담아서 설득에 나선다.

확실히 나의 눈으로 봐도 크리스티나와 드라미나는 탁월한 무예의 소유주이자 동시에 청렴한 혼을 보유한 보기 드문 전사이다.

알데스가 열을 올리는 것도 무리는 아니군.

"과분한 말씀이기는 합니다만 저는 아직 사후의 일을 고민할 만큼 늙지 않았습니다."

먼저 알데스에게 대답한 사람은 살짝 당황하며 미소를 띤 크리스티나였다.

알데스 교도였다면 너무나 큰 환희에 당장 졸도하거나 심장이 멎어버렸을 제안도 지금 이 순간의 삶을 마음껏 즐기고 있는 크리스티나에게는 별 효과가 없었나 보다.

또한 드라미나도 마찬가지였다.

"저도 크리스티나와 같은 심정입니다. 이제야 미래를 함께 걸어가고 싶은 상대를 발견한 처지이니까요. 그 말씀은 언젠가 찾아올 미래에 다시 고민해보고 싶습니다."

흠, 두 사람이 알데스의 제안을 기뻐하며 받아들이지 않아 다행이다— 솔직한 이야기로 나는 안도하고 있었다.

"으음, 으음, 그런가. 그렇겠군. 아직 너희는 두 사람 모두 충분히 젊지. 조금 과하게 앞서 나갔군. 그나저나 정말 아쉬워. 너도 같은 생각일 테지? 아미아스."

아미아스는 불쑥 크리스티나와 드라미나에게 권유를 하기 시작한 오빠를 적이 기막혀하는 모습이었다만, 두 사람에 대한 평가는 알데스와 같았는지 진지하게 고개를 끄덕거린다.

"오라버니는 많이 앞서 나갔습니다만, 이 두 사람을 영입하고 싶어지는 마음은 잘 이해됩니다. 발키리들에게 이 지상 세계를 유심히 지켜보도록 전달해 놓겠습니다. 당신들이라면 저희의 권속들도 환희와 함께 맞이해주겠지요. 물론 싫어하는 상대를 억지로 데려가는 만행은 하지 않으니 안심하시길."

지상 세계가 넓다 하여도 전신 남매에게 이렇게까지 높은 평가를 받을 전사는 좀처럼 없을 것이다.

만약에 크리스티나와 드라미나가 하늘의 부름을 받는 때가 온다면 발할라에 맞아들이고자 하는 발키리들이 우르르 몰려들 것이 틀림없다.

크리스티나와 드라미나가 하늘의 부름을 받는 때…….

이대로 살아가면 나는 길게 잡아야 4, 50년 뒤에 천수를 맞이하리라. 그때가 왔을 때 일단 틀림없이 세리나와 드라미나, 그리고 디아드라는 이곳에 여전히 남아 있겠지.

이 여인들의 삶을 바꾸어 놓았다는 자각이 있는 나로서는 그것이 너무나 많이 무책임하다는 느낌을 받는다.

내가 무엇을 생각하는지 유일하게 알아차린 듯 마이라르가 온화하게 미소를 지은 채 말을 건넸다.

"후후, 알데스의 막무가내 기질은 여전하군요. 드란, 당신의 문제도 포함해서 『언젠가 도래하게 될 미래』에서 어떠한 선택을 하실지 지켜보겠습니다."

그러고 보니 마이라르는 나를 혼의 이름인 드래곤이 아닌 오로지 드란이라는 인간의 이름으로만 불러주고 있었다.

나로서는 드란이라는 이름에 더욱 애착이 있기 때문에 이렇게 불러주는 게 기쁠 따름이다.

"흠, 역시 알아보는군. 『이것』의 문제를."

내가 툭툭 심장을 오른쪽 집게손가락으로 두드리자 마이라르는 이제껏 온화했던 미소를 지운 뒤 진지한 표정으로 고개를 끄덕거렸다.

내가 가리킨 것은 전세에서 죽던 때 누군가가 걸어 놓은 전생의 저주다.

내 고신룡의 혼을 지표로 강림할 수 있었던 신들이라면 내 혼의 최심부까지 파고들어서 동화된 저주를 깨닫기도 했을 것이다.

"좋든 싫든 눈에 들어오죠. 당신 자신은 아직 조바심을 느끼지 않는 모습이니만큼 무언가 방책은 있다고 생각하는 게 맞겠지요? 드란."

"요르문간드에게 진단을 받는 중이야. 가능한 한 신중하게 진행해야 할 테니 시간을 들이고는 있지만, 그리 머지않아서 나와 똑같은 의견을 제시해줄 거야."

"해결법이 이미 적어도 하나는 당신의 마음속에 있군요."

"현실적이지 않은 방법이야 그 밖에도 몇몇 더 있지만, 당장 아무에게도 폐를 끼치지 않고 저주를 해결하고 싶다면 이것 하나뿐이더군. 뭐, 카라비스를 비롯해서 사신 녀석들은 이 방법을 목격하지 않는 게 좋을 테지만."

나의 말투에서 해주 방법을 대강 짐작했는지 마이라르는 이해했다는 표정을 짓는다. 『그것』을 본 자는 나 자신을 포함해서 이제까지 아무도 존재하지 않지만, 가능성만 두고 보자면 생각을 떠올렸을 인물이 다수 있었으리라.

"그랬군요. 가능성은 있다고 생각했었습니다만, 실제 가능하다는 말을 들으니 놀라움을 금할 수 없네요. 확실히 당신과 적대 관계에 있는 자들에게는 악몽, 아니요, 악몽조차 뛰어넘는 사실이겠지요.

그나저나 『그것』을 실행해도 당신들에게는 문제가 없는 건가요?"

"실행한 전례가 없어 뭐라고도 말을 못 하겠다만, 만에 하나 문제가 있을 경우를 감안하면 막상 실행하는 것은 정말로 아슬아슬할 때까지 기다린 이후가 될 테지. 결과적으로 효과가 없다면 그때야말로 너희의 힘과 지혜를 요청하게 될 듯싶다."

"예. 벗의, 당신의 부탁이라면 전력을 다하겠습니다. 게다가 당신을 위한 일이라면 카라비스마저도 기뻐하며 힘을 빌려줄 것이 틀림없지요. 다만 저 모습을 보려니까 자꾸 못 미덥다는 생각이 드는 데다가 오랜 숙적으로서 조금 복잡한 심정까지 느껴집니다만……."

마이라르가 본인이 한 말처럼 복잡한 감정이 마구 뒤섞인 시선을 보내는 곳에는 배웅 나온 레니아에게 끈적끈적 달라붙어서 작별을 아쉬워하는 카라비스가 있었다.

단지 작별을 아쉬워하는 모습이면 마이라르도 천적의 예상 밖 일면에 눈이 동그래지는 정도로 넘어갔을 터이나 그렇게 놔두지 않는 녀석이 카라비스이다.

"레니~아양, 모르느 사람 다라가면, 안 대, 훌쩍, 으읏, 아, 안 댄다? 드라, 드랑의 — 아버지 말, 잘 드러주고, 우에엥."

아아, 이국의 무희라는 위장 신분을 꾸며 행세하던 카라비스가 방울방울 눈물과 콧물을 잔뜩 흘리고 사랑하는 딸에게 가끔 딸꾹질까지 하며 말을 늘어놓고 있다.

카라비스의 발밑에는 물웅덩이를 만들 만큼 눈물과 콧물이 잔뜩 떨어졌지만, 레니아는 전혀 개의치 않고 혼의 어머니인 카라비스의 말에 귀를 기울이고 있다.

"네, 당부해주신 말씀, 절대로 잊지 않겠습니다."

레니아의 표정은 몹시 진지했지만, 입가에는 희미하게 미소가 떠올라 있고 분위기도 어쩐지 기뻐 보였다.

세리나 또한 알아볼 수 있었는지 목소리를 낮춰서 내게 확인한다.

"드란 씨, 혹시 레니아 씨가 기뻐하는 거예요? 저런데도?"

눈물과 콧물을 잔뜩 흘리는 상대가 바짝 달라붙는데도 기뻐하는 레니아의 마음이 뭔가 잘 이해되지 않는가 보다.

"관점을 바꾼다면 어머니가 딸을 걱정해주는 장면이지. 아직은 솔직하게 『어머님』이라고 부르기에는 저항감이 느껴지는 것 같은데 이런 상황도 레니아는 못 견디게 기쁜 거야."

"아, 그렇군요. 대…… 사신(?) 카라비스 신도 레니아 씨에게는 소중한 어머니라는 뜻이군요……."

"그래. 그러니까 조금 지저분해도, 대단히 유감스러운 녀석이어도 레니아의 눈에는 카라비스가 자신을 낳아준 어머니로만 보이는 거지."

납득한 모습의 세리나와 나는 다시금 레니아와 카라비스의 마음 흐뭇해지는― 이렇게 표현하지 못할 이유도 없는 광경에 시선을 되돌렸다.

"밖에 나갔따가 오면, 꼭꼭 손 씻고, 양치질됴 하고오. 감기 걸리니까 말야. 그리고, 땅에 떨어진 거 주워 머그면 안 댄다? 보기에도 안 좋구, 배가 아플 테니까. 우에엥, 흐엥, 햐아아아앙."

카라비스가 레니아에게 전하고자 하는 교훈은 딱히 잘못된 말은 아니다만, 레니아쯤 되는 나이의 소녀에게 굳이 들려줄 내용은 아니었다.

그만큼 카라비스는 레니아가 걱정돼서 못 견디겠다는 말인가. 꽤나 간단히 공략당해버렸군, 카라비스 녀석.

"카라비스님, 너무 걱정하시 마세요. 저는 화장실에도 혼자 못 가는 어린아이가 아닙니다. 물론 당부는 가슴에 새기고 결코 잊지 않겠습니다만, 이제껏 보시다시피 몸성히 살아왔습니다. 카라비스 님이야말로 아무쪼록 스스로를 아껴주십시오. 당신께서는 마계에 이름을 떨친 위대한 사신이라지만, 딸로서는 언제나 걱정됩니다."

"레, 레, 레니, 레니아앙! 으아아아아아앙, 히에에에에엥, 우에에에에에에엥! 이, 이렇게, 다정한 말, 해주— 해주면, 나느은, 우와아아아아아아아아아앙. 으으, 우엥."

과하게 울고불고하다가 결국 헛구역질까지 하는 카라비스의 등을 레니아는 끝없는 정감을 담은 얼굴로 쓰다듬어주기 시작한다.

가만히 지켜보던 세리나는 눈살을 찌푸리고 진지한 표정으로 내게 다시금 질문했다.

"드란 씨, 한 번 더 여쭙겠는데요. 저 여성이 파괴와 망각을 관장하는 여신이고 대사신 카라비스가 맞는 거죠?"

도저히 안 묻고는 못 배길 광경을 목격한 이상 대답을 요구하는 것은 당연한 반응이다.

"흠, 맞아. 위대하고 사악한 신, 대사신 카라비스가 틀림없어."

단언하는 나와 다르게 세리나는 역시 납득이 안 된다는 모습으로 자꾸자꾸 고개를 갸웃거리고 있다.

세리나뿐 아니라 크리스티나와 드라미나, 디아드라, 심지어 아미아스와 마이라르까지도 차이는 있을지언정 비슷한 반응이었다.

"대사신, 대사신이란 말씀이죠. 대사신은 도대체……."

세리나의 눈에는 레니아가 손수건을 꺼내 눈물을 닦아주는 대로 가만히 손길을 받아주고 있는 카라비스가 보인다.

어머니와 딸이라면 보통 반대일 터이나 카라비스와 레니아라면 저런 광경이 오히려 자연스러운가.

"자, 카라비스 님. 코를 풀도록 하죠. 예쁜 코에서 콧물이 많이 흘러나왔어요. 흐응~."

"흐읏~."

패앵~ 별로 듣고 싶지는 않은 소리가 성대하게 울려 퍼진다. 저 콧물에서 카라비스의 분신이 만들어지지는 않겠지?

우리는 다시 한 번 카라비스에 대한 평가를 하향 조정했다.

특히 카라비스와 오랜 세월에 걸쳐 불구대천의 원수로 대립해왔던 마이라르는 이제 와서는 좀 새삼스러우나 천적의 『처참한 모습』을 보고 복잡하기 짝이 없는 표정을 짓고 있다.

레니아에 대한 태도는 예상외였지만, 나는 카라비스가 본래 이러한 여성이었다는 인식이 있었던 터라 세리나만큼 정신적 충격과 당혹감은 느끼지 않았다.

그러고 보니 얼마 전 용계에 한번 돌아갔을 때부터 카라비스에게 묻고자 한 이야기가 있었던가.

지금까지 줄곧 잊어버렸던 문제를 떠올리며 코를 다 푼 카라비스에게 말을 건넸다.

"모녀의 오붓한 시간에 미안하다만, 카라비스, 한 가지 묻고 싶은 것이 있다만 괜찮겠나?"

울어서 눈이 부었고 코 아래도 발갛게 물들인 카라비스가 눈물을 글썽거리며 대답한다.

"뭔데? 드랑."

"아주 재미있는 얼굴이 됐군. 그건 그렇다 치고……. 아니, 별 대단한 질문은 아니다."

카라비스는 훌쩍 코를 들이마시고 살짝 자세를 바로한 뒤 나의 다음 발언을 기다린다.

내가 이야기할 내용에 호기심이 자극되었는지 세리나와 마이라르 등 다른 인물들도 이쪽을 살펴보고 있었다.

이들에게 들려줘도 곤란한 이야기는 아니니만큼 다른 사람들의 귀는 넘어가도록 하자.

"드랑한텐 안 대단해도 나한텐 엄청 대단한 일이라는 전례가 되게 많았잖아. 조금은 경계하고 싶어."

눈물과 콧물투성이에 울먹이는 목소리 상태에서 평소 모습으로 다시 돌아온 카라비스가 어깨를 으쓱거리며 말하자 나 이외의 모두도 말없이 고개를 끄덕였다.

차마 반론의 말이 안 나온다만, 그것이 나라는 존재임을 이곳에 있는 모두가 이해하는 까닭일 테지.

"무얼, 드래곤으로서 내가 죽었을 때 마계에서는 어떤 움직임이 있었는지를 묻고 싶을 뿐이다. 이제 와서 왜 궁금해하는가 나도 생각한다만, 너에게 대강 사정을 물어보고 오라며 바하무트에게도 당부를 들어서 말이다."

"으음~ 뭐, 숨겨 봤자 소용없고, 드랑이 직접 물어봤으니까 딱히 떠들어도 상관없겠네."

귀를 쫑긋 세우고 있는 세리나와 마이라르의 기척이 살짝 들썩인다. 아무도 알지 못했던 드란의 전세 때 죽음에 대한 이야기가 나온다면 들썩일 만도 하겠다.

"드랑이 죽었을 때 나는 마계에 있었는데 말야, 그 전부터 드랑을 어떻게든 해치우자는 분위기는 되게 강했거든? 애당초 원인은 드랑이 너무 강해서야. 드랑은 힘을 억제한 상태에서 지상으로 이주했었지만, 신마 상대로는 본래의 힘을 발휘했으니까 결국 아무도 못 당했잖아? 그래서 말야, 드랑이 마이라르 쪽 신들을 편들지, 자각이 있었는지 없었는지 지상의 생물들을 지켜주지, 우리들 나쁜 신님들 사이에서는 진짜 정말이지 이보다 더한 눈엣가시가 없었던 거야. 그러니까 결국 우리들 사이에서도 누구보다도 먼저 드랑을 배제해야 한다는 결정이 났어."

카라비스는 이따금 눈을 감고 당시를 회상하며 말을 이어 나갔다. 협조성 따위 탄생 당초부터 결여되어 있었을 카라비스가 다른 사신과 손을 잡았다면 전세의 내가 어느 정도로 적대시되었는지를 알 수 있겠다. 나 스스로도 뭐라 할 말이 없군.

"그런데 단순히 힘만 결속해 봤자 드랑한텐 이길 자신이 없으니까 계략을 쓰자는 말이 나왔지. 이것저것 궁리해봐도 결국은 좋은 방법이 안 나오더라고. 그만큼 드랑은 유독 특출하게 강했고, 혹시나 다른 용계의 존재들이 관여할까 봐 조심해야 하니까 섣부른 수법은 쓸 수 없었어. 시간만 자꾸 흘러가던 중에 우리는 생각도 못한 부분에서 드랑을 쓰러뜨릴 수 있는 행운을 만나게 됐어. 다른 누구도 아닌 드랑 자신의 손에 의해서 말야."

무슨 말인가? 일순간 의문을 떠올렸다가 카라비스가 말하고자
하는 내용에 곧 생각이 미쳐서 나는 쓴웃음을 금할 수 없었다.

사신들이 행동으로 옮기게 된 계기를 불러온 자는, 그렇다, 확실
히 나 자신이 맞았다.

"내가, 삶에 지쳐버렸기, 때문이군?"

"맞아. 다른 고신룡이나 용신, 신룡들은 전혀 비슷한 낌새가 없었
는데도 무슨 이유인지 드랑만은 삶에서 의의를 찾아내지 못하게 됐
었잖아. 그렇게 무기력해진 드랑을 보면 좋든 싫은 기회라는 생각이
들지. 그치만 뭔가 계기가 있어서 또 기력을 되찾지 않는다는 장담
은 못 하니까 결론 내리기를 꽤 서둘렀어. 그래서 주목한 게 『드랑
은 인간한테 약하다』라는 부분이야. 몇 번을 배반당해서 실망했는
데도 결국 인간에게 관대하고, 그 녀석들을 미워하지 못하는 성격.
그걸 파고들자고."

흠, 과연, 확실히 카라비스의 말은 정곡을 찌르는군. 사신들이 내
마음의 약한 부분에 주목한 것은 당연하다.

"그런 이유로, 인간들의 왕과 지도자들을 조종해서 용사들이 나
를 치도록 명령한 건가?"

"맞아, 역시 알았구나. 니드호그를 퇴치하는 과정에서 드랑이 용
사 제군들과 사이가 좋아지고, 조금 기운을 차리는 바람에 꽤나 마
음이 급해졌던 탓도 있었지만. 아…… 말해 두겠는데 난 드랑을 죽
이자는 계략에 관여 안 했다?"

막힘없이 말하던 카라비스는 잠깐 정신을 차리며 선을 그었다.

"—그래서, 권력자 녀석들을 홀리는 게 엄청 큰일이었는데 어떻게든 되긴 되더라고. 그때는 천계나 마계에 들키기 전에 얼마나 빨리 일을 해치우냐가 관건이었나 봐. 결과적으로 그날 밤 드랑의 처소로 용사 일행이 찾아갔던 거야. 드랑한테 약체화 쪽 수법이 아니라 기력을 잃게 만드는 종류의 저주를 걸려고 사신 녀석들이 꽤 분투했지. 효과는 미묘했던 것 같지만."

"흠. 솔직하게 말하지. 셈트가 휘두른 드래곤 슬레이어에 심장을 꿰뚫린 이후 육체가 죽을 때까지는 명확한 기억이 있다. 다만 혼이 육체를 벗어나 다시 인간의 아이가 될 때까지 그사이의 기억이 내게는 없군. 카라비스여, 사신들이 시도한 것은 용사 일행이 나를 죽이게 만들고, 또한 이 전생의 저주를 나에게 걸어 둔 것이 틀림없는 건가?"

카라비스는 드물게 잘 어울리지도 않는 자조의 웃음을 흘렸다.

"거기를 찔러 들어오는구나……. 드랑한테 걸려 있는 전생의 저주는 말야, 그 녀석들이 결탁해서 건 저주가 맞아. 드랑이 죽어서 다시 태어나면서 대폭 힘이 감소하고, 게다가 혼이 열화되는 저주인데 이때 줄어든 몫의 힘을 그 녀석들이 자기 힘으로 흡수하는 효과도 있었어. 드랑이 잃어버린 힘을 자기들끼리 똑같이 나눠서 자기 힘으로 만들자는 계획이었지. 비열하고 야비하다고 마음대로 웃어도 좋아."

"남을 바보 취급하며 웃고 싶지는 않군. 게다가 웃어줘야 할 상대가 이미 아무 데도 존재하지 않을 테니……. 아닌가?"

내가 확신을 갖고 말하자 카라비스는 놀라움을 표시했다.

"어라라, 드랑. 어떻게 아는 거야? 죽은 뒤 일은 기억이 안 난다면서?"

"무얼, 기억나든 안 나든 나라면 죽음을 맞이할 때 그 정도의 조치는 취하리라 생각했을 뿐이지. 아마…… 나는 무의식중에 죽음 직전 전생의 저주를 건 자들의 존재를 깨닫고 가만히 힘을 빼앗길 순 없노라며 사신들에게 타격을 시도했을 테지. 당연한 게 아닌가."

"하하, 하하하하! 와, 와아, 딱 정답이야. 드랑의 말이 맞아. 지금 떠올려도 웃음이 나와! 그 녀석들, 고신룡 드래곤의 힘을 얻기 위해서 형성한 통로를 드랑한테 반대로 이용당해서 막 전생을 앞둔 순간에 막대한 힘이 흘러들어 왔어! 그 힘을 다 흡수하긴 어림도 없고 오히려 기세에 싹 휩쓸렸지. 히히, 그때는 배를 부여잡고 웃었지 뭐야. 드랑의 힘을 감당하지 못하고 소멸해 가는 녀석들이 얼마나 꼴사나웠는데. 나는 우정을 소중히 한 덕분에 목숨을 건진 데다가 마음고생도 안 했어. 드랑이 죽은 건 섭섭했지만, 또 이렇게 만났으니까 결과가 좋음 다 좋은 거고."

"딱히 좋지는 않군. 그나저나 말이다, 내 힘을 이용하고자 한 녀석들을 그때 이미 해치웠다면 어째서 나는 지금도 이렇듯 전생의 저주를 받은 상태일까. 역시 저주의 종류에 따라 술사가 사망함으로써 더욱 강해진 까닭인가?"

악한 사념에서 발생한다는 저주의 특성상 설령 술사가 사망해도 지속되며 더욱 강력해지는 경우가 왕왕 존재한다. 그것은 지상의 생물이어도 대마계의 사신이어도 다를 바 없다.

확신을 담아 발언한 내 말을 카라비스는 곧바로 긍정했다.

"그런 거야. 계획이 뜻하지 않은 형태로 와해됐다지만, 어쨌든 허울이나마 대신급의 사신들이 힘을 모았는걸. 자기들도 사멸하기 직전에 온 힘과 원한을 담아서 드랑한테 건 전생과 열화의 저주를 강화했더라. 드랑이 아무리 대단해도 무수히 많은 사신의 진심에서 우러나온 원한과 앙심이 응축된 저주에는 완벽하게 저항할 수 없었던 거야. 혼이 윤회에 들어가는 가장 무방비한 순간을 노렸던 이유도 꽤 컸겠지만 말야. 드랑한테 지금 어머니의 배 속에 깃들 때까지 기억이 없는 이유는 그때 그 녀석들과 맞싸웠던 영향일 거야. 그 녀석들이 마지막의 마지막 순간에서 사신의 의지를 보여준 셈이려나? 이런 사정으로 드란은 전세 때랑은 아예 비교를 못 할 만큼 힘과 혼이 열화되고 말았습니다. 끝. 뭐, 지금은 잃은 힘을 보충하고도 남을 만큼 살아가겠다는 활력이 가득 차 있기도 하고, 그 녀석의 저주도 거의 절반은 무의미해진 게 아닐까?"

야유가 가득 담긴 카라비스의 말에 나는 탄식했다.

"결국 용사의 일행을 포함해서 당시 인간은 신들의 손에 놀아났던 셈인가⋯⋯. 참으로 가엾구나."

인간은 자기 의사로 자신을 다스리며 가능성을 싹 틔우고 미래를 움켜잡을 수 있다.

따라서 필요 이상으로 신들이 간섭해서는 안 된다.

그리고 인간도 역시 신들에게 너무 의존하면 바람직한 결과는⋯⋯. 나는 항상 이렇게 생각해왔다.

나 자신이 전세 때는 다소 지상의 생명들을 과보호하는 경향도 있었던 터라 신들의 행사를 마냥 나쁘게 말할 순 없다만⋯⋯.

결국 인간은 신의 손바닥에서 벗어나지 못하는 건가.

내 말에 카라비스가 호들갑스럽게 고개를 옆으로 흔들더니 어이 없다는 듯이 몸을 움직였다.

"내가 무언가 이상한 말이라도 했나?"

"했지! 왜 자신을 죽인 상대를 동정하는 거야? 드랑의 그런 마음 씀씀이는 진짜로 구제 불능이야. 빨리 안 고치면 드랑은 이번 인생에서도 또 누군가에게 배반당해 죽는 게 아닐까~?"

"가능성은 있군. 하지만 자기 마음을 속이면서까지 살아 무엇하겠나? 자신의 마음에 장막을 덮어 살아가는 처지를 정녕 삶이라 말할 수 있나? 나는, 그때 용사에게 죽어준 선택 자체는 후회하지 않는다. 자살의 조력을 시켜버렸다는 미안함은 느껴진다만."

다만 이것은 어디까지나 전세의 이야기다. 만약에 지금 똑같은 상황에 처한다면 나는 어떠한 수단을 동원해서라도 살아남고자 전력으로 저항할 작정이다.

"어휴~ 점점 더 드랑은 벽창호라는 게 이해되는걸. 못살아……. 이러면 내가 계속 신경을 써줘야 되잖아."

"네가 신경 써주면 어떤 재난이 쏟아질지 모른다. 다만 덕분에 용사 일행이 나를 공격하게 된 경위와 죽은 직후의 정황을 알았군. 일단은 고맙다는 말을 전하마, 카라비스여."

"아냐, 이 문제에 대해서는 고맙단 말 들어도 별로 안 기쁘거든. 아무튼 드랑이니까 보나 마나 저주를 풀 방법도 한둘은 생각해 놨지?"

"훗, 글쎄다. 요르문간드의 판단에 달린 문제군."

"아, 요르 군의 눈으로 드랑의 저주를 진단한댔지. 그럼 확증은 갖고 있구나."

"그런 셈이지. 표면적인 부분은 이미 진단이 끝났다만, 심부까지 살피려면 조금 자세하게 조사를 할 필요가 있다더군. 글쎄, 경우에 따라서는 또 무언가 힘을 빌리게 될 수 있을 터인데 그때는 잘 부탁하지."

"넹넹. 드랑의 부탁이라면 뭐든지 할겡."

"오, 카라비스, 드란이여. 할 말은 끝났다. 나는 이만 발할라도 돌아가겠다. 그쪽에서 다시 아미아스나 다른 녀석들에게 설교를 들어야 하니 마음이 무겁다만, 더 이상 시간을 지체할 수도 없는 처지라서 말이다."

알데스는 바꿀 방법이 없는 사실인 내 전세의 죽음에 대해서는 전혀 흥미를 표시하지 않고, 얼마 뒤 자신을 기다리고 있을 설교만을 생각하는 것 같았다.

그럼에도 대책 없이 밝은 미소를 짓고 있으니까 아미아스의 설교가 얼마나 효과를 발휘할지 굉장히 의문스럽기는 하다.

"알데스, 넌 진짜 말을 안 가려. 뭐, 괜찮아. 드랑이랑 레니앙이랑 잔뜩 이야기도 했고, 즐거운 시간을 보냈으니까. 드랑, 레니앙, 또 놀러 올 테니까 그때 실컷 놀자. 특히 레니앙, 곧 추워질 테니까 배 드러내고 자면 안 된다? 여자애의 몸으로 다시 태어났으니까, 따뜻한 차림으로……. 차, 차림으로, 자야, 자야 해~ 으아앙."

평소 분위기로 작별의 말을 꺼내던 카라비스가 결국 도중에 견디지 못하고 다시 눈물과 콧물을 흘리기 시작한다.

참으로 카라비스다우며 대사신이라는 신분에는 전혀 어울리지 않는 행동거지이다.

그런 카라비스를 목격하고도 레니아가 보내는 친애와 위로의 감정에는 그늘이 보이지 않는다. 어느 사이에 이렇게나 착한 아이로 잘 자라났을까.

이대로 레니아와 같이 지내는 동안에 저 대사신이 차츰 둥글어진다면 모두에게 행복일 텐데, 글쎄.

"드란, 과거에 전례가 없는 상태이니까요. 뭐라 말씀은 못 드리겠습니다만, 제 쪽에서 카라비스가 마계에 돌아가는지 분명하게 확인할 테니 일단은 안심하세요."

미리 마음을 써주며 마이라르가 내 귓가에 대고 속삭였다.

"마이라르, 너에게 자꾸 고생을 시키는구나."

"카라비스의 문제는 당신이 있어주시기만 해도 상당히 도움을 받는 셈이니까요. 그 은혜를 갚은 거예요. 저야 차라리 저 여자를 멸하고 싶은 마음이지만, 그게 불가능한 이상은 피해를 최소한으로 억제하는 방법을 선택할 수밖에 없고요. 그러자면 당신의 협력이 꼭 필요하니까요."

"거참, 웬 귀찮은 여신이 세상에 다 있군그래."

내가 카라비스를 바라보며 투덜댄 말에 마이라르는 진심으로 동의하며 납덩이같은 한숨을 한 차례 내쉰다.

"네, 정말 동감이에요. ……이런, 자꾸 이야기가 또 길어져버리네요. 그럼 알데스, 아미아스, 슬슬 물러가도록 할까요."

"음, 그렇게 하지. 드란이여, 또 머지않아 실력을 겨뤄보자고. ― 아차, 아미아스여, 무서운 표정은 거두거라. 다음에는 제대로 시간을 만든 다음에 내려올 테니."

"오라버니, 직접 한 말씀이니 어기지 않고 꼭 지켜주시길 바랍니다. 그러면 드래곤 님, 세리나, 디아드라, 드라미나, 크리스티나, 레니아, 언젠가 또 살아 있는 동안에 만날 기회가 있겠습니다만, 그때까지 모쪼록 건강하시길."

알데스와 마이라르를 선두로 클라우제 마을 방면의 길을 걷기 시작하자 카라비스도 자꾸자꾸 이쪽을 돌아보면서 뒤를 따른다.

이 자리에서는 내가 있는 까닭에 싸움으로 발전하지는 않았지만, 지상에서 떨어지는 순간 싸움이 발발해도 이상할 게 없는 인물들이다.

다만 그것은 저들의 문제이니 내가 참견을 할 필요는 없다.

어차피 싸움이 벌어지기 전에 카라비스는 총총 도망갈 테고.

구마 씨족과의 전투에서는 큰 도움을 받았다만, 조금 과하게 떠들썩한 지인이 같은 곳에 모이니 몹치 피곤하다.

"다음에는 따로따로 와주면 고마울 텐데, 어찌 되려나."

그저 농담 삼아서 중얼거린 말이었지만, 돌아오는 것은 진심으로 불안해하는 모두의 표정이었다.

"드란 씨……."

그런가, 다들 내가 드래곤이라는 사실은 알았어도 전생의 저주에 걸렸다는 것까지는 알지 못했던가.

세리나는 입을 살짝 벌린 채 뭐라고 말을 건네야 하나 모르겠다는 모습이었다만, 대신에 디아드라가 윤기 나는 입술을 움직였다.

"있잖아, 드란. 아까 전생의 저주 얘기를 하던데 진짜인 거야? 네가 전세보다 약해졌다는 말은 들었지만, 그게 단순히 다시 태어난 영향이라고만 생각했거든. 그런데 사신들이 저주를 걸어서였다니…….

정말이지 너랑 관련된 일은 전부 다 규모가 터무니없이 거대해지는구나."

"그렇다고밖에 대답할 말이 없군. 전생의 저주는 지금 이렇게 살아가는 데는 아무런 문제도 없어. 게다가 나 이외의 누군가에게 해를 끼치는 부류도 아니라는 것은 이미 확인을 마쳤지. 내게 특화된 저주이니 말이야."

다들 걱정하는 이유가 이 저주가 자신에게도 영향을 끼치는가 여부는 아님을 나도 잘 알았지만, 먼저 명확하게 전달해야 할 테지.

디아드라는 이 저주가 자신들로선 해제할 수 없는 종류임을 마지못해 납득한 뒤 씁쓸하게 한숨 쉬는— 그런 표정을 짓고 있었다.

그것은 디아드라뿐 아니라 세리나도 드라미나도 크리스티나도 마찬가지였다.

난처하군. 이렇게까지 심각하게 받아들일 줄이야.

"그래도 드란 씨가 인간으로서 죽는다면, 그럼, 또 비틀린 전생을 당해버린다는 말씀인 거죠?"

언젠가 반드시 찾아올 인간으로서의 죽음을 상기하며 세리나가 떨리는 목소리로 묻는다.

"이대로 저주를 풀지 못하고 죽어버렸을 때의 이야기야. 걱정하지마. 마이라르와도 나눈 이야기처럼 일단 괜찮은 방법이 하나 있어. 그게 안 되더라도 옛날 지인들에게 머리 숙여서 요청하면 해결 방법이 열이든 스물이든 나올 거야. 나의 용 형제들도 조력을 약속해줬고. 숨 쉬는 것과 다르지 않게 손쉽게 몇 번이든 세계를 재창조할 수 있는 녀석들이지. 아주 든든하게도 말이야. 나 역시 천수를 맞이하는 것 이외의 죽음을 용납할 뜻은 없을뿐더러 그렇게 생각하면 아직 40년이나 50년 정도의 시간을 들여서 충분히 방책을 마련할 수 있어. 그러니까 너무 불안한 표정을 짓지 말아줘. 나는 세리나의 웃는 얼굴을 더 좋아하니까."

나는 가능한 한 밝은 어투로 말을 건네며 나의 혼에 걸린 저주가 별 심각한 문제가 아니라는 것을 설명했다.

이렇듯 어둡게 가라앉을 뻔한 분위기를 타파한 것은 의외로 카라비스의 뒷모습을 쭉 배웅해주던 레니아였다.

만면의 미소를 띠고 혼의 어머니에게 작별을 고한 신조마수 소녀는 오만불손이라는 개념이 인간의 모습을 빌린 듯한 태도로 팔짱을 끼더니 살짝 불안한 마음을 표시하는 다른 사람들에게 코웃음을 날린다.

"흥, 세리나, 드라미나, 디아드라. 너희는 아버님의 아내가 되길 바라는 기특한 여자들이라 생각했었다만, 잘못된 판단이었다고 나를 낙담게 할 작정인가? 이미 사멸한 사신 녀석들이 건 저주라? 그따위 것이 언제까지 아버님을 속박할 수 있겠느냐. 너희는 이분께서 누구인지를 알고 있다. 천상천하 무적에 만약 작정하면 삼천 대천세계의 모든 정점에 군림하는 것도 손쉬운 고신룡, 드래곤 님이시다. 그런 아버님과 형제분들, 나의 어머니 카라비스 님까지도 힘을 더하신다면 이 세상에서 이루지 못할 목표 따위야 무엇 하나 없다. 아버님의 혼을 속박하는 가증스러운 저주쯤이야 조만간 해주될 것이 이미 약속되어 있단 말이다. 단지 아버님의 마음에 달린 문제에 불과하지."

세리나를 포함하여 다들 일순간 멍해졌지만, 아무 흔들림 없는 레니아의 말은 대단히 설득력이 있었는지 모두의 표정에서 불안의 빛이 사라져 간다.

흠, 설마 레니아 덕에 모두들 불안을 떨쳐 낼 줄이야.

"그렇게까지 믿어주면 마땅히 기대에 부응하고 싶어지는 법이지. 그러고 보니 레니아, 카라비스를 대하는 방식이 꽤 많이 변했더구나?"

전생의 저주에서 화제를 바꾸려는 의미도 담아 내가 물어보자 레니아는 무척 자랑스러워하며 웃었다.

"아버님, 저는 깨달았습니다. 카라비스 님께는 제가 꼭 필요하다는 것을."

레니아여, 그 말은 못 써먹을 남자에게 걸려든 여성의 심리가 아닌가. 저절로 생각은 들었을지언정 눈부시게 빛나고 있는 레니아의 얼굴을 바라보려니까 차마 입 밖에 꺼낼 수 없었다.

제6장 여름의 끝

다행히도 고블린 구마 씨족의 습격을 마지막으로 평온한 나날이 돌아왔고 나는 나머지 여름휴가에서 2학기를 대비하며 영기를 충분히 북돋을 수 있었다.

마이라르와 알데스 등 신들이 각자의 영역으로 돌아간 뒤 나는 베른 마을을 에워쌌던 강철의 방벽을 철거하는 작업에 착수했다.

고블린들의 습격에 대비하여 긴급 조치로 쌓은 장벽이지만, 녀석들의 위협을 물리친 지금 와서는 너무 삼엄한 데다가 괜히 남겨 뒀봤자 가로아 총독부의 불필요한 억측을 불러일으킬 것이다.

방벽을 적당한 크기로 분할해서 훗날 이용하는 방법도 있겠지만, 어설프게 숨겨 놓았다가 나중에 발각되어도 역시 상황이 복잡해진다.

본래의 목제 방벽으로 돌려놓는 것이 대외적으로 보기에 가장 무난할 테지.

강철의 방벽과 비교하면 마을의 방어력은 크게 떨어지겠지만, 디아드라가 남기고 간 선물인 흑장미가 남아 있다.

이 가시덩굴은 적의를 품은 자가 접근하면 자동으로 휘감겨서 구속하고, 설령 요괴나 거인이 대상이어도 교살할 만한 힘이 있기 때문에 평시의 방어력으로는 충분하다고 생각해도 되겠다.

방벽의 강철은 소량만을 남긴 뒤 대부분은 흙으로 돌려놓도록 할까.

구마 씨족 본대와 치른 전투에서 베른 마을의 북서쪽 부근 지면은 요철이 가득 생겨난지라 이것을 고르는 데 쓰면 딱 적당하겠다.

2, 3일 지나서 마을에 남아 있었던 모험가들도 — 블라스터블라스트 가문에서 보낸 자들을 포함하여 — 다들 베른 마을을 떠났다.

다만 이제껏 체류 중이던 상인이나 온천 손님은 아직 전투가 발생하기 전처럼 마을에 찾아와주지는 않는 터라 마을은 뭔가 쓸쓸한 분위기다.

그러면 베른 마을의 무사함을 이웃 지역에 알리자며 촌장과 센나 씨의 발안으로 마을에서 가로아 방면으로 모피 및 목공 세공품, 각 정령석, 마정석을 팔러 나가는 빈도와 승합 마차의 운행 대수를 늘리기로 했다.

나는 골렘으로, 그리고 마을 주민들과 협력하여 방벽을 환원한 뒤 가능한 한 대량의 흙을 북서쪽 황무지에 뿌리는 등 땅갈이 작업에 종사했다.

방벽의 해체, 새로운 밭의 개간, 떠나간 상인들을 불러들이기 위한 대응, 손에 넣은 고블린들의 무구 및 가로아에서 훗날 보내줄 보상금의 배분 계획 등 할 일은 산처럼 많았지만 고생으로 느껴지지 않았다.

복구 작업이 바쁘더라도 원군으로 달려와준 엔테의 숲 주민들에게 줄 보답만큼은 결코 빼놓을 수 없었다.

당분간 마을에 체류하며 부흥에 협력해줬던 기오와 피오 남매를 비롯한 우드 엘프, 아라크네와 수인들은 베른 마을에서 답례품으로 선물한 곡물과 주류, 의류 등을 짐수레에 쌓아서 엔테의 숲으로 돌아가는 귀로에 올랐다.

그중에는 흑장미의 정령 디아드라도 포함되어 있다.

배웅을 위한 자리에는 많은 사람들이 모였다. 나와 세리나, 드라미나, 크리스티나 이외에도 촌장을 비롯하여 마을의 중진, 개인적으로 엔테의 숲 주민과 친분을 쌓은 마을 사람들이 나와 있었다.

떠나는 사람, 배웅하는 사람, 모두가 무척 후련하게 미소를 띠고 있었다.

레니아는 성격적으로 이런 자리에 참가하지 않아도 전혀 이상할 게 없었다만, 나에 대한 호의를 공공연하게 표시했던 디아드라가 있다는 이유 때문인지 일단은 함께 참석했다.

"여름휴가가 끝나면 또 당분간 얼굴을 기회가 없어지겠군. 아쉬운 마음이야."

내가 솔직한 심정을 토로하자 디아드라는 만족스럽게 미소 짓는다.

희로애락의 어느 감정을 표현해도 요염한 분위기를 발하는 여성이었지만, 이때 나에게 지어준 미소에는 수줍음과 기쁨이 역력하게 나타났기에 순수한 어린아이처럼 보였다.

"그러게. 내가 엔테의 숲에서 사는 이상은 어쩔 수 없는 문제야. 그래도 아쉽다고 말해준 게 솔직하게 기쁜걸. 하루만 너와 만나지 못해도 꽤 쓸쓸하거든? 나와 만날 때까지는 이런 마음이 든 적도 없었는데…… 책임을 져주려나?"

흠, 불쑥 또 세리나가 뺨을 볼록거릴 것 같은 발언을 해주는구나.

힐끔 시선을 돌렸더니 아니나 다를까, 세리나가 뺨을 볼록거리고—.

"끙끙끙~."

"끙, 끙끙?"

―있었지만, 세리나뿐 아니라 드라미나까지 살짝 뺨을 볼록거리고 있지 않은가.

나는 무심코 웃음을 터뜨릴 뻔했다. 크리스티나는 심지어 노골적으로 입을 붙잡은 채 웃음이 쏟아질까 봐 열심히 참고 있는 모습이다.

세리나가 뽈록 뺨을 부풀리며 삐친 모습은 몇 번인가 본 기억이 나지만, 드라미나는 이런 어린애 같은 표정을 짓는 게 부끄러웠는지 어딘가 어색하게 세리나를 흉내 내고 있다.

세리나가 월동 전 다람쥐를 연상케 하는 뺨 부풀리기를 보여주는 데 반해 드라미나는 호두를 한 개 뺨에 넣은 정도. 아직은 많이 자제했다고 말할 수 있겠다.

세리나와 드라미나의 알기 쉬운 반응에 디아드라는 따뜻한 눈빛을 보냈다.

"디아드라……. 네가 원하는 방식으로 책임을 질 생각이지만, 다만 보다시피 세리나와 드라미나에게는 불만과 불안이 있는 것 같아."

"네가 두 사람에게 많이 사랑받는다는 증거야. 나도 두 사람에게 지지 않을 만큼 너를 좋아하고 사랑해. 말로 표현하니까 무척 간단해서 힘이 빠지지만."

디아드라의 입에서 분명하게 나를 연모하는 마음이 말로 표현되자 역시 촌장과 기오, 피오도 흠칫 놀라는 표정으로 나를 돌아봤다가 곧 드라미나와 크리스티나의 존재를 떠올렸는지 허둥지둥 시선을 돌렸다.

시선을 돌리는 때가 늦어서 드라미나와 크리스티나를 똑바로 마주해버린 몇 사람은 제자리에서 입을 벌린 채 굳어버리거나 몸에서 힘이 빠져 엉덩방아를 찧는다.

"그래도 말로 전하는 게 중요하지. 아무리 되풀이해도, 진부하게 느껴지는 말이어도 자기 마음 전달하기를 소홀히 하면 안 돼."

어리석은 내가 나름대로 전세와 현세를 돌아보며 다다른 지론이다.

지론이라 말할 만큼 대단한 뜻이 담기지는 않았다만, 말이 부족했던 까닭에 발생하는 엇갈림이나 오해가 불러일으켰던 비극을 나는 다수 목격해왔다. 자신의 마음을 속이고 진짜 심정을 전하지 않는 것은 몹시도 어리석고 슬픈 행동이라고 느낀다.

"넌 별로 표정은 안 바뀌는데 의외로 마음을 말로 표현하기를 주저하지 않는구나. 덕분에 내가 부끄러웠던 때도 적지 않거든? 자, 슬슬 갈게. 피오랑 다른 사람들을 계속 세워 놓을 순 없으니까."

촌장 및 중진들과 대화를 마친 기오와 사진 씨는 멍하게 서 있는 이웃들을 짐수레에 다 태우고 그 뒤에 가만히 드라미나를 기다리고 있었다.

짧은 작별을 눈앞에 둔 디아드라는 쓸쓸해하며 눈을 내리떴다.

뺨을 볼록거리고 있었던 세리나와 드라미나도 마침내 전우이자 연적인 디아드라와 헤어질 때가 왔음을 알고 아쉬움이 느껴지는 표정을 지었다.

"그럼 세리나, 드라미나, 크리스티나, 그리고 레니아. 또 조만간 다시 만나자. 아내라는 입장에는 흥미 없지만, 나도 드란과 함께 살아갈 거야. 그러니까 너희하고도 분명 오래도록 같이 사귀어야겠지. 나는 드란에게 지지 않을 만큼 너희도 많이 좋아해. 정말로, 스스로도 놀랄 만큼. 그래도 방심하면 드란의 사랑을 내가 가장 많이 가

저갈 거야. ─이런 식으로."

사뿐, 바람을 타고 흑장미의 향기로운 내음이 나의 코를 간질이는가 싶더니 디아드라의 따뜻한 입술이 내 입술에 닿았다.

우리뿐 아니라 촌장과 피오, 모든 사람들이 지켜보는 와중에 너무나도 대담한 행동이었던지라 잠시 주위에 침묵의 장막이 내려앉았다.

입술이 맞닿아 있는 동안에도 디아드라는 빤히 내 눈동자를 쳐다보았고, 나 역시 뜨겁게 젖은 디아드라의 눈동자를 마주 바라본다.

어떤 때에도 당당하고 우아한 디아드라가 지금 내 어깨를 붙잡은 손은 희미하게 떨리고 있었다.

디아드라도 나름대로 긴장하는 것인가.

바람이 화초를 쓰다듬는 소리, 벌레들 우는 소리, 짐수레를 끄는 동물들의 호흡……. 사람들의 목소리만이 들리지 않는 와중에 으응, 작게 신음 흘리며 디아드라가 겨우 입술을 떼어 냈다. 내 어깨를 잡던 손을 놓더니 쩍 입을 벌린 채 굳어버린 세리나와 드라미나에게 시선을 돌린다.

"너희와 달리 난 **지금은** 드란의 곁에 있어주지 못하니까 이 정도는 미리 해야겠지? 세리나, 드라미나, 방심하면 안 돼. 그리고 크리스티나."

설마 이 상황에서 자신의 이름이 불리리라 생각하지 못했을 크리스티나는 놀란 모습으로 디아드라를 마주 바라봤다.

"나 말인가? 무슨 일이지, 디아드라."

"슬슬 자기 마음에 솔직해지렴. 자꾸 눈 돌리고 외면하면 후회하면서 살게 될 거야. 나는 연적이 늘어나도 상관없어."

흐음, 무척이나 의미심장한 대사군. 말뜻을 그대로 해석하자면……. 흐으음.

떨떠름한 표정을 지은 크리스티나는 내 시선을 알아차리고 어색하게— 아니, 부끄러워하며 뺨을 붉히더니 얼굴 돌린다.

이런, 이 반응으로 짐작하건대 혹시?

흠흠. 디아드라의 정열적인 행동에 의식을 빼앗겼던 세리나와 드라미나의 귀에는 크리스티나에게 건넨 디아드라의 말은 들리지 않았는지 의외로 조용한 모습이다.

두 사람이 제정신을 차린 것은 디아드라가 우리에게 등을 보이고 팔랑팔랑 손을 흔들며 호기심으로 눈동자를 빛내고 있는 피오 등엔테의 숲 주민들에게 걸음을 옮긴 다음이었다.

"세리나 씨, 안 되겠어요. 역시 디아드라 씨는 강적이에요. 굉장히 위태로운 상황이에요!"

제일 먼저 입을 연 사람은 드라미나였다.

우리 앞에서는 어깨의 힘을 빼내며 편안한 분위기를 보이던 드라미나가 이번만큼은 도저히 견딜 수 없었는지 초조함을 전면에 드러내며 세리나의 어깨를 뒤흔든다.

간신히 정신을 현실 세계로 귀환시킨 세리나는 과거에 크리스티나와 레니아에게 드라미나가 연애에 있어 얼마나 강력한 적인지를 말할 때와 비슷한 동요를 보였다.

"후, 후후후, 후후후후. 무무무, 무얼 당황하시는 건가요, 드라미나 씨. 디아드라 씨가 저랑 드라미나 씨에게는 없는 매력을 가지고 드란 씨를 유혹하는 일 따위, 버버, 벌써 옛날에 예측을 마친 사태예요. 게, 게다가, 디아드라 씨가 말했던 대로 드란 씨와 1년을 매일 같이 지낼 수 있는 사람은 저희죠. 그, 그, 그러니까, 저희의 우위는 흔들리지 않아요! 아마도, 분명, 절대로, 제발……. 안 되는데에."

흠, 세리나는 동요하면 말투가 자꾸 이상해지는군. 뭐, 귀여우니까 딱히 고치도록 강권할 필요는 없나.

한편 드라미나도 적대자 앞에서 내보이는 냉엄한 여왕의 모습은 어디 갔는지 세리나와 비슷비슷하게 줄곧 동요하고 있다.

조금은 차분해져도 괜찮을 것 같다만.

"그, 그러게요. 디아드라 씨에게는 무척 불공평하지만요, 이미 결혼 약속도 마친 이상은 저희의, 우우, 우위는 흔들리지 않아요."

두 사람 모두 여전히 들썩들썩 진정을 못 한다만, 디아드라는 피오와 다른 여성진에게 시달리면서 여유 있는 미소로 답하고 있다.

크리스티나의 상황을 말하자면 내게 시선을 보냈다가 돌리기를 반복하면서 중얼중얼 혼잣말을 늘어놓고 있었다.

"흠, 디아드라에게는 언제나 당하기만 하는군."

"아버님의 매력을 이해할 수 있는 여자들이 이제야 나타났다는 뜻이겠지요."

나의 혼잣말에 레니아가 답했다.

레니아만큼은 디아드라의 행동을 목격하고도 전혀 질투나 조바심을 내비치지 않은 채 흐흥, 몹시도 의기양양 나에게 말을 건넨다.

평소 태도는 오만한 레니아도 세리나와 드라미나, 디아드라의 능력과 인품에 대해서는 일정 이상의 평가를 해주고 있다.

크리스티나만큼은 나와 전세의 자신을 죽인 용사의 자손이라는 이유 때문에 다른 여성들과 비교하면 어쩔 수 없이 한 발자국 거리를 두고 있다만.

"레니아는 나를 과대평가하니까 말이지. 너무 진지하게 받아들이지는 않게 유념해 둘게."

"제가 이 세상의 누구보다도 정확하게 아버님의 힘을 이해하고 있기에 드린 말씀일 뿐입니다. 아버님께서 굳이 자신에게 제약을 걸어두지만 않으셨다면 세상의 여자라는 여자가 모두 자발적으로 존재 전부를 바쳤을 것입니다. 그런 의미에서 디아드라와 세리나는— 뭐, 안목이 있었다고 칭찬해줘야겠습니다."

흐음, 레니아의 나를 과대평가하는 경향과 맹신을 조금이나마 교정해주려면 꽤나 어렵겠군.

아버지와 어머니, 촌장도 레니아가 나를 대하며 맹목적으로 순종할 때면 고개를 갸웃거리며 네가 무슨 짓을 했느냐 물어보는 터라 어떻게든 하고 싶다만.

레니아는 낳아준 부모 카라비스와는 다른 방향에서 손쓸 도리가 없는 구석이 있었다.

"나는……. 그렇군, 고맙게도 세리나와 드라미나, 디아드라가 곁에 있어줄 텐데 레니아에게는 좋은 상대가 없나?"

나는 레니아에게 한창때의 소녀를 딸로 둔 세간의 아버지가 신경 쓸 만한 전형적인 질문을 하나 던져보았다.

그러나 레니아는 내 질문을 도저히 이해할 수 없다는 듯이 의아해하며 아름답고 단정한 미간을 찌푸리고 다시 되묻는다.

"좋은 상대 말씀입니까? 글쎄요……. 그렇, 군요. 굳이 꼽자면 이리나가 좋은 상대라고 말할 수 있겠습니다만……. 죄송합니다, 아버님께서 하신 말씀의 참뜻이 도무지 이해되질 않아서……."

진심으로 미안해하며 사과하는 레니아에게 나는 살짝 웃어서 답해줬다.

그나저나 유일하다고 말할 수 있는 친구 이리나는 다른 마법 학원의 학생들과 달리 친밀한 상대로 인식되기는 했군.

나는 그 사실을 확인한 덕에 조금은 안도했다.

"아니, 괜찮아. 질문의 의미를 이해할 수 없다는 말 자체가 대답이기도 하지. 다만, 뭐, 언젠가 네가 여성으로 다시 태어난 의미를 찾아내거나 여성으로 다시 태어나기를 잘됐다는 생각을 가질 수 있다면 좋겠다고— 그렇게 내가 생각한다는 것을 머릿속 한쪽 구석에 담아 두면 고맙겠어."

"네, 아버님의 말씀이라면야 머릿속 한쪽 구석이 아닌 중심에 잘 모셔 두겠습니다."

나에 대한 맹신적인 태도를 고쳐주기를 바라는 마음을 앞세우자면 지금은 나무라야 할 테지만, 이 문제는 레니아가 인간으로서 살아갈 앞날과 관련이 있는 중요한 사안이다.

그러면 너무 가볍게 듣고 넘어가도 곤란하고, 과하게 무거운 의미로 받아들는 경우도 있으니까 고민스럽다.

이미 잘 아는 사실이었다만, 역시 레니아에게 인간적인 연애 감정은 전혀 싹트지 않았다. 자신이 남성과 연애나 결혼을 하리라는 생각은 인간으로 태어난 이후 단 한 번도 상상한 적이 없으리라.

레니아의 부모님들은 자기 자식이 맞이할 장래의 반려를 떠올리며 무척 고민하고 계실 테지.

그래, 레니아와 친밀한 이성이라는 이유로 나를 조사하기 위해 인원을 파견할 만큼은 말이다.

"무얼, 언젠가 레니아에게도 나보다 우선하는 남자와 만나게 될 기회가 찾아올지도 모른다는 뜻이지."

"말도 안 됩니다. 신조마수였던 시절에도 인간으로 다시 태어난 이후에도 저에게 무엇보다 우선해야 할 것은 아버님과 제 혼의 어머니입니다."

레니아는 내가 예상했던 대로 똑같이 대답했다.

흐음, 내 딸이지만 정말 난감하군.

이렇게 디아드라가 남기고 간 특대급 선물에 의해 세리나와 드라미나는 그날 온종일 줄곧 동요해야 했고, 크리스티나는 자신의 세계에 틀어박히는 결과를 초래하게 되었다.

이런, 이런. 터무니없는 선물도 다 있군그래.

엔테의 숲 주민들이 베른 마을을 떠난 뒤 나는 온 마을의 이웃들에게 디아드라와 어떤 관계인지 추궁당하는 신세가 되었지만, 더 이상의 소동이나 문제가 일어나지는 않고 평온하게 나머지 여름휴가를 보낼 수 있었던 것은 다행이다.

†

여름휴가가 얼마 안 남았을 무렵, 나와 세리나와 드라미나, 크리스티나, 닉스, 레니아는 드라미나 소유의 마차에 타서 전원이 같이 가로아로 향했다.

레니아의 집안 고용인인 파우파우는 블라스터블라스트 가문으로 돌아갔다.

파우파우는 나를 조사한 결과 보고서를 레니아의 부모님 및 중신들에게 보고해야 하는 큰 임무가 남아 있었다. 뭐, 파우파우의 입에서 별로 대단한 소식이 전해지지는 않겠지만.

아무튼, 가로아에 도착한 우리가 가장 먼저 향한 곳은 마법 학원의 학원장실이었다.

2학기가 시작되기 전에 학원장에게 몇 가지 보고할 사안이 있어서였다.

크리스티나가 손에 넣은 드래곤 슬레이어, 바스트렐 등 마도 결사와의 일전, 아울러 드라미나와의 혼약에 대해서다.

이미 나의 학우 파티마의 사역마라는 형태로 반쯤 뱀파이어화된 인간인 시에라가 마법 학원에 출입하고 있었지만, 드라미나는 순혈의 뱀파이어다.

뱀파이어 이외의 종족이 거주하는 도시에 드라미나를 장기간 체류시키기 위해 유식자의 의견을 첨부하고 싶은 상황이었다.

가로아 마법 학원장이라는 직무 관계상 올리비에 학원장은 고향엔테의 숲에서 일찌감치 가로아로 복귀했다.

사전에 학원장 앞으로 조류형 골렘을 보내 방문할 예정 일시와 상담하고 싶은 내용을 전해 두었던지라 딱히 기다리지 않고 학원장실에 들어갈 수 있었다.

학원장은 곧 인원수만큼 차와 과자를 준비해서 우리를 맞아주었다.

우선 입을 열자마자 베른 마을이 고블린 대군을 물리쳤고 한 사람의 사상자도 나오지 않았다는 결과에 대한 찬사를 입에 담았다.

어쨌든 엔테의 숲에서 보낸 원군의 도움을 받았다지만, 오천의 대군을 상대하며 베른 마을의 주민들이 완승했다는 소식은 가로아에서도 곧장 화제가 되었었다.

그러나— 그때 전투에는 스물에 달하는 신적 존재와 그 권속이 참전했었다는 사실을 과연 학원장에게 전해도 되려는가.

우리가 이제부터 할 이야기만으로도 학원장에게는 두통거리일 텐데 신들의 강림까지 말을 듣는다면 정신의 허용 범위를 초과해버리지 않을까.

학원장의 정신을 걱정하는 마음이 이긴 나는 마이라르와 알데스 등 신들이 강림했던 사실은 입을 다물기로 결정했다.

"이야기는 알겠습니다. 드란, 당신과 세리나의 혼약은 충분히 상상할 수 있었는데요, 드라미나 폐하까지는, 정말 의표를 찔린 심정이군요."

학원장은 평소 감정이 희박한 모습 그대로 작게 한숨을 쉰다.

역시 학원장도 상황을 쉽게 받아들일 이야기는 아니었던 건가?

예의를 지키기 위해 베일이 달린 모자를 벗고 맨얼굴을 드러낸 드라미나가 부드러운 어투로 학원장에게 양해를 구했다.

"학원장님, 폐하라는 호칭은 거두어주시지요. 저는 단순히 드라미나입니다."

"이런, 실례했습니다. 그나저나, 드라미나 씨가 당신을 참 많이 생각해주시는군요, 드란."

드라미나가 여왕 대우를 거부하는 이유는 이미 다스려야 할 나라와 백성을 잃었다는 것이 큰 이유이지만, 그뿐 아니라 나에게 여왕이 아닌 단순히 드라미나라는 한 명의 여성으로 대우받고 싶다는 소망에서 비롯되었을 것이다. 남자로서는 더없는 행복이다.

"진심으로 고맙게 생각하고 있습니다, 학원장님. 그래서 드라미나를 일시적이 아니라 세리나와 마찬가지로 항상 곁에 두고 싶습니다만, 역시 사역마로 들이는 방법밖에 없을까요?"

"왕족급 뱀파이어라는 사실은 감춰 두더라도 뱀파이어라는 종족의 특성상 다른 사람에게 위해를 끼치지 않는다는 보장이 필요합니다. 세리나처럼 사역마로 종속시켰다는 사실은 걱정이 많은 사람들을 납득시킬 수 있는 커다란 이유가 되어주니까요. 설령 사역마로 들이지 않더라도 도시에서 살기 위해서는 종속과 예속, 혹은 신변을 지키기 위한 목적 이외에는 다른 사람을 상처 입히지 못하게 하는 등의 제약을 부과해야 할 겁니다. 그렇게 생각하면 사역마로 계약을 맺는 것이 타당하지요. 당연한 말이지만 드라미나 씨의 동의를 거쳐서 맺은 계약이 아니면 인륜에 어긋납니다. 당신이 그런 행동을 할 분이라고는 조금도 생각하지 않습니다만……."

규정이라 당부한다는 말투로 학원장은 내게 확인했다.

굳이 언급할 문제도 아니지만, 서로 간의 합의가 없이 사역마 계약을 체결한다면 상대를 노예로 만드는 것과 마찬가지다. 평범한 사역마 계약 의식이라면 저런 경우가 제법 많겠지만, 공교롭게도 나와 드라미나가 원하는 관계에는 해당 사항이 없다.

드라미나는 투명하고 맑은 미소를 짓고 학원장에게 자신의 가슴속 뜻을 털어놓는다.

"학원장님, 그 걱정은 불필요합니다. 드란의 곁에 머무를 수 있다면 저는 스스로 자처하여 사역마가 되겠습니다. 게다가 드란이라면 도리에서 어긋나는 행동을 시킬 리 없지요. 세리나 씨를 보면 사역마가 되었다고 해서 대우가 바뀌지는 않는다는 것을 압니다."

"드라미나 씨의 마음속 뜻은 알겠습니다. 이미 베른 마을에 있는 동안에 상의하고 오셨을 테고요, 단지 노파심으로 다짐을 놓았을 뿐이에요. 그러면 제가 입회인이 되어드릴 테니 이야기를 끝낸 뒤 사역마 계약을 맺으면 어떨까요? 앞으로 기숙사에서 침실을 같이 쓰시겠다면 사역마라는 입장은 필요하니까요. 자, 드라미나 씨의 신분은 제가 학원의 교사들 및 총독부의 분들께 전달하겠습니다만……."

학원장은 잠시 말을 멈췄다가 다시 크리스티나를 바라봤다.

"크리스티나, 당신이 소지하고 있는 그 검은 개인적으로 드라미나 씨 이상의 충격을 받았다고 말해드려야겠군요."

눈동자에 미처 숨기지 못한 흥분을 머금은 채 학원장은 크리스티나가 이 방에 가지고 온 드래곤 살해의 검에 시선이 빨려 들어가고 있다.

구마 씨족의 습격 후 크리스티나는 드래곤 슬레이어에 새로운 이름을 지어줬다.

크리스티나와 마찬가지로 과거에 나를 살해했던 일곱 용사의 자손인 학원장에게 드래곤 슬레이어는 깊은 사연이 있는 물건이다. 그러한 검을 앞에 두고 마음이 평온할 순 없겠다.

크리스티나는 칼집에 넣어 둔 검에 한 차례 시선을 떨어뜨렸다가 진지하게 답했다.

"저도 이 검의 유래와 드란의 진짜 내력을 들었을 때는 몹시도 놀랐습니다. 아뇨, 놀랐다는 표현으로는 너무나 부족할 만큼 충격이었죠. 저희 일족이 대대로 구전과 함께 전해왔던 죄를 범한 상대가 어찌 된 영문인지 드란이었으니까요. 다행히 드란은 선조의 죄를 용서해준다 말해주었습니다만, 그렇다 해도 학원장님 역시 일곱 용사의 관계자였을 줄이야."

"셈트의 직계이자 인자를 계승하고 있는 당신과 비교한다면 저는 자손이라고 자처하기도 부끄러운 입장이에요. 그나저나…… 대마도사 바스트렐을 무찔렀고, 뱀파이어 퀸이 스스로 원해서 사역마가되고, 고신룡 드래곤과 신조마수의 전생자가 모이고, 일곱 용사 직계의 자손과 드래곤을 죽인 성검이 이렇게 눈앞에 있다니요. 어느하나만 봐도 경천동지의 사건일 텐데……."

흠, 이렇게 제삼자에게 객관적인 말을 들으면 나 스스로도 용케 여름휴가 중 이렇게 많은 사건과 관련되었구나 싶어서 절로 감탄하게 된다.

덧붙여 말하자면 해마들과 싸워서 해마왕과 해마신 역시 토벌했다만. 뭐, 이것은 학원장이 몰라도 되는 이야기다.

"에이, 학원장님, 괜히 깊숙이 생각하지 않는 게 좋아요. 그럼요, 드란 씨인데 뭘 어쩌겠어요."

어째서인가 학원장을 달래주는 세리나.

말투에 뭔가 자랑하는 내색마저 있었다.

내가 보기에는 별로 위로가 되지 않는 대사였지만, 또 무슨 일인지 크리스티나와 드라미나와 레니아가 응응 고개를 끄덕이며 동의의 뜻을 표시하고 있다.

학원장은 잠시 세리나의 말에 기막히다는 빛을 띠어 보이다가 내 얼굴을 빤히 바라보며 이렇게 말했다.

"그게 그렇기는 하네요. 어쨌든 고신룡 드래곤의 환생이니까요. 저희에게는 천상의 존재인 신들마저도 거의 대부분이 동격 미만의 존재에 불과한 분이시지요. 모든 것이 저희의 상상을 뛰어넘는 영역에서 일어난 사건이니 굳이 고민할 필요도 없었습니다. 그런 분과 앞으로도 한 몸처럼 살아가려면 상당히 고생이 많겠어요. 세리나, 드라미나."

딸을 바라보는 어머니처럼 자애를 내비치며 학원장은 세리나와 드라미나에게 말을 건넨다.

나 또한 원해서 소동을 일으켰던 것은 아니다만. 눈앞에 구할 수 있는 사람이 있다면 구하고 싶어지는 것이 인간의 마음 아닌가.

학원장의 말에 대하여 세리나와 드라미나는 함께 풍만한 가슴을 쭉 펴더니 자랑스럽게 반짝이는 미소를 머금었다.

"그런 드란 씨니까 좋아진 거예요. 그러니까 문제없어요. 이미 익숙해졌고요."

"저도 세리나 씨와 같은 마음입니다. 후후, 전 아직 익숙해지지 않은 부분도 있지만요. 이 세상에 태어난 이후 지금이 가장 행복하네요."

부끄러움도 없이 당당하게 말하는 두 사람에게 학원장은 이제까지와 달리 무거운 한숨을 내뱉었고, 크리스티나는 가볍게 쓴웃음을 지었다.

한편 레니아는 아까 전부터 별 관심 없다는 듯이 차를 홀짝이거나 과자를 집어 먹는 데 몰두 중이다.

레니아에게 학원장은 흥미나 관심을 가질 상대가 아니어선가.

레니아가 카라비스에 의해 창조된 신조마수라는 사실은 전달했지만, 학원장도 인간이 된 이후 레니아가 문제를 일으킨 전적은 없었던 만큼 가만히 지켜보자고 입장을 정리했을 테지.

가령 학원장이나 왕국이 레니아를 어떻게 하고자 시도한들 전세의 힘을 대부분 되찾은 레니아를 감당하기는 불가능하다. 어쩔 수 없는 최선의 선택이리라.

레니아는 마이라르에게도 이미 존재를 용인받았는데, 다행히 나라는 최대의 억지력이 있는 덕분일까.

"후유, 다른 사람의 연인 자랑을 들어주려니까 몇 살이 되어도 가슴이 먹먹해지네요. 다만 이 말만큼은 하겠습니다. 드란, 이분들을 반드시 행복하게 만들어주세요. 그게 가능한가 아닌가로 당신이 남자로서 지닌 가치가 결정되겠죠."

"저에게는 지상의 명제입니다. 게다가 세리나와 드라미나가 있어주면 저도 무척이나 행복하니까요, 두 사람을 놓아줄 생각은 전혀 없습니다."

"이쪽도 연인 자랑인가요, 독신에게는 뼈아픈 말이네요. 그렇다 해도 당신은 아직 학생입니다. 너무 정도가 지나치지는 않게 주의해주세요."

교직자로서 당연히 해야 할 말이었기에 나는 진지하게 고개를 끄덕여서 답했다.

세리나와 드라미나는 불만스럽게 입술을 삐죽거렸다만, 지킬 것은 확실하게 지켜야겠지.

안 그래도 남자 기숙사 안에 — 사역마라지만 — 여성을 데리고 오는 입장이다. 도가 지나치면 이런저런 의미로 바람직하지 않다.

물론 나 역시 건전한 남자인지라 가끔 일선을 넘어가버려도 되지 않을까 유혹에 사로잡히는 때는 있다만.

"그 부분도 명심하고 있습니다. 의무와 절도를 지키는 분별력은 있으니 완전한 자유는 졸업해서 직업을 얻고 생활이 안정된 이후 누려야겠지요. 아이도 우선 가정을 꾸린 뒤 생각하겠습니다."

"고신룡이라는 존재라기에는, 뭐랄까……. 상식적인 생각을 갖고 있군요."

학원장은 나의 언동에 조금 당황하는 모습을 보였다.

분명 고신룡이라는 존재임에도 나의 장래 설계랄까, 가족계획이 제법 견실한 만큼 어딘가 뒤죽박죽의 느낌이 들어도 어쩔 수 없겠다.

"혼은 고신룡이지만 인간으로 태어나 자랐으니까요. 불쑥 당찮은 행동을 할 생각은 없습니다. 그러니 장래 설계는 견실하게 할 계획이지요."

"당신이 고신룡의 힘을 발휘하지 않고 살아갈 수 있다는 것이 이 세계가 평온하다는 증거라고도 말할 수 있겠군요. 당신의 미래가 부디 평온하기를 기원할 뿐입니다. 더 정확히 말씀드리자면 디프 그린에서 겪은 사건 이후로 이미 머릿속이 꽉 차오른 기분이에요. 그렇다 해도 이러한 사정을 알고자 하지 않으면 여러분의 추후 생활에 지장이 발생할 테니, 학원 측에서도 가능한 빨리 파악을 완료할 수 있어 다행이라고 생각하겠습니다."

"괜히 일거리를 안겨드리게 되었습니다만, 아무쪼록 잘 부탁드리겠습니다, 학원장님."

다대한 고생을 감당해야 할 처지가 아마 틀림없이 확정되어 있는 학원장에게 내가 머리 숙이자 세리나와 드라미나도 함께 머리를 수그렸다.

고신룡과 뱀파이어 퀸이 나란히 머리 숙이는 전대미문의 사태에 늘 담대한 학원장도 쩔쩔매는 모습.

"여러분, 얼굴을 들어주세요. 솔직히 말씀드려서 여러분이 머리를 수그리면 저는 터무니없는 죄를 범한 듯한 죄책감에 사로잡혀서 견디질 못합니다. 아뇨, 여러분의 내력을 생각하면 터무니없는 행동을 하게 만들었다는 것은 분명합니다만. 아무튼 제 심장이 멈추기 전에 어서 얼굴을 들어주세요."

그럼 말씀을 감사히 받아들이겠습니다, 대답한 뒤 우리가 머리를 들자 학원장은 자기 몫의 차를 한 모금 마셔서 마음을 안정시킨 뒤 또 다른 화제를 입에 담았다.

"후유, 솔직히 여러분의 이야기와 연인 자랑으로도 이미 충분합니다만, 저 또한 한 가지 전해드려야 할 이야기가 있군요. ……들어오세요."

학원장이 누군가를 부르자 우리가 들어왔던 곳과 다른 문이 열리며 그곳에서 검은색으로 채색된 한 명의 여성이 모습을 드러냈다.

아주 잘 아는 여성이었기에 어라, 나는 무의식중에 마음속에서 중얼거렸다.

학원장의 부름을 받아 입실한 사람은 누구였는가. 바로 흑장미의 정령 디아드라 본인이었다.

"안녕, 드란, 며칠 만이지?"

"흠, 잘 지낸 듯하니 다행이다만, 오늘은 또 무슨 용건이지? 엔테 위그드라실이 뭔가 말했나? 아니면 사이웨스트 마을에서 무슨 일이 있었나?"

디아드라가 올리비에 학원장과 나를 의지하기 위해 엔테의 숲에서 잠시 나왔으리라 생각했지만, 그렇다기에는 급한 낌새가 없다.

화급한 용건이 아닌 듯하여 다행이다만, 그럼?

"후후, 걱정이 많구나, 너는. 둘 다 아니야. 내가 개인적인 사정으로 여기에 왔을 뿐. 그나저나 세리나에 드라미나, 너무 굉장한 표정이라 조금 민망한걸? 게다가 예쁜 얼굴이 이상해지잖아. 내가 여기에 나타난 게 그렇게 신기한 걸까."

요염하게 미소를 짓는 디아드라와는 대조적으로 세리나와 드라미나는 뜻밖의 강적이 출현하는 사건에 입을 뻐끔뻐끔 벌리며 말을 못 하는 모습이다.

종족도 성장 과정도 연령도 다른 두 사람이 마치 사이좋은 쌍둥이 자매처럼 똑같은 동작을 보여주고 있었다. 디아드라의 등장이라는 상황 변화에도 레니아는 흥미를 나타내지 않고 시종일관 단맛을 탐닉하는 데 집중했지만, 크리스티나는 다소나마 이상하다는 듯이 입을 열었다.

사태 파악에 도움이 될 사람은 아마 나와 크리스티나 둘뿐이군.

"아무래도 디아드라 씨가 우리를 기다리고 있던 것 같습니다만.

학원장님, 어떠한 용건이지 알 수 있겠습니까? 드란뿐 아니라 저희도 있는 자리에서 디아드라 씨를 부르셨다면 저희 전원과 관련이 있는 사안으로 생각해도 될 테지요?"

"누군가의 생명과 관련이 있는 심각한 사태는 딱히 아니랍니다. 본 학원의 식물원에 새로 흑장미를 비롯한 마화(魔花)를 몇 종류 추가하게 되어서 재배를 지도해줄 인력으로 디아드라와 몇 명을 더 초대한 겁니다. 기간은 대략 반년. 마침 크리스티나, 당신이 졸업할 시기까지군요. 그때가 지나면 또 다른 사람을 부르겠지만, 이쪽은 연 단위의 기간으로 채용할 예정입니다. 요즘 들어서 베른 마을 경유로 엔테의 숲의 고유 식물이나 광물이 왕국 내에 유통되고 있기도 하고요. 추후 왕국과 이런저런 협의를 진행하기 위한 판단의 근거 중 하나로서 이곳 가로아에 저 말고 엔테의 숲의 주민을 몇 명 상주시키자는 안건이 디프 그린에서 채택되었어요. 뭐, 디아드라가 열심히 부탁한 안건이기도 합니다만, 드란과 깊은 관계이기도 하고 흑장미를 돌보는 기량까지 같이 감안해서 판단한 결과 일원으로 뽑혀서 이렇게 이곳에 와 있는 거예요."

과연, 엔테의 숲 주민들도 이대로 쭉 숲 바깥과 단절된 생활만을 고집해서는 안 좋다는 생각을 한 것인가.

엔테의 숲의 대중진이자 우리 아크레스트 왕국의 요직을 맡은 올리비에 학원장이 있는 데다가 엔테 위그드라실의 신뢰가 두터운 내가 있는 가로아는 제법 괜찮은 시험장이라는 생각을 했나 보군.

"그렇다면 디아드라는 이제부터 내년 졸업식 기간까지 가로아에서 머무른다는 말씀이군요."

내가 단적으로 정리하자 학원장은 『예』라며 몹시 담담하게 대답을 했다.

디아드라는 나를 똑바로 바라보며 평소의 요염함보다도 훨씬 명랑하게 미소를 머금는다.

"앞으로 잘 부탁할게, 드란."

"그래, 나야말로. 잘 부탁하지."

물론 내 대답을 이미 결정되었다. 나 스스로 느끼기에도 기쁨의 울림이 묻어나는 목소리가 나왔기에 뻔한 남자구나 싶어서 살짝 자조한다.

베른 마을로 돌아가지 않으면 만날 기회가 사실상 없었던 디아드라와 앞으로는 예전보다 훨씬 수월하게 만날 수 있게 된 셈이다.

나에게는 참으로 기쁜 소식이었지만, 세리나와 드라미나에게는 단순하게 환영할 수 있는 이야기가 아니었는지 — 물론 친구와 쉽게 만날 수 있게 되었다는 기쁜은 느낄 테지만 — 두 사람은 나란히 석상처럼 굳은 채 숨조차 제대로 쉬지 못했다.

"상황의 우위성이 비록 사라졌다지만, 세리나도 드라미나 씨도 반응이 무척 극단적이군."

살짝 기막히다는 목소리로 중얼거리는 크리스티나에게 나는 진지하게 고개를 끄덕여줬다.

잘 가거라 용생, 어서 와라 인생 10

초판 1쇄 발행 2021년 11월 10일

지은이_ Hiroaki Nagashima
일러스트_ Kisuke Ichimaru
옮긴이_ 김성래

발행인_ 신현호
편집장_ 김승신
편집진행_ 원현선 · 권세라
편집디자인_ 양우연
관리 · 영업_ 김민원 · 조인희

펴낸곳_ (주)디앤씨미디어
등록_ 2002년 4월 25일 제20-260호
주소_ 서울시 구로구 디지털로 26길 111 JnK디지털타워 503호
전화_ 02-333-2513(대표)
팩시밀리_ 02-333-2514
이메일_ lnovellove@naver.com
L노벨 공식 카페_ http://cafe.naver.com/lnovel11

SAYOUNARA RYUUSEI, KONNICHIWA JINSEI 10
Copyright ⓒ Hiroaki Nagasima 2017
Cover & Inside Illustration Kisuke Ichimaru 2017
Cover & Inside Original Design ansyyqdesign 2017
Korean translation rights arranged with AlphaPolis Co., Ltd.
through Japan UNI Agency, Inc., Tokyo

ISBN 979-11-278-6257-2 04830
ISBN 979-11-278-4192-8 (세트)

값 9,500원

©Tatematsuri/OVERLAP
Illustration Ruria Miyuki

신화 전설이 된 영웅의 이세계담 1~13권

타테마츠리 지음 | 미유키 루리아 일러스트 | 송재희 옮김

오구로 히로는 일찍이 알레테이아라는 이세계로 소환되어
《군신》으로서 동료와 함께 나라를 구하고,
주변 나라들을 정복하여 거대한 제국을 건설했다.
그 후, 히로는 모든 것을 버리기로 각오하고
기억을 잃는 대가로 원래 세계로 귀환한다.
그 후, 매일 행복한 날을 보내던 히로는
무슨 운명인지 또다시 이세계로 소환되고 만다.
그곳은 바로— 1000년 후의 알레테이아?!

자신이 이룩한 영광이 『신화』가 된 세계에서
『쌍흑의 영웅왕』이라 불렸던 소년의 새로운 『신화전설』이 막을 올린다!

라이트노벨의 새로운 빛! L노벨의 신간은 매월 10일에 발매됩니다. http://cafe.naver.com/lnovel11

©Hiro Ainana, shri 2021/KADOKAWA CORPORATION

데스마치에서 시작되는 이세계 광상곡 1~23권, EX

아이나나 히로 지음 | shri 일러스트 | 박경용 옮김

한창 데스마치를 치르던 프로그래머 스즈키 이치로(29).
『사토』란 닉네임을 쓰는 그가 잠시 잠들었다 깨어나 보니
듣도 보도 못한 이세계에 방치되어 있었다!
혼란에 빠질 틈도 없이 눈앞에는 처음 보는 괴물의 대군이 다가오고,
하늘에서는 유성우가 쏟아진다.
정신을 차리고 보니, 최강 레벨의 힘과 막대한 부를 손에 넣었는데……?!
이렇게 사토의 「유유자적, 가끔 시리어스, 그리고 하렘」인
이세계 모험담이 시작된다!!

**최강 레벨과 막대한 재보를 가지고
시작되는 유유자적 이세계 관광!!**

흔해빠진 직업으로 세계최강 제로 1~5권

시라코메 료 지음 | 타카야Ki 일러스트 | 김창준 옮김

오늘도 고아원을 위해 생활비를 벌며 평온한 일상을 보내고 있었다.
그런 오스카의 공방에 『천재(天災)』 밀레디 라이센이 찾아온다.
신에게 저항하는 여행의 동료를 찾는 밀레디는
오스카의 비범한 재능을 간파하고 여행에 권유하기 위해 왔다고 한다.
오스카는 권유를 거절했지만 밀레디는 포기할 줄 몰랐다.
그런 와중 오스카가 지키는 고아원에 사건이 생기는데?!
"희대의 연성사. 나와 함께 세계를 바꿔 보지 않을래?"

**이것은 『하지메』에게 이어지는 제로의 계보.
—『흔해빠진 직업으로 세계최강』 외전의 막이 오른다!**

흑연의 성자 1권

마사미티 지음 | 이코모치 일러스트 | 이경인 옮김

최강 클래스의 직업 【성자】인 러셀은
소꿉친구와 파티를 맺고 여행하고 있었다.
그러나 멤버 전원이 회복마법을 익히게 되자,
회복밖에 할 수 없는 【성자】는 짐짝이 되었고……
러셀은 추방당하고 만다.
태어난 고향으로 돌아오자마자
마물의 습격을 받던 수수께끼의 미녀, 시빌라를 구한 러셀.
그는 던전이나 직업에 박식한 시빌라와 협력해서 새로운 던전 공략에 나선다.
공략은 순조로워 보였지만…… 인류 최대의 적 『마왕』과 마주치게 되는데?!
최대의 궁지 앞에서, 자신에게 잠든 무한의 마력과 시빌라의 인도를 받아
러셀은 최강의 힘을 손에 넣는다ㅡ!

라이트노벨의 새로운 빛! L노벨의 신간은 매월 10일에 발매됩니다. http://cafe.naver.com/lnovel11

최약무패의 신장기룡 1~16권

아카츠키 센리 지음 | 카스가 아유무 일러스트 | 원성민 옮김

5년 전 혁명으로 인해 멸망한 제국의 왕자 · 룩스는 실수로 난입하고 만
여자기숙사 목욕탕에서 신왕국의 공주 · 리즈샤르테와 만난다.
"……언제까지 내 알몸을 보고 있을 생각이냐, 이 바보 자식아아아앗!"
유적에서 발굴된 고대병기 장갑기룡.
일찍이 최강의 기룡사라고 불리던 룩스는,
지금은 공격을 전혀 하지 않는 기룡사로서 『무패의 최약』이라고 불리고 있었다.
리즈샤르테의 도전을 받아 결투를 벌인 끝에,
룩스는 어찌 된 영문인지 기룡사 육성을 위한 여학원에 입학하게 되는데……?!
왕립 사관학원의 귀족 자녀들에게 둘러싸인 몰락왕자의 이야기가 시작된다.

왕도와 패도가 엇갈리는
『최강』의 학원 판타지 배틀, 개막!
TV애니메이션 애니플러스 방영작!

라이트노벨의 새로운 빛! L노벨의 신간은 매월 10일에 발매됩니다. http://cafe.naver.com/lnovel11

© Takeru Uchida 2019
Illustration Nardack

이세계 치트 마술사 1~9권

우치다 타케루 지음 | Nardack 일러스트 | 박경용 옮김

평범한 고등학생 타이치와 린은 갑자기 나타난 빛에 휩싸여 버린다.
정신을 차리니 두 사람은 검과 마술의 이세계에 있었다.
마물과 맞닥뜨리지만 운 좋게 위험에서 벗어나고,
모험자의 조언으로 길드로 향하는 두 사람.
그곳에서 두 사람이 터무니없는 하이스펙의 마력을 가진 것이 판명된다.
평범한 고교생이 갑자기 최강 치트 마술사로—.
꿈만 같은 초자연 현상을 자신의 손으로 만들어내는 감동.
상상을 훨씬 뛰어넘는 압도적인 신체능력.
평화로운 나라에서 찾아온 타이치와 린의 이세계 모험이 시작된다.

「소설가가 되자」 대인기 이세계 판타지를
서적용으로 전면 개고하여 재미가 300% UP!